曹雪芹佚著浅探

吴恩裕 著

图书在版编目（CIP）数据

曹雪芹佚著浅探 / 吴恩裕著.—合肥：安徽教育出版社，2019
ISBN 978-7-5336-8959-9

Ⅰ.①曹… Ⅱ.①吴… Ⅲ.①曹雪芹(1715—1763)—著作研究 Ⅳ.①I207.411

中国版本图书馆 CIP 数据核字（2019）第 107689 号

曹雪芹佚著浅探
CAOXUEQIN YIZHU QIANTAN

出 版 人：费世平
质量总监：姚　莉
策划编辑：钱　江
责任编辑：钱　江
装帧设计：陈熙颖
责任印制：王　琳

出版发行：时代出版传媒股份有限公司　　安徽教育出版社
地　　址：合肥市经开区繁华大道西路 398 号　邮编：230601
网　　址：http://www.ahep.com.cn
营销电话：(0551)63683012，63683013
排　　版：安徽时代华印出版服务有限责任公司
印　　刷：安徽新华印刷股份有限公司

开　本：720×1000　1/16
印　张：16.75
字　数：238 千字
版　次：2019 年 7 月第 1 版　2019 年 7 月第 1 次印刷
定　价：68.00 元

（如发现印装质量问题，影响阅读，请与本社营销部联系调换）

泥人德曹雪芹彩色塑像左侧

王冈乾隆二十七年所绘曹雪芹像。

一六九五年(康熙三十四年)张见阳(纯修)所画之《楝亭夜话图》。图中景色即曹家的楝亭；人物则为：曹寅、施世纶、张见阳及一小童。现图为原装手卷，题诗甚多。

空空道人所书八字篆文,"空空道人"四字下,有一阴文图章,文曰"松月山房"。

瑛宝为裕瑞所绘《风雨游图》。

原图云:"《风雨游图》拟米襄阳《云山墨戏》,为思元主人敬制。瑛宝。"瑛宝为裕瑞绘此图在嘉庆五年。图为从蓝淀厂火器营一带远望万寿山。曹雪芹所居健锐营即在桥后远山下。

> 因墨香得观红楼梦小说吊雪芹
>
> 传神文笔足千秋，不是情人不泪流。可恨
> 同时不相识，几回掩卷哭曹侯。
>
> 颦颦宝玉两情痴，儿女闺房语笑私。三寸
> 柔毫能写尽，欲呼才鬼一中之。
>
> 都来眼底复心头，辛苦才人用意搜。混沌
> 一时七窍凿，争教天下赋穷愁。
>
> 此三章诗据
> 挚弟瑞楣
> 梦村传录云
> 说余闻之久
> 矣而终不
> 顾一见今
> 忠中有砚泐
> 地

永忠吊曹雪芹诗三首。永忠于乾隆三十三年手书。时雪芹已死五年。原见作者于一九五四年发现之《延芬室集》手稿。

脂砚斋所用砚。

一、正面；

二、背面，王穉登题诗；

三、侧面，"脂砚斋所珍之研，其永保"。

陆厚信绘雪芹先生像及其附识。

白家疃之小桥。此为曹雪芹在世时之小石桥。桥东当时距白家疃村边约半里内无居民,桥西南为曹雪芹结庐处,西距城子山约四五里。城子山后连接由西转北之西山。"寂寞西郊人到罕",即其地也。

"富非所望不忧贫"七字风筝。

裕瑞之《风雨游记》原稿：此记为裕瑞亲笔，与《枣窗闲笔》之笔迹全同，均系裕瑞亲笔。裕瑞尚有其他手稿甚多，其字迹均与此二者同。

曹雪芹所见《如意平安图》。此图见于一九六五年二月十四日香港《大公报》之《艺林》副刊，编者题为"元人如意平安图"。按：此图内容完全与乾隆二十三年腊月二十四日在懋斋所见之元人伪作宋李龙眠《如意平安图》相同。

曹雪芹绘《乌金翅图》。

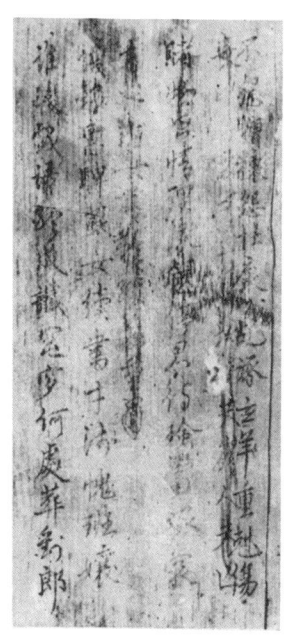

曹雪芹续妻芳卿的亲笔悼亡诗。

诗云：

不怨糟糠怨杜康，
乩诼玄羊重克伤。
睹物思情理陈箧，
停君待殓鬻嫁裳。
织锦意深睥苏女，
续书才浅愧班孃。
谁识戏语终成谶，
窀穸何处葬刘郎。

曹雪芹所遗之书箱正面所刻的兰石和题诗。

工人正在用江宁织造局所用过的那种织机操作的全景。由于机房太小,故将上部和下部分别拍照。

目 录

1/	第一篇	新材料提出的新问题（代序）
6/	第二篇	曹雪芹手迹和芳卿悼亡诗的发现及其意义
29/	第三篇	曹雪芹在岫里湖中琐艺一册中所绘乌金翅图及其论光与画残篇
34/	第四篇	曹雪芹讲编织印染的残文和江宁织造局的织机
45/	第五篇	曹雪芹斯园膏脂摘录片断
50/	第六篇	曹雪芹蔽苎馆鉴印章金石集残存
52/	第七篇	乾隆时德荣泥塑曹雪芹像的照片
55/	第八篇	曹雪芹所见之"如意平安图"
59/	第九篇	跋裕瑞萋香轩文稿
65/	第十篇	曹雪芹红楼梦琐记自序
66/	第十一篇	曹雪芹红楼梦琐记
157/	第十二篇	曹雪芹佚著及其传记材料的发现（附录一）
188/	第十三篇	红楼梦的反儒和废艺斋集稿残篇中的近墨反儒思想（附录二）
203/	第十四篇	论废艺斋集稿的真伪 ——兼答陈毓罴、刘世德两同志（附录三）
249/	第十五篇	跋日本松枝茂夫教授关于访问高见嘉十教授的来信（附录四）
254/	后记	

第一篇
新材料提出的新问题（代序）

本书所收的文章大致可分为四类。第一类是新发现的曹雪芹佚文和遗物的介绍和考证。第二类是与曹雪芹有关的文献和实物的介绍和考证。第三类是我在过去二十四年中就所见闻随时记录的关于曹雪芹和《红楼梦》的资料。第四类是附录：一九七三年《文物》第二期和一九七四年第五期刊载我的两篇文章。本书中由第二至第八篇都是继《废艺斋集稿》残篇之后，曹雪芹佚著及其传记材料的新的发现。

这些材料的发现，给我们提出两个问题。一、光凭《红楼梦》来研究《红楼梦》够不够？二、光凭《红楼梦》来研究曹雪芹够不够？对于第二个问题，谁都会认为是不够的。对第一个问题，许多人认为：专研究《红楼梦》这部书，知道不知道作者曹雪芹那么多的事迹，没有多大关系。这个看法是值得商榷的。

从过去的经验来看，"读其书必知其人"，是有道理的。历史唯物主义也告诉我们：必须结合行动来判断思想。因此，对作家的家世，特别是他的生平的研究，便成为研究作品的一项不可缺少的工作。

具体些讲，列宁谈到托尔斯泰时，光谈《战争与和平》，不涉及作者的阶级、思想、行动及其所处的时代么？恩格斯讲巴尔扎克，马克思讲但丁，都是只讲《人间喜剧》和《神曲》，而不问两位作者个人的历史和他们的时代背景么？显然不是这样。

再具体到《红楼梦》。即使狭小到只研究《红楼梦》里的语言，也不可避免地要有点关于作者籍贯和经历的知识。比如，《红楼梦》里有南方话，这首先就要知道作者在南方住过——固然,这是人所熟知的事实,但,他都去过些什么地方?去过苏州、扬州以至杭州没有?就语言来说,这些地方是有所不同的。既是"专"研究《红楼梦》的语言,难道不需要知道这些?大家又都知道,书中用的基本上是当时的北京话。但我在二十余年前,就发现《红楼梦》里有些极特别的语词,是我童年在东北的生活中所常听到的,有的还是我的母亲常讲的话。那些语词反而是我在二十世纪二十年代末的北京所不常听到或根本听不到的。我出生于父系是满洲人的家庭,《红楼梦》里的某些语词,我一看就懂。但是,不仅南方人的俞平伯先生对它们不那么了然,就是久居北京的启元白先生的某些注释,也令人读了感到总有些"隔"。这就说明:要真正了解《红楼梦》里的语言,特别是某些方言,就非知道一些满洲人在东北时长期形成的汉人用语不可。这也说明:需要知道曹家和东北的关系。

何况我们对《红楼梦》的研究,远远不限于语言文字,而必须分析作者塑造的人物和设计的故事的社会政治意义。这就不可避免地要涉及作者本人的经历、出生的家庭、所处的社会等一系列的问题。譬如书中的主要人物反对科举,在清朝康、雍、乾时期,读书人对于科举考试趋之若鹜的风气下,为什么产生这样一个小说人物?作者为什么有了这样的思想?它同作者以前的思想家们的看法、同曹家的遭遇、同他对清初民族矛盾和斗争的看法,都有什么关系?这些问题都不是仅仅从《红楼梦》这一本书里能得到解答的。如果再进一步探究全书的社会政治的意义,那就更需要了解作者的身世和时代。

当然,了解了作者生平、家世和时代,也不一定得出《红楼梦》全书的正确社会政治意义;但要想理解《红楼梦》的社会政治意义,却非知道它的作者的生平、家世和时代不可。前者例如,胡适是第一个考得曹雪芹本人、曹家的事实和他们所处的时代背景的,但他却把《红楼梦》仅仅看作曹雪芹的"自叙传"了。后者例如,我们今天,只有比较充分地考出曹雪芹、曹家、康、雍、乾的政治情况,尤其是考出当时的社会经济发展进入了什么阶段,才能理解《红楼梦》所反映的社会经济方面的重大含义,才能理解它是一部反封建的杰构。

"都云作者痴,谁解其中味?"作者在书中这样问。我们可以说,对于《红楼梦》这部书,封建士大夫不解,资产阶级文人曲解,只有到了社会主义社会,无产阶级才能有认为它是反映、抨击腐朽的封建社会的正解。不解、曲解和正确的解释的不同,与不同的研究方法有很大的关系;而不同的研究方法,归根到底又是由不同的阶级地位和利益所支配的不同世界观所决定的。

总之,我认为不但研究曹雪芹光靠《红楼梦》不行,只就《红楼梦》这部书的本身研究《红楼梦》也不行。事实上,研究《红楼梦》奉行"一本书主义",只讲些书中的琐事,而不从多方面的材料分析当时的社会背景和作者的思想倾向,这是很值得商榷的做法。我认为,读其书、研究其书,必知其人;而知其人,必知其家、论其世。

这本小书所收的,只是涉及进一步了解和探讨曹雪芹本人的思想和行动方面的文章。至于考证曹雪芹的家世(从他的父亲、祖父、曾祖以至远祖),在早年的胡适、李玄伯之后,周汝昌、吴世昌、冯其庸、吴新雷、马国权等同志先后做了不少这方面工作。我个人这二十多年来,主要是通过搜集和考订口碑、文字和实物材料,考得曹雪芹本人一些事迹。除了即将由上海古籍出版社印行的《曹雪芹丛考》以外,这本小书也是向读者的汇报之一。

在有了旁人和我考出的一些有关曹雪芹生平的材料之后,我有这样一个想法,把曹雪芹仅仅看成一位反封建的、现实主义的文学作家,显然是不够的了。他分明也是一位工艺美术的巨匠,并且,他还懂得其中某些项目的科学原理。他不但巧,而又懂得巧的道理。如果环境许可,曹雪芹自己也做他所娴熟的那些工艺的工作,他会是一位出色的科学家。

尤其重要的是,新材料的发现更能证明:《红楼梦》不但在我们看来"反映"着腐朽的封建社会,而且是作者有意地揭露它。对曹雪芹,我们可以应用马克思那句话:他是有意识地"让受现实压迫的人意识到压迫",从而使受压迫者感到"现实的压迫更加沉重"。(见中译本《马克思恩格斯选集》第一卷,第四页。)但我认为光凭《红楼梦》一书的内容不易得出这样的结论,如果熟悉一下新发现的材料的内容,那就可以使人信服地得出这个结论。

  曹家迁回北京后的生活情况,逐步下降,曹雪芹离开了右翼宗学之后,迁出北京城住在西郊各地的十余年间,根本没有固定的收入。除了友人的接济,卖画恐怕是一个主要的经济来源。于叔度的风筝营业做得兴旺起来之后,他们之间的互助是很可能的。他在常是吃了早饭,晚饭无着的情况下,用卖画的钱来周济孤儿寡妇,他还教给那些因废疾而无法维生的人们各种谋生的手艺。他接近了劳动人民,关心他们的生活。他虽"生于繁华",却"终于零落"。正是由于他回北京之后那"零落"的生活,才促使他的世界观起了变化。写到这里,我把茅盾同志在看到我那篇《曹雪芹佚著及其传记材料的发现》后,于一九七三年十二月见赠的那首七律,抄在下面:

    浩气真才耀晚年,曹侯身世展新篇。
    自称废艺非谦逊,鄙薄时文空纤妍。
    莫怪爱憎今异昔,只缘顿悟后胜前。
    《懋斋记盛》虽残缺,已证人生观变迁。

  的确,《瓶湖懋斋记盛》所记雪芹的事迹,以及其他有关新材料都证明:曹雪芹的世界观是变了。他的"顿悟"是和他的物质生活下降密切联系着的。他写《红楼梦》,动笔是在乾隆较早的年代,所以开头还不免有留恋已逝繁华的情绪。可是到后来,根据他的佚著和传记材料我们可知,他不留恋了,坚定了:他憎恨旧的,向往新的。

  如果说《红楼梦》表达了曹雪芹憎恨"旧的"的感情,那么,新发现的材料就说明了他向往"新的"的思想——那就是,他向往着一个"同耕复同织,无君亦无役","鳏寡孤独废疾者有养"的理想社会。这是一种乌托邦的政治思想。结合曹雪芹的时代来讲,在当时这还是一种反封建现状的进步思想。

因此,我认为曹雪芹不仅是一位现实主义的伟大文学家,也是一位杰出的艺术家,更重要的,他还是一位进步的政治思想家。

一九七八年九月二十一日,作者于沙滩。

第二篇
曹雪芹手迹和芳卿悼亡诗的发现及其意义

小　引

我们过去没见过《红楼梦》作者曹雪芹的亲笔字。一九七三年我在《文物》第二期发表的《南鹞北鸢考工志》自序,只是曹雪芹原笔迹的双钩。现在我们却发现了他的亲笔字迹。出乎意料的是,我们同时还发现了他续娶妻子的亲笔悼亡诗。这些材料的发现,不但使我们知道曹雪芹生平更多的事实,并且可以证明我们过去发现的《废艺斋集稿》残篇确是曹雪芹的著作,无可置疑。

一　保存曹雪芹手迹和芳卿悼亡诗的两个书箱

我们发现的曹雪芹的真迹及其续妻的悼亡诗是写在木板上不是写在纸上的。一九七七年十月,我听说有一位姓张的家里有两个红松木的旧式书箱,上面刻着与"芹溪"有关的诗句。经过努力,我才逐步地知道书箱的详细情况。在一九七七年底,我仅知道这两个书箱的正面刻着对称的两小丛兰花,第一个的一丛之旁还有一块石。在兰石的上面,刻着有上款的四句诗:

题芹溪处士句
并蒂花呈瑞　同心友谊真
一拳顽石下　时得露华新

下款在第二个书箱,署"拙笔写兰"。最后刻着"乾隆二十五年岁在庚辰上巳"的日期。在下款和年代之间,还有两行小的楷字:"清香沁诗脾,花国第一芳。"

直到一九七八年初,我又得知在第二个书箱正面刻兰的背面,还有两处用墨笔写的字。一处是工整的五行楷书:

> 为芳卿编织纹样所拟诀语稿本
> 为芳卿所绘彩图稿本
> 芳卿自绘编锦纹样草图稿本之一
> 芳卿自绘编锦纹样草图稿本之二
> 芳卿自绘织锦纹样草图稿本

另一处却是有涂改的娟秀的行书诗句:

> 不怨糟糠怨杜康　乩诼玄羊重克伤(此句原作"丧明子夏又逝伤,地坼天崩人未亡",后涂掉——裕注)
> 睹物思情理陈箧　停君待殓鹥嫁裳(此句下面原作"才非班女书难续,义重冒",未写完下句就涂掉了——裕注)
> 织锦意深睥苏女　续书才浅愧班嬢
> 谁识戏语终成谶　窀穸何处葬刘郎

这两处的字迹,原来都是被覆盖在年代很久以前糊的一张纸的下面,经过用水闷、用手搓,先看出"睹物思情理陈箧"、"停君待殓鹥嫁裳"两句诗,后来继续用水闷,把覆盖诗句的那张纸完全揭掉,才看到全诗。据实际闷、搓的那位女同志说,在紧贴木板糊的那张纸的上面,还糊着写了一些书名的一张纸。可惜进行闷、搓的那位女同志,只记得《仪礼义疏》一个书名,其他书名她都记不得了;但她还记得写着这些书名的那张纸的末端,还写着"春柳堂藏书"五个字。

到了一九七八年一月中旬,我亲自去看这两个书箱时,又在第二个书箱外面的左侧下方,发现刻着一个小小的"于"字。

二 关于这两个书箱流传经过的判断和推测

这两个书箱是曹雪芹生前用过的东西,这一点我们可以肯定。本文以下各节就是说明这个问题的。这里暂不多说。

但是,曹雪芹是从哪里得到的这两个书箱,是自己买来的,还是朋友送他的?如果是后者,是谁送的?在什么场合送给他的?这些问题,由于目前还没有可靠的材料,只能作些可能的推测,不能做出肯定的判断。

书箱现存张行同志的家里。曹雪芹死后,书箱落到谁的手里,又如何归张行家收藏?关于这些问题,虽然有些材料,也只能算是推测。

先谈最后一个问题。据收藏者说,他家祖辈嘱咐他们,这两个书箱是一位朋友的遗物,要好好保存。另外,张行同志说,他家在一九五六年曾卖了大批古书,其中不少都写有"春柳堂藏书"字样。结合第二个书箱刻兰背面粘的纸上也写着"春柳堂藏书"诸字,十分可能张行就是张宜泉的后人。按"春柳堂"是张宜泉的堂名,他的诗稿就叫作《春柳堂诗稿》,是在光绪己丑,即一八八九年刻版印行的。张行是河北深县人,现年三十三岁,初中毕业,工人。他父亲张继善解放前在琉璃厂虹光阁古玩铺做事,解放后在北京西城房管局工作。张行很有可能是张宜泉的第六代后人,可惜张家的家谱早已失掉,无从核对。大概曹雪芹在世时,用刻着"拙笔写兰"的那个书箱装过他手写目录的五种稿本。芳卿在他逝世买棺待殓时,写了上面那首悼亡七律。后来她离开北京回南方,就把书箱送给了张宜泉。

由于第二个书箱左侧下方刻了一个小小的"于"字,就不能不令人想到曹雪芹死后,它们也可能首先归了于叔度,而于叔度由于早已改业扎糊风筝,对它们无所用之,又念宜泉是读书人,并且是雪芹的好友,遂又把它们赠给宜泉保存。

关于书箱最后是怎样归张行家收藏的,我们就只能作如上推测。

至于这两个书箱当初是怎样到曹雪芹手里的,这个问题比较复杂,我们估计,有以下几种可能性:

　　第一,书箱是曹雪芹自己买得的,不管箱盖正面刻的文字和画意味着什么,都可能是他请朋友刻的。第二,由于那个小小的"于"字,书箱很可能是于叔度在某个时间和场合送给曹雪芹的。第三,也可能是张宜泉送给曹雪芹的。正因为这样,故书箱最后又归了张宜泉。但在此情况下,曹雪芹死后,芳卿就不会先把书箱送给于叔度,而那个小小的"于"字,就不相干了。第四,在小"于"字与来源无关的情况下,这两个书箱还有可能是那个写兰的"拙笔"送给曹雪芹的。第五,也不能排斥以上几个可能以外的其他朋友送给曹雪芹的可能性。

　　总括以上,尽管我们目前还不能断定这两个书箱是怎样到曹雪芹手里的,但这并不影响我们肯定他们是曹雪芹用过的遗物。一则,一位研究木质年代的专家看过这两个书箱,认为就书箱的木质来看,它们是二百多年前的东西;再则,从两个木箱正面刻的文字,特别是从第二个书箱背面写的笔迹和文字来看,也都可证它们是曹雪芹的遗物。

三　书箱正面所刻是与曹雪芹续娶有关的诗和画

　　两个书箱正面的字和画也包括着一些不能确切判断的问题。绘兰的人署名"拙笔",但拙笔是谁? 无法确知。"题芹溪处士句"的字迹和拙笔的落款,也不能十分肯定是一个人的笔迹。即使一个人可以写多种笔迹,也就是说,那首诗的字是绘兰的人写的。为什么落款的时候只提"写兰",不及他手书的诗句? 从"乾隆"及年代的字迹和一般既有落款就可能兼有年代的习惯而言,"乾隆二十五年岁在庚辰上巳"十二字也应是拙笔所写。但那夹在年代和署名之间的"清香沁诗脾,花国第一芳"两行十个小字,似乎就不是"拙笔"的笔迹了。这又是谁写的呢? 尤其重要的是,"芹溪"是曹雪芹,固然毫无疑义,但"题芹溪处士句"是"题'芹溪处士句'"呢? 还是"题'芹溪处士'句"呢? 换句话说,这首五言诗是曹雪芹自己作的,而由别人写上去的,还是别人作的赠给曹雪芹的诗呢?以下说明我对这些问题的看法。

拙笔是谁,我们本不必追问,横竖当时实有那么一个人,他是曹雪芹的一个朋友。如果那首五言诗是他作的,那么,他不但能画,而且能诗。由"一拳顽石下"这种句子来看,他可能很了解曹雪芹,熟悉"一拳石""顽石"曹雪芹所常用的这类字句。

关于诗的字迹和"拙笔"署名的字迹相同与否的问题,也就是说,是否出自同一个人之手的问题,孤立地研究,也没有多大意义。

关于"清香沁诗脾,花国第一芳"那十个小字,就以下三点看,很可能是曹雪芹自己后加上去的。(一)这两行字刻在那么一个不当不正的地位,令人不能不想到是后刻上去的。(二)就这两行字的笔迹虽然字形和用笔与第二个书箱背面那五条有所不同,但显然可以看出,写字的人有过学汉魏的功夫,而曹雪芹的字正是这个路子。(三)这两句诗虽系咏兰,而首尾"清"、"芳"两字暗藏芳卿的名字,也疑非雪芹莫办。当然,我并不坚持这一设想,但可以算一种看法。

关于"题芹溪处士句"这四句诗是曹雪芹本人作还是别人作的问题,我以为两个可能都有,我们不能判断。不管是谁作的,有一条可以断定:这首诗与结婚有关,而且与曹雪芹续娶有关。以下试申此意。

把这四句诗同书箱上刻的两丛兰联系起来考虑,固然一方面可以说该诗是咏兰之作。如果再结合"清香沁诗脾,花国第一芳"那十个字来看,这个解释就更为明显。因为"花国第一芳"说的正是"兰为国香"之意。但是另方面,这两丛兰既在形体上"并蒂",又在思想感情上"同心",而且还有什么"友谊",这就显然不是单纯地咏兰,而是比拟人们的婚姻关系了。如果再考虑这两个书箱的主人是曹雪芹,而第二个书箱的背面既有曹雪芹的亲笔字,又有他手书"芳卿"的名字,并涉及他们共同研究织锦的事实。更重要的是,还有芳卿的悼亡诗,再结合乾隆庚辰的年代等等,我们可以断定这首五绝乃是与曹雪芹续娶有关的诗。

关于这首五绝的作者问题,首先不能排除曹雪芹自作的可能性。这首诗合格律,也不算俗。杭州大学的蔡义江同志最近给我来信说:"以前我认为此诗有点'俗',所以说它不像雪芹之作。现在想来也不大全面。时隔两个世纪,观念有点不一样:一种意思原来倒是新鲜的,后来被大家用滥了,就显得俗了。何况俗与不俗,不能孤立地看字面,以为一用'并蒂''瑞'等字就不雅,恐怕也不是定论。总之,不能排除有雪芹所作的可能。"(见一九七八年六月二十九日来信)蔡义江同志举出这个理由是很对的,再加上"题芹溪处士句"本来也可以解作"写曹雪芹所作的诗句";而"一拳顽石"这类字样又是在雪芹诗文中所常见的。

但是,"题芹溪处士句"还可以解作旁人作的贺曹雪芹续婚的诗句。那就是说,"题"不是单纯地"写",而是题诗、题词、题跋之意。题句等于题诗的意思。"题芹溪处士句"等于题者"题芹溪处士"的诗"句"——亦即诗是题者作的,不是被题者曹雪芹作的。例如张宜泉有一首"题芹溪居士"七律,就是用那首七律描绘曹雪芹的。张宜泉如果在原诗题下加一个"句"字,成为"题芹溪居士句",也还是没有什么不可以的。唐孙华有《读梅村先生鹿樵纪闻有感题长句》,这里的"题长句",就是"作"了一首长诗之意。敦敏乾隆二十五年《芹圃曹君(霑)别来已一载余矣偶过明君(琳)养石轩隔院闻高谈声疑是曹君急就相访惊喜意外因呼酒话旧事感成长句》中"感成长句"的"成"字,也是"题"即"作"了一首长诗的意思。

上面谈的张宜泉那首诗是描写曹雪芹的生活情况和为人风度的,诗云:

> 爱将笔墨逞风流,庐结西郊别样幽。
> 门外山川供绘画,堂前花鸟入吟讴。
> 羹调未羡青莲宠,苑召难忘立本羞。
> 借问古来谁得似,野心应被白云留。

可见这种"题",实际上就是描述曹雪芹住处的自然环境,以及他居常写诗作画、不肯进画苑为封建统治者服务。末引陈抟拒宋太宗的召命,复书中的"九重仙诏休教丹凤衔来,一片野心应被白云留住"之句,正表示他不肯出仕的态度。

书箱上这首《题芹溪处士句》,固然也是写(即"题")芹溪处士的,但它的内容却不是对曹雪芹做一般性的描绘,而是涉及他在乾隆二十五年续娶这一事实的。"并蒂花呈瑞,同心友谊真",无疑地并非单纯指述书箱上所刻的兰花,而是贺结婚的句子。"一拳顽石下,时得露华新",也是配合贺词写的。所以"题芹溪处士句"既是题赠曹雪芹的,又是一首贺结婚的诗。那么,它就是送给曹雪芹续婚的贺诗了。

关于究竟是什么人送给雪芹的这首贺诗,我认为于叔度、张宜泉、鄂弼(原张永海传说是"鄂比"。据胡文彬同志见告,恩华的《八旗艺文编目》中,有一个"鄂弼",字简庭,由侍卫累官汉军副都统,山西、陕西巡抚,四川总督,未之官卒,谥"勤肃"。这个人虽然肯定不是香山那个鄂比,但按汉译满姓的习惯,鄂比应作"鄂弼"才是)都有可能性。但敦氏弟兄,却因敦敏那首长句的小引中"别来已一载余矣"一语,说明他们不可能在由庚辰三月三日之后到该次晤面之前有会晤的机会,所以这四句诗不可能是他们送的。当然除了上述诸人外,也不能说没有雪芹的其他朋友送给他的可能。

四 论芳卿是曹雪芹的续妻以及续娶的年代等问题

现在要推断一下:曹雪芹的续妻是什么人?他是在什么时候续娶的?

(一)关于曹雪芹续妻是谁的问题

据传说曹雪芹的前妻是因产后患病而死的。她的死或者在他迁出北京之前乾隆十五、十六年,也或者是在迁往北京西郊之后不久的乾隆十七、十八年。到了乾隆二十五年,曹雪芹的原配妻子已死了七八年了。敦敏记于叔度于乾隆十九年去雪芹的郊居,只字未提雪芹妻子,就是因为那时雪芹的前妻已死,而又未续娶之故。曹雪芹有续妻是有证据的。那证据就是他的朋友敦诚的《挽曹雪芹》诗。诗的初稿两首是这样的:

> 四十萧然太瘦生,晓风昨日拂铭旌。
> 肠回故垅孤儿泣,(前数月,伊子殇,因感伤成疾。)
> 泪迸荒天寡妇声。
> 牛鬼遗文悲李贺,鹿车荷锸葬刘伶。
> 故人欲有生刍吊,何处招魂赋楚蘅?

其二:

> 开箧犹存冰雪文,故交零落散如云。
> 三年下第曾怜我,一病无医竟负君!
> 邺下才人应有恨,山阳残笛不堪闻;
> 他时瘦马西州路,宿草寒烟对落曛。

后来作者又把这两首改为一首,作:

> 四十年华付杳冥,哀旌一片阿谁铭?
> 孤儿渺漠魂应逐,(前数月,伊子殇,因感伤成疾。)
> 新妇飘零目岂暝!
> 牛鬼遗文悲李贺,鹿车荷锸葬刘伶。
> 故人惟有青山泪,絮酒生刍上旧坰。

以上第一首中的"寡妇"和第三首中的"新妇",就正是雪芹这个续娶的夫人。

据此次发现的这两个书箱第二个背面曹雪芹自书的那五条藏书目录,可知他这位续娶夫人的名字或者即叫"芳卿",或者她的名字中有一个"芳"字,而"卿"则是雪芹对她的昵称。结合这个书箱正面那"清香沁诗脾,花国第一芳"两句,也或者她的名字叫作"芳清"或"清芳",都未可知。

又结合该箱背面"续书才浅愧班孃"那句诗,则他这位续娶夫人也许是个南方人。按班昭也称"班姑",南方江浙一带,称姑为"孃孃",北方则不但绝无此称法,即"孃"也不这样使用,尽管"孃"与"娘"字相通。这首悼亡诗中称班姑为班"孃",可见她大概是一位南方女子。

参照过去的有关诗句,这个推测,还可以得到佐证。敦敏于乾隆二十五年秋与刚从江宁北归的雪芹邂逅于明琳的养石轩,"惊喜意外因呼酒话旧事感成长句"一诗中的最末四句:

秦淮旧梦人犹在,燕市悲歌酒易醺。
忽漫相逢频把袂,年来聚散感浮云!

我认为这"犹在"的"秦淮旧梦"中人,很可能就是雪芹那次南行从江宁偕归的、他的续娶的夫人。雪芹这位续妻应该是他的亲戚或熟人,亦即"旧"人。当然,即使不是从江宁偕归的,也可以是在北京的一位这样的"旧"人。关于这点,有的同志认为"人犹在"或即指雪芹本人。我认为"秦淮旧梦人犹在"这句诗,如果这样解释,那不就等于说"这个做过秦淮旧梦的曹雪芹还活着"么? 这有什么意义呢? 假如把这两句诗同敦敏另外两句诗"燕市哭歌悲遇合,秦淮风月忆繁华"结合起来看,到了乾隆二十五六年的时候,曹雪芹既辞了右翼宗学的工作,又拒绝了到皇帝画苑去供职——他的反封建政权的态度已经十分明确坚决,他还会有什么政治上的"遇合"与否的问题,并且至于"哭歌"悲这"遇合"呢? 所以我认为这几句诗是在暗示雪芹续婚的事,而他续娶的对象,很可能是曹家在江南时的旧人。

(二)关于曹雪芹续娶的具体时间问题

《题芹溪处士句》既然是贺曹雪芹续婚的诗,那么,"乾隆二十五年岁在庚辰上巳",大致应该就是他续婚的时间。在这里,我们还要解决一些问题。第一,我们说他的续妻可能是从江宁偕归的,那么他到底是否去过江宁呢? 第二,如果去过,他的启身和回到北京的日子同敦敏所说的"别来已一载余矣"有无冲突?

先谈谈他是否去过江宁。

敦敏在乾隆二十五年秋天有一首《芹圃曹君(霑)别来已一载余矣偶过明君(琳)养石轩隔院闻高谈声疑是曹君急就相访惊喜意外因呼酒话旧事感成长句》,诗云:

> 可知野鹤在鸡群,隔院惊呼意倍殷。
> 雅识我惭褚太傅,高谈君是孟参军。
> 秦淮旧梦人犹在,燕市悲歌酒易醨。
> 忽漫相逢频把袂,年来聚散感浮云。

据吴世昌同志说,这首诗似乎暗示雪芹曾离开北京一年多,回京后与敦敏偶然相逢,故有此作。周汝昌同志则说,当是雪芹于乾隆二十四年秋去南京入两江总督尹继善幕,二十五年秋归来后与敦敏相遇,故敦有此作。

雪芹是否入尹幕,现在很难说。这主要是由于我们对陆厚信的"雪芹先生"像,还不能断定它就是曹雪芹的像。

但是雪芹于乾隆二十四年曾离开北京,而二十五年与敦敏相见是从南京回到北京的巧遇,却是大致可以肯定的。曹雪芹南京之行的目的,我们不大清楚,但他此行之有,却除以上推测外,还有一项传说,可资佐证。

一九七三年二月,我在《文物》上发表《曹雪芹佚著及其传记材料的发现》一文后,曾接得镇江江慰庐同志于同年五月六日来信。信中告诉我,他的朋友告诉他说,有一位沈君,现年五十多岁,幼年在扬州读书,他的先人世居瓜洲镇。沈君曾告他的朋友,谓他家里世代珍藏着一幅《红楼梦》作者曹雪芹所绘的《天官图》。沈君说,乾隆某年,曹雪芹因事由北京去江宁,取道扬州、镇江。行至瓜洲,天气突变,封江停航。曹被阻于江的北岸,滞留瓜洲镇上。沈家当时是瓜洲的大姓,久慕雪芹之名,延为上宾,热情款待。因宾主相得,雪芹在瓜洲留居一月有余,才渡江去江宁。行前,曾作《天官图》一幅以贻主人。沈家对这张画,世代珍藏,视为瑰宝,并嘱其后人,妥为保存。一九七八年秋,我去镇江见到了江同志和该图收藏者的弟弟沈星甫,据谈实有其事,容另文详谈。我认为,如果把这项传说同敦敏的诗合起来看,就比较有力地证明:曹雪芹的南京之行实有其事。

(三)现在再略述曹雪芹南京之行的启程日期和归期的问题

"拙笔"这首题赠雪芹续婚的诗和所绘的兰,既然署"乾隆二十五年"的上巳(三月三日),曹雪芹的续婚大致即当在这个日期左右。照一般通例,送这种礼物多半是在婚期之前的。雪芹由南京回到北京,至迟也必在相近的若干日。上面既已说明雪芹之去南京是在乾隆二十四年秋起身的,则到二十五年三月三日并不到一年,何以敦敏上引庚辰秋写的诗序中说"芹圃曹君(霑)别来已一载余矣"呢?

我认为,雪芹虽在二十四年秋南京之行以前可能与敦氏弟兄见过面,但雪芹翌年三月三日前一些从南京回到北京之后,并不是与敦敏立即见面,而是直到是年秋天才同敦敏见面的。这完全是可能的。根据敦敏的《瓶湖懋斋记盛》,过去他们之间动辄八九个月不见面。如乾隆二十三年雪芹在白家疃筑新屋后,敦敏同雪芹就是八九个月未见面。我们过去由于看到些敦氏弟兄诗集中有关雪芹的诗篇,可能得到一个印象,以为他们接触频繁,这却不符合当时他们交往的情况。

如果是像我上面分析的那样,则从乾隆二十四年秋曹雪芹动身去南京,到二十五年秋两人才见面,岂非"一载余矣"?而雪芹去南京虽是二十四年秋,回北京却自是二十五年三月间。故"拙笔""写兰"的乾隆二十五年上巳,乃是雪芹的归期,而敦敏写诗则是在这年秋天他和雪芹晤面的日期,两者并不矛盾。

总括上述,可以作一小结如下:曹雪芹续娶的夫人大概是他从南京偕归的一位旧人,她是南方人,名字可能就叫"芳清"或"清芳"——也可能叫"芳卿"。

下文从雪芹那五条真迹中的称呼,通称"芳卿"。

五　曹雪芹手迹五条书目说明些什么

在这两个书箱上,最重要的要算第二个箱开合那块木板背面的两处亲笔字。一处是曹雪芹自己的——这是截至今天为止,二百多年来,我们所知的《红楼梦》作者的唯一真迹,它的重要性自不待言。另一处是芳卿亲笔的悼亡诗,也是十分重要的。

本节先谈谈雪芹的手迹。

第一,这五条手迹证实了我在一九七三年发表的雪芹亲笔所写《南鹞北鸢考工志》自序的双钩,确是根据真迹的双钩。读者试取两者比较一下看,即可见它们中的"语"、"为"、"所"、"之"、"自"诸字的写法和笔意,完全相同。"方"、"扁"、"金"、"言"、"文"、"少"、"禾"等偏旁或部首的写法,也完全相同。这就充分证明《自序》的双钩是根据真迹描摹的,从而也证明《考工志》等雪芹的佚著是真的。《废艺斋集稿》残存部分的被认为真品,是极重要的一件事。因为读了曹雪芹这八种佚稿的内容,使我们不能不加深对这位伟大作家的认识——他在中国历史上不仅是一位伟大的文学家,而且也是一位杰出的工艺美术家和政治思想家。

第二,就曹雪芹这五条目录的内容说,第一条是:

为芳卿编织纹样所拟诀语稿本

这里的"诀语"两个字,非常重要。诀语实际上也就是歌诀,和《南鹞北鸢考工志》中风筝歌诀同样的歌诀。《考工志》里那些歌诀,有的是画风筝彩图的歌诀,有的是扎风筝的歌诀。两者都是用类似诗的形式写成的韵语,但又不是严格地押韵。这并不奇怪,因为它们本来是为了指导绘制风筝的人们怎样画、怎样扎的"顺口溜"之类的东西,而不是诗。

它们也不一定全是雪芹的创造。不论在雪芹的《考工志》自序或董邦达的序文中,都说《考工志》是"旁搜远绍,以集前人之成"(雪芹),"集前人之成"(董邦达)。这就可见雪芹的风筝歌诀既有前人的旧底子,也有他的增益和改进。如果以严格的诗韵来要求那些歌诀,认为它们的用韵都很"庞杂",因此就断定它们不可能是曹雪芹的"诗",也因此断定歌诀便是假的,那就不对了。因为,这一看法的大前提就错了——曹雪芹并不是在写"诗"啊。

雪芹第一条目录就已充分说明:他不但有风筝的歌诀,也有关于编织纹样的歌诀。后者大概也是一些并不合乎严格"诗"韵的东西。我们现在虽已看不到他那些编织纹样的歌诀,但它们也必是一些比较"雅"的、指点那些学习织锦的人们怎样编织的"顺口溜",则是可以肯定的。曹雪芹亲笔写的这一条目录,也充分地证实了《考工志》中的那些风筝歌诀都是真的。

第三,在《废艺斋集稿》中,有一册是专讲编织的。编锦和织锦都是在这一册里面的,可惜现在已不可得见。据说那册书里的纹样很多,如万字不断锦、回纹锦、福寿联绵锦、鹿鹤同春锦、仙寿百龄锦、鸳鸯戏水锦、吉祥如意锦、世世平安锦、盘长锦等等。这些锦的纹样,有些还是乾隆时甚至再早些已经流行了的纹样。到了曹雪芹手里,就把它们的做法编成书,目的是为了教给没有生活出路的盲人们,学会一种谋生的手艺。

在雪芹这一事业中,芳卿似乎是一个很重要的合作者。试看目录中的第三、四、五条:

芳卿自绘编锦纹样草图稿本之一
芳卿自绘编锦纹样草图稿本之二
芳卿自绘织锦纹样草图稿本

我们要注意:芳卿自绘的都是"草图稿本",那就是说,她画的都是原始稿本,而雪芹画的则是"彩图稿本",如第二条"为芳卿所绘彩图稿本"。雪芹的工作,仅从这五条目录所表明的来看,只是把芳卿绘制的草图或白本给绘成彩图、彩本而已。由此可见,在雪芹写《集稿》中的编织一册时,芳卿所起的作用很大。

芳卿不仅是雪芹这一册的合作者,她也深知雪芹从事这一工作的深刻意义。我们不妨把下节要谈她的《悼亡诗》中与此有关的一点,先在这里讲一下。《悼亡诗》的第五句:

> 织锦意深睥苏女

苏女指苏蕙,她是南齐时窦滔的妻子,始平人,字若兰,善属文。后来窦滔纳妾赵阳台,之官时未偕蕙同往。蕙织锦为《回文璇玑图诗》以赠滔,其文婉转循环,五色相宜,词甚凄婉。窦滔遂又与她和好。

照一般解释,芳卿这句诗不过是说:"我对雪芹你的情意,比那会织锦的苏蕙对窦滔还要深哩!"但我们结合雪芹与芳卿合作《集稿》中织锦一册这件事,再参考雪芹讲织锦的文字,乃知这句"织锦意深"远远不止上面的含义。照我的看法,芳卿是在说:"苏蕙制回纹锦的用意不外博得丈夫的欢心,希望同她的丈夫重叙旧好而已,我同雪芹你共同研究织锦工艺,编写织锦的书,用意是在教那些有废疾而无告的人们一种维生的手艺;这种济世活人的用意,比苏蕙的用意要深得多了——把苏蕙可比下去了!"可见曹雪芹重视织锦工艺,拿它作为救济"穷民"(董邦达语)的技艺这种思想感情,芳卿和他也是共通的。

最后,我们再补充一点,就是:曹雪芹这五行写在木板上的手迹,墨色较浓。这说明它们是雪芹在世时在比较安定的情况下写的工楷字。它们同芳卿在若干年后,雪芹逝世的时候匆匆写的,并且写错又涂改的《悼亡诗》的字迹,成了一个对比。

六 关于芳卿的悼亡诗

芳卿的《悼亡诗》写于雪芹写那五条目录的同一木板之旁。字迹较潦草,墨色也淡,而且有三句半是写了以后又涂改了的。尽管这样,但还是可以看出她的字是很娟秀的。她的诗有思想,也有些历史知识。但以格律来衡量,那就比较差些。兹照改后的诗参以涂去的原句,谈谈它的格律方面的问题。

不怨糟糠怨杜康,乩诼玄羊重克伤。
睹物思情理陈箧,停君待殓鬻嫁裳。
织锦意深睥苏女,续书才浅愧班孀。
谁识戏语终成谶,窀穸何处葬刘郎。

首句"不怨"是仄起,按格律,次句即应平起;但"乩诼"亦为仄声,则两句之中必有一误。从第三句"睹物"承上仍是仄起来看,误在首句。它原来应该是平起的,可见原来倒是对的(唯句中"逝"字,该平而用仄),重改时,顾了义而未顾律。按律,颈联出句亦应与颔联对句相承,即第五句应作平起,第六句仄起方是。现在颠倒过来,"织锦"是仄起,"续书"是平起,这就与上一联失粘,而有点像"断腰体"了。但原先所写而后被涂去的"才非"一句及"义重冒"三字,倒是先平后仄,完全合律的。末联两句都拗,但以"何处葬刘郎"作结,仍可见与原意开头用平起式相符,是平收的。

再看句中用字有无不合格律要求之处。第三句按一般格式,应作"仄仄平平平仄仄",现在末了三个字"理陈箧"是"仄平仄",似乎拗了。其实,这样的"拗",在律诗中不但完全容许,而且已成通例,不能算作出格。

唐人律诗中就曾大量运用。即如大家所熟悉的高适《送李少府贬峡中王少府贬长沙》诗:"巫峡啼猿数行泪,衡阳归雁几封书。"杜甫《宿府》诗:"已忍伶俜十年事,强移栖息一枝安。"《咏怀古迹》诗:"伯仲之间见伊吕,指挥若定失萧曹。"及"千载琵琶作胡语,分明怨恨曲中论"等等,都是用"仄平仄"句式的。此诗第五句末了三字"睥苏女"亦属此例。

真正破格成拗的只有最后两句。"戏语""窀穸"都是该平而用仄,"成"字该仄而用平。不过,一首之中,有一联拗句,也不是什么不得了的事。

《红楼梦》中林黛玉就说过,"若是果有了奇句,平仄虚实不对都使得的";香菱也说,"看古人的诗上,竟有二四六上错了的,所以天天疑惑。如今听你一说,原来这些格调规矩竟是末事,只要词句新奇为上"。(第四十八回)这个意思,芳卿从曹雪芹或者别的什么人那里听到过,都完全是可能的。所以,她的诗有于律未合之处,固然主要是由于她在这方面的水平不高,但其中也可能有一些不肯以辞害意而有意不顾的成分在。因为,应该平起而改为仄起的首句和不甚合律的末联,从诗意看,恰恰都是全篇写得最好的地方。如"戏语终成谶"这五个字,实在是不能改动的。所以,即使明知其中平仄颠倒,也只得听之任之了。芳卿的诗,只是"以言志痛",并不拿去发表,"不为世人观阅称赞",何况又只是草稿。格律,当然更是"末事"。此外,原来合律的,因文义的缘故而更换字句时,忘了前后句字声相承、相对的关系,反而改成不合律了。这又说明她原来并非全不知诗律,只是在那种心情之下难免顾此失彼。所有这些情况,正好都证明诗的真实性。倘若做假,当不至于如此的。(以上谈诗的格律,也承蔡义江同志指教。)

另外,木板上写了又改的情况,说明芳卿在自己的丈夫甫逝之时,悲痛的心情使她不能字斟句酌,故写了又涂改,如第一、二两句,原作"丧明子夏又逝伤,地坼天崩人未亡",这两句照原迹的行距看,是原稿;而"不怨糟糠怨杜康,乩诼玄羊重克伤"是后加在首行的改稿。这一点,照片上表明得很清楚。涂去的原第五句"才非班女书难续"及原第六句开头的"义重冒"三个字,则是原来写了后又觉得不妥,立即涂去了的——这也由它们占的是原行距可以看出。她写到"义重冒"三个字,就把它们连同"才非班女书难续"七字都涂掉了,这是为什么呢?我的看法是,"才非班女书难续"这句,并不是她涂掉的原因;问题在"义重冒"三个字,此三字在木板上极难看清。"冒"字初看像是"蜀"字,但细看却是"冒"字。芳卿大概是要写"义重冒郎……","冒"可能是指冒辟疆,他对董小宛感情之笃的事迹,在当时是士林盛传的,甚至有"情痴"之称。按雪芹曾看过《影梅庵忆语》一书,并曾把冒辟疆记小宛烹调技术的文字,略加修改抄入他的《斯园膏脂摘录》里去,故芳卿也熟悉冒和董的故事。

但为什么芳卿写了"义重冒"三字后又涂掉了呢?这大概是因为:首先,小宛是个"妓人"。邓国治同志看到我的初稿,她认为芳卿之所以涂掉"义重冒"三字,可能同她自己过去的遭遇有关。这个看法很不错。如果芳卿在南京的遭遇和秦淮有关,她就会不愿提到冒辟疆和董小宛的事。再看曹雪芹的朋友们,如敦敏、敦诚、张宜泉、于叔度这些人,他们总有同芳卿见面的机会,但从无一字提及他们的好友曹雪芹的夫人,这不有些奇怪吗?我们今天赖有敦诚在挽诗里提到"寡妇",特别是"新妇",提到了"孤儿",否则我们就无法知道曹雪芹续娶过,无法推知他的前妻和他的前妻之子了。其次,更重要的是,董小宛死在冒辟疆前面,雪芹却是先芳卿而死,情况根本不合。大概芳卿写了"义重冒"三字,便想到情况不合,也或者想到秦淮身世的问题,便把十个字都涂掉另写了。我们由此可知芳卿同雪芹感情之深,雪芹对她的情义之重。这应是芳卿的原意才是。

第五句原脱"深"字,后来又在旁边加上。这也说明芳卿写这首诗时"方寸已乱"。

以上一系列情况,都能表明:这的确是雪芹刚刚逝世停尸待殓时,芳卿就边哭泣边写这首《悼亡诗》的。

以下把芳卿这首《悼亡诗》里的其他含义,略加分析。

第一,关于曹雪芹的死因。过去我们根据敦诚的《挽曹雪芹》诗,知道他是因为儿子死了以后,"因感伤成疾"才于癸未除夕逝世的。另据敦诚的挽诗中"一病无医竟负君"之句,又推测他只是因"感伤"成疾的那个疾病,拖了"数月",由轻而重,终于不起的。

看了上引芳卿的诗句,一则说"不怨糟糠怨杜康",再则说"窀穸何处葬刘郎",可见他的死显然与酒有关。我们玩味全诗之意,情况大概是这样:雪芹的前妻之子在癸未年(乾隆二十八年)除夕前数月死去,雪芹因痛子之殇,亦即所谓"丧明",自己也病了。但现在根据芳卿的诗句"不怨糟糠怨杜康",可知雪芹的病必非致命之疾;小病,但拖到癸未除夕,大概是又喝了酒,遂因脑溢血之类病症,猝然而亡。如果先得的是大病,则芳卿绝不会允许他再喝酒。看来雪芹之死,酒是直接的原因,故目击这一情况的芳卿才说:"窀穸何处葬刘郎。"敦诚在挽诗中也才说:"鹿车荷锸葬刘伶。"两人的诗句都画出了一个生着病还拼命要酒喝的雪芹的形象。至于他生前,那"酒渴如狂",敦诚"解佩刀沽酒而饮之,雪芹欢甚"的形象,他们"一斗复一斗"地喝起酒来,"曹子大笑称'快哉'!击石作歌声琅琅"的形象,也都说明雪芹病中索酒,是不奇怪的。这样,这位生于封建社会而反封建,却又不能伸其夙志的伟大作家,就终于被酒夺去了他的生命。

第二,雪芹死的前后一些情况,芳卿诗中也提供几项资料。

(一)根据"乩诼玄羊重克伤"和"谁识戏语终成谶"这两句诗,事情大概是这样:雪芹生前,即他的儿子未死之前,他们夫妇两人可能搞过什么扶乩、占卦、抽签之类的玩意儿。他们看到了那扶乩得出的乩语或抽签中的话,说在"玄羊"(玄羊指癸未年,犹如赤鼠指丙子年;皆以甲子、十二时及十二属配合而成)年将有"重克"这类迷信的预言。他们夫妇看了这个预言后,彼此曾经开玩笑地说:"这谶语别真成为事实,那可就糟了!"谁知它竟"应验"了:儿子死后,这位"子夏"(指雪芹)不幸也逝世了!当然,在雪芹反对迷信、芳卿也不会迷信的前提下,所谓"应验",在芳卿思想中不过只是巧合而已。

蔡义江同志看过了我的初稿后,认为"谁识戏语终成谶,窀穸何处葬刘郎",还可以解作与刘伶有关。他说:"'织锦意深',解得好极。但'戏语成谶',还可斟酌。我以为与'刘郎'有关。刘伶除说过'死便埋我'的话外,其妻曾劝止酒,说'君酒太过,非摄生之道',伶有'妇人之言,慎不可听'之戏语。或者曹氏夫妇〔在雪芹〕生前亦谈过。结果'死便埋我'之类话成了谶,故敦诚吊诗用此典。"这个解释是很好的。但我以为我上面那个设想和解释,也不能排除。

(二)"睹物思情理陈箧",所睹的当即书箱亦即"陈箧"中的那些织锦纹样稿本。那些稿本乃是雪芹生前同芳卿意在"以艺济人"的思想感情凝结在一起的劳动成果。这样的一个生活上的伴侣、事业上的合作者一旦逝去,她如何不伤情?他们的感情又岂止一般夫妇的感情而已!

（三）"停君待殓鬻嫁裳"一句直接道出了这位伟大作家身后萧条到什么程度。当然，"殓"雪芹的遗体事实上不会靠芳卿去卖她嫁时的衣裳。敦诚、敦敏、张宜泉、于叔度，甚至怡亲王府的弘晓、平郡王府等的接济，都应该是可能的。此外这句诗同时也吐露了芳卿的确是敦诚所谓"新妇"——从乾隆二十五年到二十八年除夕，不过短短三年多些——否则，那嫁时的衣裳早已陈旧得无法出卖了。

（四）"玄羊"的"玄"字缺最后一笔，这显然是避玄烨即康熙的讳。长期以来，争论不休的"壬午说""癸未说"，似乎从此可以休止了。本来早期抄本《石头记》的批语，除了一九七四年我发现的怡亲王府弘晓过录的本子是原抄本之外，都是些不知经过多少次过录，也都不知道是谁过录的本子，有什么理由那么相信它们呢？现在，我们有了雪芹继妻亲自写下的"玄羊"二字做证，再加上敦诚自己也曾说他的诗是"聊记编年事"的，而他的《挽曹雪芹》那首送殡的诗又写于乾隆甲申年正月初，可见雪芹死于癸未除夕，无可争辩。

（五）《石头记》没写完，早已为人所熟知。现在又由作者的续妻对我们说"续书才浅愧班孃"，又多了一个更直接的佐证。

第三，我们读完芳卿的原诗和曹雪芹那五条——条条都有"芳卿"名字的——目录，便产生了一个印象，即芳卿似乎是一个兼有才艺和富于情感的女子，她对雪芹的感情十分深厚，雪芹在世的时候，她对他的帮助很大。我认为《石头记》里的批语无疑地会有她的手笔，如果是这样，那么，《石头记》中那些有女人口吻的批语倒是值得研究一下。特别是，今后创造雪芹续妻这个人物的形象时，有了比较具体的根据。我在一九六三年出版的《曹雪芹的故事》一书中，曾经用想象勾勒了她的一个形象，并给她取个名字，叫作"木秀"。白坚同志在他的《须眉历历见精神——漫评〈曹雪芹的故事〉》（见《北京文艺》一九六三年七月号）一文中，曾经对我所创造的木秀鼓励又批评道：

一病无医，无疑是写雪芹的凄凉结局了。值得注意的是，雪芹的妻子——木秀的形象。她完全是作者的创造。她是一个纯朴然而又富于感情,平常然而有识见的人。她了解、尊敬雪芹的为人。她关心他,爱护他,支持他的事业——《红楼梦》的创作。(中略)她恨不得替雪芹而病,然而她终于无能为力。(中略)

雪芹在那样艰难情况下,能够坚持《红楼梦》的创作,除了他自身那种坚强无比的毅力——由于感慨和寄托、憎恨和憧憬、自慰和自豪所产生的精神力量外,好友的鼓励和帮助,爱人的支持和体贴等外在原因,也是必不可少的。他有一个在生活、思想和创作上知情着意、分甘共苦的爱人,不正是合情合理的么?而且从衬托雪芹的性格出发,也是完全必要的。尽管作者所勾画的木秀的形象,还远不够丰富、鲜明,然而不是已经露出可喜的苗头吗?它提供了进一步创造的可能,在这里,想象的翅膀,大有飞翔的余地。(下略)

白坚同志在这里把创造一个较为完满的雪芹续妻的形象的必要性(对雪芹传记故事而言)以及她应有的形象、思想感情及其所起的作用等等,谈得十分清楚。当然,我尤其感谢他指出我在《曹雪芹的故事》中所刻画的那个木秀的远远不足之处。芳卿《悼亡诗》的发现,使我们今后再塑造雪芹晚年这位伴侣的形象,描述她的谈吐风度和思想感情时,就比较容易得多了。

七　这次的发现与今后加深认识曹雪芹的关系

先谈谈材料的问题。"有了新发现的材料,便有新的学问。"这话不管是谁说的,总之是对的。河南安阳发现的甲骨文,便是最明显的例。从刘铁云的《铁云藏龟》起,到当代止,这中间许多学者从各方面研究甲骨文字,它已成为一种专门学问,对中国上古史的研究有很大的贡献。固然,材料有真伪的问题,需要鉴别、鉴定,但这是一种科学的工作,不能感情用事。鉴别新发现的器物、文字资料的真伪,既需要科学的手续,但也要有常识。我们可以拿新发现的有关《红楼梦》作者曹雪芹的材料为例,说明这个问题。

第一,例如我们发现的曹雪芹这两个书箱,是红松木做的,材料并不讲究。如果有人认为曹雪芹那么伟大的作家,而且是他的朋友送给他续婚时的礼物,哪里会赠送这种柴木的箱子呢?这样的看法就是忽略了常识。曹雪芹个人中年以后贫困落拓,固不待言;同他的生活情况相似的朋友们,难道送的必须是樟木箱、红木箱,才算真是曹雪芹的?判断它们的真伪主要是要把木质的年代、箱子的样式等等,通过科学的鉴别,看看是不是那个时代的东西。进一步再考察是不是曹雪芹的东西。用上述那种忽略常识的想法做鉴别它们的前提,显然是不行的。

对于近年来发现的曹雪芹的佚著及其传记材料,除了科学的考订之外,也同样需要健全的常识。对于《废艺斋集稿》中的残存部分,如《南鹞北鸢考工志》以及作为它的附录的《瓶湖懋斋记盛》等材料,也是如此。有人认为《考工志》和《记盛》由于没有"实物"或原稿,便是假的。这种看法是很成问题的,也是忽视常识。中国的古籍浩繁,岂止"汗牛充栋"?其中唐、宋的不用说,就是明、清的书籍,有几部是有原稿的?如果按着没有原稿就不是真的这种逻辑来"鉴定",恐怕要把百分之九十以上的清代著作都划入伪书或至少是"可疑分子"之列了。所以,我们不能因为拿不到《考工志》、《记盛》的原稿,就立即判断它们是假的。我早已说过,原书已于一九四五年被一个姓金田的日本人带到日本。由于不知道他的名字,一九七四年在日本大事访求时,也没找到那个持有《废艺斋集稿》姓金田的日本人。但是参加并指导抄录描摹《南鹞北鸢考工志》的高见嘉十教授却被日本的《红楼梦》研究者访查到了。据说高见曾告诉松枝茂夫教授说,他还记得一九四四年他在中国北京的时候,曾经协助过一个中国学生抄录描摹这样一部书,并给改正过描摹不确的地方。在高见嘉十逝世以前,我也接到《红楼梦》日文译者伊藤漱平来信,说高见嘉十还在,住富山县。这些都是《废艺斋集稿》的证明。以常理论,《记盛》的内容涉及那么多当时的人物和具体情况,谁能都把它们杜撰出来而和有关的资料合牙对缝？现在，新发现的这两个书箱上的曹雪芹亲笔字，可以证明：《考工志》曹雪芹手书《自序》的双钩、歌诀、编织工艺等等，确都是曹雪芹的著作。那认为《废艺斋集稿》是赝品的看法，是可以考虑放弃了。

残存的《废艺斋集稿》既然无可怀疑地是曹雪芹的作品，我们就应该对它们作进一步的研究，以便更深刻地理解这位伟大的现实主义作家，更深刻地理解《红楼梦》这部伟大的现实主义作品。《红楼梦》这部杰构，封建士大夫不解，资产阶级文人曲解，直到我们今天的社会主义社会，它才有被理解为一部反封建的小说的可能。

曹雪芹在《红楼梦》第一回里曾经感叹道：

满纸荒唐言，一把辛酸泪；
都云作者痴，谁解其中味！

在发现一些关于曹雪芹的新材料之后，我们不免要问：我们把《红楼梦》视为一部反封建的巨著对不对呢？是对的。算不算"解"了《红楼梦》中的"味"呢？在某种程度上，也算解了。然而要谈了解作者的整个思想，那就很不够了。曹雪芹不单有反对封建社会的思想，而且也有对于未来社会的憧憬。尽管描摹得很模糊，但是把"鳏寡孤独废疾者有养"、"同耕复同织，无君亦无役"他所向往的那种理想的制度和境界的"古之世"（见《南鹞北鸢考工志自序》），同他所谓倘有那种废疾无告的人就得"转死沟壑"的"今世上"（见《石头记》第四回）对比一下，曹雪芹这不是在憧憬着一种理想的新社会是什么？而在那种新社会中，人们无疑的是自由的、平等的。这正是任何孕育着资本主义生产关系萌芽的封建社会中必有的思想。尼德兰资产阶级革命时期的哥老秀斯和斯宾诺莎，英国资产阶级革命时期密尔顿、洛克等，法国革命前的孟德斯鸠、卢梭等，都有这种思想。他们的企求，大致是一个资产阶级的"理想王国"（恩格斯语）。当然卢梭代表的是激进的中小资产阶级，他的想望和孟德斯鸠有所不同，和英国的密尔顿、洛克也不同。但他却和曹雪芹的政治理想较为接近。他们企求的理想国家,都是一个小手工业者——小资产阶级在其中能够取得平等和自由的国家。在十八世纪中叶的中国封建社会,曹雪芹这种思想是有很大的进步意义的。

我们在《红楼梦》一书中,只看到通过对封建官僚大家庭败落的历史的描述,来揭露封建社会的黑暗、腐朽,从而显示它的必然没落的过程。它和《官场现形记》光是揭露的写法不同,它不只是揭露,也有光明。但在《红楼梦》书中,这光明却微弱到几乎令人难以看到的程度。只有从新发现的、《红楼梦》以外曹雪芹的著作,我们才能看到他在政治上的积极主张——一个小生产者向往的乌托邦的轮廓。

这次曹雪芹手迹的发现,证实了过去发现的曹雪芹佚著及其传记材料的可靠性。无疑地,今后我们再研究《红楼梦》作者的思想,就必须根据这些新发现的材料来加深我们的认识。他不只是消极地反对封建制度,他还粗略地勾勒几笔代替那将倾的封建大厦的新制度。他不只是一位批判了"旧的"的文学家,他也是一位设想了"新的"的政治思想家。必须在这个意义上,我们才能充分地理解他同但丁一样,是"旧时代最后一个人,新时代最初的一个人"。

一九七八年二月二十五至二十七日初稿,七月二十日定稿于沙滩。

【附记】 近知芳卿原名芷芳,姓杜,江苏常州人。母家顾氏,据说是顾炎武的后人。蔡义江同志在他寄给我的一封信中关于"芳卿"说:"(上略)曹雪芹称之为'芳卿',这不但符合他们之间的夫妻关系,同时喜欢以'卿'相称,也正是雪芹'圈子'中人的习惯。脂砚斋、畸笏叟等人就是如此。翻开《石头记》脂评本,处处都可见'玉卿''颦卿''宝卿''凤卿''袭卿'等称呼。所以,从曹雪芹的手书中称'芳卿'这一点来看,它又为实物的真实性提供了一条很好的证据。倘若说实物是赝品,那么,作伪者的本领也太大了。他除了必须具备有关的许多知识和技艺外,居然对脂评也非常熟悉,而且还注意到其中的习惯称呼,想到要假造一个亲昵的称呼,刚好与之相合。这实在是很难想象的。"

一九七九年三月十六日恩裕记。

第三篇
曹雪芹在岫里湖中琐艺一册中所绘乌金翅图及其论光与画残篇

《废艺斋集稿》的全稿,国内已不可得,但它的残篇断简,还不时发现。《集稿》中有一册名《岫里湖中琐艺》,取"袖里乾坤大,壶中日月长"之意。是讲园林建制及画扇的。其中有论及画法的地方。

这里就是我在一九七六年得到的曹雪芹所绘《乌金翅图》及其讲绘画要取法自然和他讲绘画与光的关系的残篇。以下是曹雪芹原作的残文。

> 芹溪居士曰:愚以为作画初无定法,惟意之感受所适耳。前人佳作固多,何所师法?故凡诸家之长,尽吾师也,要在善于取舍耳。自应无所不师,而无所必师。何以为法?万物均宜为法。必也,取法自然,方是大法。
>
> 且看蜻蛉中乌金翅者,四翼虽墨,日光辉映,则诸色毕显。金碧之中,黄绿青紫,闪耀变化,信难状写。若背光视之,则乌褐而已,不见颜色矣。他如春燕之背,雄鸡之尾,墨蝶之翅,皆以受光闪动而呈奇彩。试问执写生之笔者,又将何以传其神妙耶?(裕按:"且看蜻蛉中乌金翅"这一段话,原写在雪芹所绘的一个扇面上,画的是一只蜻蛉。后来这个扇面经过了装裱。在装裱后的这段文字上面,有一条眉批云:"语云:'百闻不如一见。'信哉斯言!曩闻雪芹论画,窃疑其有过激之言,今睹此《乌金翅图》,光彩闪耀,能不令人心折耶?笃斋识,庚辰荷月。")
>
> 每画一物或一景,首当明其旨趣,则主次分矣。然后经营位置,则远近明矣。

取形勿失其神,写其前须知舍其后。画其左不能兼其右。动者动之,静者静之。轻重有别,失之必倾。高低不等,违之乱形。近者清晰,纤毫可辨,远者隐约,涵蓄适中,理之必然也。

　　至于敷彩之要,光居其首。明则显,暗则晦。有形必有影,作画者岂可略而弃之耶?每见前人作画,似不知有光始能显像,无光何以现形者。明暗成于光,彩色别于光,远近浓淡,莫不因光而辨其殊异也。

　　然而画中佳作,虽有试之者,但仍不敢破除藩篱,革尽积弊,一洗陈俗之套,所以终难臻入妙境,不免淹滞于下乘者,正以其不敢用光之故耳。

　　诚然,光之难以状写也,譬如一人一物,面光视之,则显明朗润,背光视之,则晦暗失泽。备阴阳于一体之间,非善观察于微末者,不能窥自然之奥秘也。若畏光难绘,而避之忌之。其何异乎因噎废食也哉!

　　试观其画山川林木也,则常如际于阴雨之中。状人物鸟兽也,则均似处于屋宇之内。花卉虫蝶,亦必置诸暗隅。凡此种种,直同冰之畏日,唯恐遇光则溶。何事绘者忌光而畏之甚耶?

　　信将废光而作画,则墨白何殊,丹青奚辨矣。若尽去其光,则伸手不见夫五指,有目者与盲瞽者无异。试思去光之画,宁将使人以指代目,欲其扪而得之耶?

　　其于设色也,当令艳而不厌,运笔也尤须繁而不烦。置一点之鲜彩于通体淡色之际,自必绚丽夺目;萃万笔之精华于全幅写意之间,尤觉清新爽神。所以者何?欲其相反相成,彼此对照故也。

　　这些话中的绘画理论,是很重要的。它包括与传统看法很不一致的地方。以下仅就个人的理解,略谈几点。

　　第一,应该指出的是:曹雪芹主张要用光,要取法自然,要有打破传统束缚的创新精神。

曹雪芹在绘画上的要求，同他在作诗上的要求一样：从不合理的成规束缚中解脱出来自辟新径。敦诚说他写诗是"直追昌谷破篱樊"。他那"破"了"篱樊"的诗，据敦诚说，是"新奇可诵"的。

在上引他的论画文字中，也有这种冲破旧套革新画法的主张。他说，过去的画家"不敢破除藩篱，革尽积弊，一洗陈俗之套，所以终难臻入妙境，不免淹滞于下乘"。在那些"积弊"、"陈套"中，最主要的就是他们不敢用光。他反复阐述绘画与光的不可分割的关系，主张绘画必须结合具体情况，把光的因素算在内，画进作品里去。

他的朋友笃斋听了他这种议论，认为不免"过激"，不相信他能够实际做到。等到一经看见他所画的《乌金翅图》时，便承认果然"光彩闪耀"不能不"令人心折"了。可见曹雪芹不但在理论上主张绘画必须用光，他在自己作画的实践中，也能做到。

我们知道，曹雪芹在绘画上的创新，除上述用光的主张外，他还认为，习画首先是要"取法自然"，而不是先从临摹过去人的画开始。

他说前人的佳作固然很多，他们之所长也都应该师法，这是不成问题的。但他认为重要的是"取法自然，方是大法"，亦即，要以"万物为法"。关于这点，似乎有两层意思。

他主张学绘画的人要画世间"万物"，如人物、楼台、鸟兽虫鱼、山川草木等等。也就是说，要以大自然中的实物为依据，下一番写生、写实的基本工夫。

他所谓"取法自然"的意义，还不止此。结合他在旁的著作中的看法，我们知道，他还认为除了对自然界个别事物、对人物的基本写生功夫以外，还有个事物与事物之间、人物与人物之间的关系，安排得自然或不自然的问题。在《红楼梦》第十七回"大观园试才题对额"中，曹雪芹借书中人物贾宝玉之口，曾对园林的设计，即对自然事物和人为事物的安排，也主张要安置得"自然"，不可用"人力穿凿扭捏而成"。他指出，"非其地而强为地，非其山而强为山，虽百般精〔巧〕而终不相宜"。建造园林是这样，绘画也是同样的道理。在绘画中对人物、景物的安排，也要安置得"自然"。这也是"取法自然"的意思。

曹雪芹这些关于绘画的基本思想,都贯彻到他讲画面结构和着色两方面的看法中了。

第二,对画面结构,即对上面引文中所谓"经营位置",他主张要分主次、明远近、别动静、轻重、高低,写前必舍后,画左勿兼右,近者清晰、远者隐约,必须达到"取形不失其神",才算成功之作。

这种见解,在《红楼梦》里也有流露。第四十二回写惜春画《大观园图》,薛宝钗谈如何画法时所发的议论,同上面这些看法是一致的。宝钗说:如果把园子里的山石、林木、楼阁房屋,也不多,也不少地"照样儿往纸上画,是必不能讨好的";必须考虑绘画是绘画,"要想〔到〕纸上的地步"。这就要辨明"远近该多少,分主分宾,该添的要添,该减的要减;该藏的要藏,该露的要露"。画楼台房舍,必有"界划",不然"一点不留神,栏杆也歪了,柱子也塌了,门窗也斜了,阶砌也离了缝,甚至于桌子挤到墙里头去,花盆放在帘子上,岂不成了一张笑'话儿'(裕按:意即'画儿')"!"安插人物"也要"有疏密,有高低。衣褶裙带,手指足步,最是要紧的,下笔不细,不是肿了手,就是瘸了脚,染脸撕发,倒是小事"。

总起来说,这里所谈的不外是要绘画的人,根据他自己所处的位置及其目光的角度,来处理画面中的人物、山水林木、楼台房舍、家具衣饰等的大小、远近、深浅、长短、隐显、动静、前后、左右等问题。这同本节上引讲画面结构那些话,可以说讲的都是透视问题。

第三,在曹雪芹讲设色和运笔的看法中,我们先指出:他所提出的用色要"艳而不厌"、运笔要"繁而不烦"这两句主要的话,即在用语上,也和《南鹞北鸢考工志》里《瘦燕画诀》的自注完全一样了。在谈到风筝如何彩绘时,自注说:"画以烟黑为底,衬以嫩黄,九蝠作大红,配之以绿。腰间金环,略以鹅色入黄,位于尾羽之端,和之以朱红、石绿、石青、湖蓝、浅紫等色。"之后,才讲用色的总原则是"艳而不厌","繁而不烦"。

《南鹞北鸢考工志》里《比翼燕画诀》自注中所讲的画法,也可以拿来与曹雪芹在这里所讲的画法,互相参证。自注说:"画时左青右紫以为地。

色紫者在前,青者在后。青者眉作桃红,目润水绿。紫者眉作翠绿,目润桃红。余皆依此,互易其趣,不必拘泥。两翅内羽,不论画何花样,应以不违其时,尤须力求淡雅,不宜过艳。尾下各翎,乃交错笔法,前后深浅,亦须留意,不可倒置。"

这段话和上面讲光与画的关系的看法,完全相通。这里的"互易其趣"、"不必拘泥"、"不违其时"、"交错笔法,前后深浅……不可倒置"等话,同上文讲"敷彩"时要"相反相成"、"彼此对照"等见解合看,我们可以说,曹雪芹论画已经很合乎辩证的道理了。

最后,我们认为绘画固然是艺术,但讲绘画的道理,却是属于科学的。曹雪芹讲光与画的关系、讲绘画要取法自然等等,说明他懂得科学。敦敏曾说雪芹扎、放风筝的妙处使他"神迷机轴之巧,思昧格致之奥";董邦达也认为《南鹞北鸢考工志》"所论之术虽微,而格致之理颇奥;所状之形虽简,而神态之肖惟妙",说雪芹"运智之巧也,可谓神矣"!他们都认为雪芹"格致"的功夫很深。格致就正是下观察、比较、分析、综合的工夫,从而懂得科学的道理。从雪芹自己所说"非善观察于微末者,不能窥自然之奥秘"这些话看来,可见他是有意识地处处下仔细观察、深入钻研的工夫,所以他才能在文学作品和绘画艺术上,把人物描写得准确而生动,把景物摹绘得惟妙惟肖。

曹雪芹这一残稿的发现,无疑地使我们对他的各方面的艺术成就,有了进一步的了解。

一九七七年十月二十四日初稿,十一月七日、十三日重改于沙滩。

第四篇
曹雪芹讲编织印染的残文和江宁织造局的织机

一 关于编织残文

《废艺斋集稿》中原有关于编织的一册。最近我又得到讲编织工艺这一册的残文,虽是片断材料,却可略窥该册的部分内容,兹录之如下。

盖闻肖形而摹之不失其度者,传真之法也。拟神而律之不泥其状者,意匠之则也。传真求其形似,意匠贵乎神存。两者殊涂,其旨不易。是以金石造形,必以意匠;编织取式,不离纹锦。职其事者,固不可不察究之者也。

编织之艺,其来有自。周秦以降,代有增益。汉之织工,巧运经纬。唐之篾匠,妙施纵横。非仅使〔施〕诸机纺,亦且用于组编。宋锦明绣,号称神工,(下缺)

溯自蚕丝之用,网、罟、纽、结之艺,渐以精进,始有丝织之法。初则平织,进而纹织。其色也则由纯而杂,其纹也则由简而繁。愈衍愈妍,愈传愈巧。若以工贾之艺而鄙弃之,则其居心何所,可以想见矣。

今就织染两事而言之。织锦之要,在于组织经纬之丝,机上每以五枚至八枚而织多层之缎。排针挑花者,按所拟纹样,以丝质诸线经纬编成花本,以备挑花之用;然后可以摔花。此道程序,乃运用诸线编成花本与经丝之连系,织工蹲于提花架上,循序织之,诸线摔提一次,经丝随而浮沉一次,织者即配以一梭。其于间丝一根,使其扣于浮纬，循序以进。

织花时，色丝于浮文之表，显露甚大，多用换梭换色长织。纤丝带脚（不切断前—纤丝之意。又，纤丝者，纬丝也）挖花之法，乃因欲减少织物层数，故于某些部分采用挖花，色丝于浮纹之表所占无多者宜之。

染料　色丝之染，尤为重要。首须选好染料，皆以植物提制而成者。如以红花制作红色染料，姜黄作杏色，柏皮作黄色，黄栌作明黄（清室皇帝专用色），槐米作绿色，靛青作蓝色（头蓝、二蓝、三蓝、月白等），紫草作紫色，五倍子作玄（裕按：此"玄"字，原缺最后一点）色等。

若以此法炮制好之染料，染成蚕丝，虽至织物磨旧折裂，其色泽不变，亦不减退。

至于染法，则以炼熟之蚕丝，直入染料中，即可上色，而光泽不变。

织锦之纹样，固鲜艳绚丽，一则依纹样之变化多端，再则乃依色彩之辅翼，二者缺一不可。（下缺）

以上虽然是短短一项材料，但已可见雪芹精通编织、印染工艺。开头一段（在这里申明一下：上面的段落，都是我为了清楚而分的，括弧里的话，原来注本都是双行夹注。——恩裕）讲"传真"、"意匠"与绘画、雕塑等等，都有关系。读之令人感到雪芹对编织这种工艺美术，味之甚深。

第二段讲的是编织工艺美术史，可惜只有这么简略的几句话。近年来发掘所得汉墓出土的文物中，也有许多汉代的织物。大家认为汉代织物的工艺水平很高，可证曹雪芹这里所说的"汉之织工，巧运经纬"，不为过誉。

第三段是讲编织原料和纹样的。雪芹在这里谈到织物的色素和纹样时，说："初则平织，进而纹织。其色也则由纯而杂，其纹也则由简而繁。愈衍愈妍，愈传愈巧。"这本是纺织工业和这种工艺美术应该遵循，也是不能不遵循的发展过程。但是，中国历史上的封建士大夫向来轻商贱工，历代封建统治者也一向执行"抑商"、反对"淫巧"之类政策。这种政策对于中国科学、工艺的发展,起了很大的阻碍作用。曹雪芹在残文里讲到编织工艺逐步精进的成果时,提出"若以工贾之艺而鄙弃之,则其居心何所,可以想见矣"。意思就是说,这还不是历来鄙农轻工那种看法在支配!其毒害是可以预知的。从曹雪芹这些话来看,他的世界观显然同一般封建士大夫不同。他不但在清朝科举时代,不赞成科举考试,就是连"万般皆下品,唯有读书高"的想法,也不见得有。这却是难能可贵的。他的这种思想从他为穷人编著《废艺斋集稿》这件事上,可以看出,从他晚年以各种技艺教那些无法维生的人们,更可以证实。

第四、五段谈的是具体织锦之法。其中包括织花和挖花的方法。

第六段以后的文字讲的是染、染料、织锦纹样等。

总括这篇残文,我们得到这样一个印象,即曹雪芹既懂编织、织锦、印染等工艺的科学道理,又有重视这些技术的思想。他不只是个"多才多艺"的人,更难得的是,他还有对那些才艺的正确思想。

二 江宁织造局的织机

一九七八年四月十七日,我从北京去南京、扬州、瓜洲、镇江、苏州等地,做有关曹家、曹雪芹本人的传说、文献和文物的调查。原计划需要一个月的时间。但十八日到南京后,首先感到日期太短,本即不可能做深入的调查,却又因南京大学和南京师范学院的中文系,要我谈了两次新发现有关曹雪芹的材料,时间就更不够了。其次,又因五月四日回北京,参加北京大学八十周年纪念的会,遂只到了南京、扬州、瓜洲、三汊河等地,没有来得及去镇江和苏州。

虽然只有短短十五天的停留,我却获知不少东西,有的还是不亲临其境光靠书本不能得到的知识。关于我在扬州的调查工作和参观瓜洲的古渡口、三汊河康熙南巡时修建的行宫、扬州的天宁寺、曹寅时两淮巡盐监察院的遗迹遗址以及瘦西湖、平山堂的有关史迹,都俟另文再谈。这里先谈谈我在南京所看到的曹寅、曹颙、曹頫那时所用的织机。

我这次去南京的主要目的是想熟悉一下曹家在江宁做织造时,江宁织造府和织造机房等的地点和位置,以便在写《曹雪芹传记故事》时,能够有些可供描绘其形象的资料。我从北京出发前,曾烦中国历史博物馆王宏钧同志给我写一封介绍南京博物院有关同志的信。想不到他介绍的该院宋伯胤同志是研究纺织工艺的专家,他是北京大学历史系毕业的,当时我正在政治系任教。我和伯胤同志虽然在校时没有过从,但同时都在北大,所以一见如故。他特别热心帮忙,提供了不少有价值的材料。其中我最引为高兴的是:江宁织造局当时所用的旧式织机的发现,而且我们现在还用它们从事生产。

有一天,伯胤同志到我住的白下路寓所来看我,偶然谈到《废艺斋集稿》残存无几,都觉得很惋惜。我告诉他最近我又得到了曹雪芹讲编织的一段残文,其中有些术语看不懂。如什么"挑花"、"摔花"之类,还可以懂;但如"花本"一词,则虽自以为懂了,而实则是误解;至于"织工蹲于提花架上"一语中的"蹲"、"提花"等词,就完全不懂了。伯胤同志听到曹雪芹也有讲织锦的东西,非常高兴。他说我不大懂的那些词句,等过一两天他陪我参观两部织机时,一看就懂得了。他告诉我,他在北京大学历史系的毕业论文,就是研究中国纺织业的发展史的。他近几年给《文物》杂志写了些这方面的文章。他说康、雍、乾时代的江宁织造局所用的织机是沿袭明朝的图式,整个清代没有多大改变,比起西方织机当然不及;但它也自有特点,而且结构也十分复杂。南京有两处这种织机进行生产:一处在尧化门有十架,另一处在胭脂巷有两架。后者是开放的,允许国内外人士参观;前者从事织锦生产,产品出口外销。据说,外国人专门要这种土机的生产品,不要新式西法机器的产品。

我们第一次去参观,大概是在四月二十日。同去者有宋伯胤同志、静兰和我。我们到了胭脂巷九号南京艺新丝织厂后,发现恰逢工人们休息。我们只能先从窗外看到那两架织机。值班的同志很热心,他找不到开锁的钥匙,就把门撬开,我们才得进去看看。宋伯胤同志告诉我,真正在那里织的人是坐在下面,腿部和机的下身都在坑里,而机的上部很高,几乎达到天花板了。在上部的中间一处,有一块木板,伯胤同志告诉我说,那块板叫作拽花坐板,是挑花工人所坐的地方。但在清朝康、雍、乾时代,曹雪芹所看到的却是工人蹲在那里。曹雪芹讲编织的残文讲"织工'蹲'于提花架上"恰好正是雪芹那个时代提花工人操作的实况,"蹲"则是当时写实的语言,这一点又可以证明残文的真实性。所谓"花本",也不是画在纸上订成本子的花样,而是用两种不同的线结成的花样:一种是丝线,做花本的经线,也叫脚子线;另一种是棉线,做花本的纬线,也叫耳子线或过线。用这两种线"挑"成亦即编织成各种花样,这一大束用丝线、棉线编成的花样就叫作"花本"。提花工人蹲在或坐在拽花坐板上,用手在上面提一下经线,底下就穿过一梭。由于这一手续很慢,所以产品每天只能以寸计,其价格之所以贵,这也是重要的原因。整个织机都是用木和竹制成的,很精巧,也很坚实。据说其中的一架就是早年保留下来的。我们又会见了挑花老师傅李宝贵、林子余,李年七十岁,林则已经八十四岁了。他们都已退休,可是还愿意在那里指点年轻工人。我们还要照个机器的相,并且想在有工人操作的时候照,但因当日工人休息,只好约定下次再去。

第二次去是在四月二十二日下午,这次由南京大学提供交通工具。去的人有南大的王力兴和吴新雷同志,南京师院的赵国璋和李灵年同志,还有宋伯胤同志以及他邀来的南京博物院的拍照同志、骆静兰和我。我们到达后,承该厂生产科的负责同志给我们介绍该厂的历史和现况,他说这种旧式织机原来只有一架,保存在南京博物院里,现在除尧化门的十架和这里的两架外,南京云锦研究所还有四架。据说苏州也有几十架,并在进行生产。产品制成后基本上是外销。现在由他们训练,已经有不少青年工人能做这一工作了。他们又给我们一些资料,其中包括《云锦史略初稿》、《云锦挑花结本基本方法初稿》、《云锦挑花织造工艺及基本操作方法初稿》,都是南京云锦研究所编的。在最后一本书中,还有一幅整个织机的蓝图。我们拍的照,由于屋子太小,镁光灯和照相机的位置都不好安放,故未拍出两人操作时的全图,只是把下面织的工人和上边提花的工人各拍一照。我们如把他们和蓝图的全图放在一起看，也就可以知道该机的形式及操作时的概况了。

以下，我们把通过这次参观得到的结果，归结为几点：

第一，从《云锦史略初稿》中得知，清初曹寅、曹颙、曹𫖯的江宁织造局里面所用的织机就是这种织机。因为据他们所考，这种织机从明代以来就根本没有什么变化。我认为，曹雪芹之所以能够详尽地写出来关于织锦的图案、织机的操作方法，他就必须有亲见亲闻的经验。但是，由于他回到北京以后根本没有这种机会，故他关于这方面的知识都是他幼年在南京得到的。《云锦史略初稿》上说，机房是不让人随便进入的，曹雪芹是织造的儿子，是小少爷，他当然可以进入。但是，能够熟悉关于织锦上述那么详细的情况，我看五岁是做不到的。结合他幼年就有对风筝、雕刻那些工艺的广泛兴趣，十二三岁的曹雪芹是完全可以熟悉他常常目击操作的云锦工艺的。在这里，我们可以说，又得到了一个曹雪芹是十三岁以后才回北京的佐证。

第二，织锦的挑花和操作工人们中，历代相传一些指导他们设计和操作的歌诀。这一情况，可以增加我们对风筝歌诀的理解。这些歌诀本来是各行业的师傅们世代相传的口诀，到了曹雪芹编写《废艺斋集稿》时便把它们给以一定程度的加工。风筝歌诀虽然平仄、韵都不如诗那么严格，可是辞藻却好得多了。关于织锦的歌诀，我们由新发现的两个书箱中的第二个刻兰的背面曹雪芹"为芳卿编织纹样所拟诀语稿本"这条手迹，可知编织也有诀语或歌诀。证之《云锦史略初稿》，也是如此。例如关于云锦图案的创作方法，就有这样八句口诀：

> 量题定格，依材取势；
> 行枝趋叶，生动得体。
> 宾主呼应，层次分明；
> 花清地白，锦空匀齐。

据《史略》解释,"定格",指构图,"量题定格"是说根据一定的要求来构图。"取势",指造型,是说根据不同的织物,采取与之相适合的造型变化。"宾主呼应,层次分明"是指一组纹样在构图上应达到的效果。"花清地白,锦空匀齐"是指鉴定图案效果的标准。至于"行枝趋叶,生动得体",《史略》上说,"是指某一素材经过技术性的整理外,还需要加以图案的变化,使它的形象更简练、更完善、更美"。(见页七)我看这个解释太空泛,不切题。我认为"行枝"是说设计画"枝"时,不要把"枝"集聚在一堆,而要分散开来。"趋叶"是说,花的叶子要跟着"枝"走,不能离开。《云锦史略初稿》最后说:

> 这八句口诀不仅是云锦图案的设计方法,很显然,也可作为一般纺织或印染图案设计的参考,它是经过多少代艺人们在无数次的创作实践中所提炼出来的宝贵经验。

另外,有一首"画云"的口诀道:

> 行云绵延似流水,
> 卧云平摆像如意;
> 大云通身连气,
> 小云巧而生灵。

这四句口诀说明了出现在图案中的行云、卧云、大云、小云应有的形象。由"卧云平摆像如意"这句看来,可知这种处理与绘画中的处理是有所不同的。

在传下来的口诀中,被认为最重要的一句是:

> 宾主分明,繁而不乱。

曹雪芹关于风筝的歌诀,也有两句:

> 繁而不烦,艳而不厌。

"艳而不厌"固然是绘画用色的口诀,"繁而不烦"却是构图的口诀。看到上边关于云锦的这两句口诀,我们就不能不想到曹雪芹那"繁而不烦"是从"繁而不乱"演变而来的。我看曹雪芹关于风筝的口诀也有类似这种根据旧词而予以同义的艺术加工之处。曹雪芹的歌诀,无论是关于风筝的,还是关于云锦的,都应该是既有继承,又有他的发挥、改变的结果。

第三,曹雪芹少年时生活在南方的大城市,如南京、苏州、扬州、仪征等地。这几个地方据现在所知,曹家大概都有房屋。十三岁以前的少年曹雪芹除家住在南京外,其余三个地方可能都去过,并且在那里住过。关于丝织工业的技术方面,他固然有所熟悉,对于工人们的生活情况,他也不能不有所接触和一定的了解。高子安《机业琐记》云:

> 圣祖南巡,驻跸织造署。见众机匠赴工盘辫发,圣祖笑曰,此"呆机包子"也。故相传至今云。

曹雪芹虽然住在织造署,但距织造局极近。这种"机包子",他会是常见过,并有可能是很熟识的。他们受着重重的剥削,生活很艰苦,又无保障。《云锦史略初稿》有一段话:

> 织局(裕按:指织造局)的机子都是织局制造的,由织局选择熟练各项织物的匠人领用,这种匠人当时叫作"领机"。(中略)领机是一种官匠,按月可向织局领取米粮,(中略)雇用机工进行生产,(中略)机工的工资由领机发给,工资是按件计算的。织一件袍料需三天工夫,伙食由东家(裕按:指领机)供给。机工早上天一亮就进织局,要到晚上七八点钟才得歇工。工作在十四小时左右,织造任务完成后,机工就被解散,自己另找活干。但领机仍是照例向织局领取钱粮。

有一首世代相传织工感叹生活苦况的歌谣道:

> 三更起来摇纬，五点爬进机坑；
> 寒冬不能烘火，炎夏不能乘凉；
> 整天弯腰驼背，连夜抛梭过管；
> 织的花素锦缎，穿的破衣褴衫。

这首歌谣把织工起早贪黑、冬挨冻、夏受热，损伤身体健康的工作情况，把他们给官僚地主阶级们织出美丽的绸缎，自己却终年穿着破旧衣裳的情况，完全写出来了。它是当时千千万万织工们的不平和忿怒的吼声。

织工们的伙食，不论短期工或长期工，都是由领机家供给的。有一首形容伙食之坏的"白局"唱词道：

> 这几天机房不很好做；
> 我又被坐疮来磨。
> 三万六千头的库缎一天撂上几千梭，
> "焦头机"的老板天天还催生活。
> 初二、十六当荤只有八块肉——切的绡绫纸薄。
> 遇着一阵狂风吹到北极阁，
> 我靸着一双烂鞋头追也追不着，
> 遇着一根茅草桩戳了我的脚，
> 连忙跑回来揭开锅看连汤也喝不着。
> 朋友劝我改行，没得生意做。
> 我提着拎桶，拐着大腰箩：
> "卖热老菱啊！""卖鸡头果！"

少年的曹雪芹，究竟留意过机工生活的这种苦况否？他听到过那明朝末年的劳动人民由于看到贪婪的人"享受荣华"、善良的人"活活饿煞"，而认为"老天爷你瞎了眼"发出这样的怨恨呼声否？

> 老天爷，你不会做天，
> 你塌了吧！
> 你不会做天，
> 你塌了吧！

南京当时的政治高压很大，纺织工人因争取改善待遇而"叫歇"(即罢工)比较少有，但苏州却发生过大规模的游行。我认为十三岁以前的曹雪芹或者会亲眼见过，或者会间接听说过这种早期的市民运动。在这一前提之下，我们再看他晚年在香山白家疃关心那些有废疾而无告的人们的生活，用他有限的卖画收入接济他们，教他们学一种维生的手艺，并给他们编写讲这种手艺的书，就是完全可以理解的了。

曹雪芹和一般封建文人不同，这不但是说他比一般封建文人多懂多会些工艺美术的技艺，而且他对这些技艺，特别是他对那些无法维生的人们的看法，也根本不同。如果我们要用衡量一个一般封建文人的标准来看曹雪芹，以为："写那么好一部小说的文学家，怎么能够对这些乌七八糟的雕虫小技有兴趣呢？怎么能够去接触那些学这种手艺的'穷民'(董邦达用语)呢？"同志，如果你这样想，请你第一要注意：你既承认曹雪芹是反封建的，又不承认他的这些实质上是反封建的思想和行为——矛盾。第二更重要的是，如果你这样想，我看你还是仔细检查一下你自己对于所谓"封建文人"和"封建时代的反封建作家"的区别根本弄清楚没有吧。

补记

本文第一节关于编织残文部分，写于一九七八年二月二十六日。第二节关于江宁织造局的织机部分，是一九七八年五月初由南京、扬州回北京后，于七月二十四日补写的。后一部分虽然是调查研究的文字，但可与曹雪芹讲编织的残文互相印证，所以把二者放在一起了。

这里再补叙一下关于织锦配色的问题。编织残文中提到织物颜色的重要和染料的制法。也谈到织锦的美观与否，虽靠纹样的多样变化，也赖色彩的辅翼。因此配色就重要了。我们知道在敦敏的《瓶湖懋斋记盛》的阙文中,曾提到《织造色谱》,直到乾隆二十三年曹雪芹还保存着它。可知曹雪芹对这些东西是有兴趣的。《红楼梦》里谈到颜色和配色的,在绘画和编织物方面的都有。《南鹞北鸢考工志》里也有关于画的,如"半瘦燕歌诀"曹雪芹的自注说:"法以佛青为底,槐黄衬之,配以红、绿、湖、紫色等,宜力求鲜明夺目。"又"瘦燕画诀"的自注说"画以烟黑为底,衬以嫩黄",等等。《红楼梦》第三十五回宝玉叫莺儿打几根络子:"莺儿道:'什么颜色呢?'宝玉道:'大红的。'莺儿道:'大红的,须是黑络子才好看呢;或是石青的颜色。'宝玉道:'松花色配什么?'莺儿道:'松花配桃红。'"在《云锦史略初稿》中也记录了"色谱口诀",是历代织工们积累丰富经验而编成的口诀。《色谱》中讲"两晕""三晕"道:

两晕:

葵黄、绿　　玉白、蓝

深、浅红　　古铜、紫

三晕:

水红、银红配大红　　葵黄、广绿配石青

藕荷、青莲配紫酱　　玉白、古铜配宝蓝

秋香、古铜配鼻烟　　银灰、瓦灰配鸽灰

深、浅古铜配藏驼　　枣酱、葡灰配古铜

《色谱》又说过:配色的口诀共有多少? 已不可考。虽然这仅是一个不完全的资料,然在装饰配色上可说是弥足珍贵的经验了。由此可见,《红楼梦》里有这方面的描述可以说明曹雪芹懂印染知识;他晚年写织锦印染的书,也可说明他对这种工艺的兴趣,经久不歇;而他书中的基本内容与南京云锦印染传统技法的相同,更足证明他的书的真实性及其所自来。

一九七八年七月二十八日于北京沙滩。

第五篇
曹雪芹斯园膏脂摘录片断

曹雪芹的《废艺斋集稿》的最末一册,是讲烹调的。这一册的名称,我们以前不知道。最近才知道原题名为"斯园膏脂摘录"。关于这个名称,有必要说明一下。

据孔祥泽说,《废艺斋集稿》八册,每册都有作者的小序。我们现在所能看到的只有《南鹞北鸢考工志》的作者自序,其他都已无从看到。但孔君于一九四四年同日本的高见嘉十看到《集稿》讲烹调的一册时,曾注意了作者在原序中对"斯园膏脂"一词的解释。据孔君言,曹雪芹在序中说:"膏脂"是指"民脂民膏";"斯园"即"思源"两字的谐音,是"饮水'思源'"的意思。

关于用同音的字代替原字来表达作者的某些寓意一点,《石头记》的读者,会是很熟悉的。比如,甄士隐谐"真事隐"去,贾雨村谐"假语村"言,都是作者自己讲的。据《石头记》早期抄本中的批语,我们也可以知道不少这类例子。如詹光是"沾光",卜世仁是"不是人"等等,又如裕瑞说元春、迎春、探春、惜春的元、迎、探、惜是寓"原应叹息"之意,也不无可能。总之,《石头记》一书中每有借同音的字句来表达作者的褒贬、感叹之处,是无可怀疑的。曹雪芹把他的原意"你们吃着民脂民膏却要饮水思源",在这里用同音的"斯园膏脂"四字来代替。

值得注意的是这个题目所表达的思想。我认为这个题目本身就说明了曹雪芹晚年思想的变化。试想当初他在南京过着"饫甘餍肥"的生活时,他能有这种思想么?肯定是不能的。这种思想,对于曹雪芹那样家庭出身的人,一般地说,只有当他遭遇巨变,物质生活下降到"举家食粥"、

"卖画沽酒"的时候，才可能有。

这一册虽然是《废艺斋集稿》中的末册，但我估计曹雪芹编写这本东西的时间，却可能较早。尽管他写《斯园膏脂摘录》的小序时很晚。估计当在乾隆二十三年之前不久，亦即在《废艺斋集稿》完成的时候或再后些。那应该是曹雪芹的生活已经到了晚期，已经贫居西郊十六七年，接触过农民、小手艺工人和残废无告的贫民，所以才会有这种思想。

在《石头记》里，我们也可以看到这种思想感情。例如，第十五回贾宝玉因看到了"不曾见过"的"庄农动用之物，如锹、镢、锄、犁"等物，便引用了"谁知盘中餐，粒粒皆辛苦"两句诗。第一回说："今之人贫者日为衣食所累，富者又怀不足之意。"第三十九回刘姥姥对贾母说："我们生来是受苦的人，老太太生来是享福的，若我们也这样，那些庄稼活也没人作了。"特别是第四十一回刘姥姥说荒年饿了吃树皮同这一回王熙凤讲那复杂的做茄子的法子，成了极强烈的对比。在这种对比时，作者思想中不可能没有贫富悬殊的不平之感。再结合近年发现的敦敏《瓶湖懋斋记盛》中所记关于曹雪芹鬻画济贫的事迹，我认为，他之把讲烹调这部分东西叫作"斯园膏脂摘录"，用意是很深的。

"摘录"是什么意思呢？本来食谱之类东西是很早就有的。如宋王灼的《糖霜谱》，元海滨逸叟的《制脯鲊法》，明灌畦老叟的《制蔬品法》等等。曹寅《楝亭十二种》中的《居常饮馔录》，把这些讲食物的书都编了进去。曹雪芹这册《斯园膏脂摘录》一方面有他自己的推陈出新之处，另方面也有选择过去一些良法而略加修改的。例如下面所引各项，其中粉蒸肉一项，大概是雪芹自撰。香露、糖糕、咸菜、鱼肉各项制法，均见于冒辟疆的《影梅庵忆语》，即文字上也几乎是增减几个字照录。《忆语》有云："余（中略）不甚自食，每喜与宾客共赏之。姬（裕按：指董小宛）知余意，竭其美洁，出佐盘盂，种种不可悉记。随手数则，可睹一斑也。"雪芹的以下几项，就是"摘录"《忆语》中所记小宛为冒所制佳味的文字。但他当然也有很多创造。比如敦敏吃过的那"老蚌怀珠"做鱼的法子，就是他的创造。还有我们读《石头记》，对其中所叙饮食的地方，都会觉得作者于烹调是十分内行的。董邦达给他写《南鹞北鸢考工志序》时,说他也是既"集前人之成"却也"苦心孤诣"地开辟"新途"。我想曹雪芹这册讲烹调的书,也是同样——既有前人的东西,故曰"摘录";又有他自己的创新。

曹雪芹为什么要写一部讲烹调的书呢?这很清楚:他是要教给"穷民"们一种维持生活的技术。可惜这部书的全稿已无从觅得。据说一九四四年时,杨歗谷曾录了副本,但杨由京迁回成都之后不久逝世。又闻杭州有一老人藏有此书的一部分,但也迄今没有下文。我们现在把《斯园膏脂摘录》残存的片断,抄录在下面。为了使读者看清楚一些,本文作者曾和周雷同志商讨,加了小标题。

香露

(上缺)凡有色有香花蕊,皆于其初放时采来,以酿饴之露和以盐梅,然后渍之,贮使经年,香味颜色不变。鲜芳有如新摘,花汁已融于露液中。(中缺)妙者为秋海棠露。海棠本无香味,而经露之后,独发幽香。更如野蔷薇、玫瑰、梅英、甘菊、丹桂等露,各有妙处。(中缺)更如香橼、佛手、橘红、橙皮等物,去白缕丝而渍之,色味尤绝。(中缺)

每于酒后出数十种香露,五色毕呈,芳香满席,以之解酲,诚妙品也。(下缺)

糖膏

(上缺)取五月桃汁、西瓜汁,一瓢一丝漉之使尽,更以文火煎至七八分,始搅糖细炼。桃膏艳似红琥珀,瓜膏更如金丝内糖。(中缺)炼时必当其时,坐炉旁静看火候,收而成膏,不令枯焦。分其浓淡,洵为异色奇味,能令口角留芳,经久不去也。

咸菜

(上缺)每于冬春之间,水盐诸菜,可令黄者如腊,绿者如苔。荀蕨蒲藕之属，野菜鲜花之类，以至枸蒿蓉菊等，均可采入食品。要在洁净，水宜煮沸，然后化解净盐，凉而腌之，方可久置。（中缺）以陈汤少许，入菜煎汤，其味鲜美，远非鸡鸭可比。（下缺）

鱼肉

（上缺）虾松如龙须，菌脯似鸡枞，醉蛤似桃花，醉鲟如白玉，油蛤如鲟鱼，烘兔、酥雉如饼饵，可以笼食。（下缺）

（上缺）火肉久者无油，有松柏味。风鱼久者如火肉，有麋鹿味。（下缺）

（上缺）蒸米粉肉，（中缺）菜，南北做法，迥乎不同。北地习用甜面酱，而南法则忌酱。（中缺）北法将肥瘦匀称之猪肉，切成三指宽、四指长、半指许厚之肉片十片，另加两侧之边块（即镶于两边者），以瘦肉碎肉置于碗底中间。（中缺）预将切好之肉净之，更以五香、椒盐、大料、茴香研面揉透，溢出香味。再用甜面酱拌匀，佐以白糖拌搅。然后（中缺）粉好之米粉（法以开水烫米，第一遍滤去开水，再烫一次，复倾入净水，然后用大碗碾成米粉）拌（中缺）肉片匀（中缺），放于蒸锅中蒸三刻后取出，晾凉。吃时又须蒸三刻，则油透肉香，甜中带咸，油入粉中，不腻不枯，诚为上品。

南法忌酱。（下缺）

【附记】一九七三年我发表《曹雪芹佚著及其传记材料的发现》一文后，于一九七四年二月一日接山东济南济洛路向阳饭店孙一慰同志来信，说他热爱烹调技术，很想知道曹雪芹讲烹调残文的内容。当时因把孙同志的信顺手搁在一本书里，隔了些时竟找不到了。直到今年，才在几年来的信件堆里发现。未能早日答复孙同志，十分抱歉。后来北京饭店的刘伟和刘俊刚同志，也通过领导的介绍，来访我谈曹雪芹讲烹调的文章。又有北京的一位中学教师霍剑鹤同志，也曾来信同我讨论我对于曹雪芹这册讲烹调书的看法。现均简答如下。（一）关于曹雪芹这册书，截至现在止,我所知道的,就是这么一些,并没有其他新材料。《斯园膏脂摘录》更多的内容,还有待于今后的努力发现。(二)我在一九七三年《文物》二期的文章中说:"曹雪芹这八册稿本,除烹调外,如制风筝、编织、脱胎等手艺,都可以说是十分有用的工艺美术。"霍剑鹤同志来信认为我把烹调除外,似乎有不看重烹调那一册的意思,他认为烹调即在今天,也可以为社会主义服务。我在这里说明一下:一,烹调固然是"手艺",但我上面是讲的"工艺美术",无法把烹调列入,只好"除外";二,在思想上,我的确不那么看重烹调这一册佚著。因为当时我联想到《红楼梦》里贾府那种穷极豪奢饫甘餍肥的生活,觉得不应该赞扬它。这样,我同时就忽视了"这也是曹雪芹教给贫困无以为生的人们的一种手艺"。现在既知这一册原题名为"斯园膏脂摘录",则如前面已经阐释的,曹雪芹之所以写这一册书的深意,就很明显了。

一九七七年十一月于沙滩。

【又记】一九七九年六月一日中国社会科学院外国文学研究所杨熙龄同志给我送来一本他收藏的杨歗谷所著《古月轩瓷考》,是北平琉璃厂雅韵斋发行的。官堆纸,正文用仿宋二号字铅印,乌丝栏,十行,天地甚大,很讲究。书成于癸酉(一九三三年)十二月,时杨氏住北平东城遂安伯胡同。按此书讲论瓷品,颇受称道,虽与考《红》无关,但杨氏固为一九四四年北平北华美术专门学校之美术史教师,与主持摹绘《南鹞北鸢考工志》的日籍高见嘉十教授同事,且襄赞抄摹工作。杨本人则将《斯园膏脂摘录》抄下大部。可见不但杨歗谷实有其人,而且他还是一位"东方美术古物鉴定家"(据该书版权页所称)。又据孔祥泽近告,杨亦娴烹调,也常邀其友人筵饮其家。后来熟友绍介,亦可为他人治馔,当时即有"杨家菜"之称,盖早于今王府井大街之"谭家菜"。一九四四年筵《废艺斋集稿》购得者日人所谓"金田氏"时,杨也有时自烹一二种菜,皆按雪芹《斯园膏脂摘录》中之做法为之。

一九七九年六月三日于沙滩。

第六篇
曹雪芹蔽芾馆鉴印章金石集残存

《废艺斋集稿》的第一册就是讲印章金石的。现在得知这一册原题名为"蔽芾馆鉴印章金石集"。"蔽芾"是"弼废"二字的谐音,也就是帮助有废疾的人之意。这个解释见于曹雪芹的这一册书的自序中。据知,自序中对于那些有残疾无以为生的人,有这样的话:"……人非草木,心非铁石,孰忍坐视?……正为其有废疾也,必宜辅之弼之……如保赤子……""馆鉴"谐"管见"两字,他在自序中说,他这"实乃一管之见,幸勿泥于斯艺也……"云云。那么,曹雪芹这册讲印章金石的书,乃是他认为:刻图章也可以作为一种维生的手艺。

正是由于他这一申明,我们便不可把他所写的讲图章的书,视为封建士大夫的"文人清玩"。作者写此书的用意,同其他各册是一样的——帮助贫穷、废疾无告的人们,学一种维生的技艺。可惜,我们已无法看到这册书的内容了。现在所知道的,只是以下几点情况。

据孔祥泽说,他在一九四四年看到《集稿》时,曾经把曹雪芹画的几个印钮和边款摹了下来。犹记一九七六年孔祥泽君告诉我,他当时看到《集稿》的每册书上都盖了两个同样的图章。一个是"画外人甄",圆形,阳文。另一个是"燕市酒徒",方形,阴文。当时他虽将它们描摹下来,惜已于近年来失掉了。

他还记得在一九四四年描摹下来不久,又由日本人金田氏手上看到过这两个原章。经赵雨山、关广志等请治印专家寿石工(名玺)鉴定一下,是否同盖在《集稿》各册上的两章为同一的两章。据详察后,字形、大小完全一致,寿石工又从石的情况上判断,认为是原章无疑。

据孔君谈,"画外人瓠"一章原有纽,已折断,有边款,刀锋犀利,字迹大半伤损。据云,所谓"画外"实即"化外"之意;而"人瓠"亦即"顽人",一说是取自"殷顽民"一词。如果是这样,则曹雪芹的这个图章显然有反对清封建王朝的深刻意义。另一说"顽人"即"完人",那就是十足蔑视清朝统治者的意思了。其实,他这"顽"和"完"都见于他的《自题画石》诗。诗中有云:"有志归完璞,无才去补天。不求邀众赏,潇洒做顽仙。"

"燕市酒徒"一章,四边中有三面刻的是字,一面刻的是画,残伤比前一章更甚。据云此章是"厌世酒徒"之意。但一般所谓"厌世"是消极意思,而曹雪芹这个"厌世"则是厌恶他当时的"今之世"(见《南鹞北鸢考工志》自序)的封建社会之"世"。从他在艰困的生活和写作条件下积极写抨击封建社会的《红楼梦》和救助穷人的《废艺斋集稿》这些行为看来,他的态度并不是消极的。

关于"燕市酒徒"一章的真实性,还有一个旁证。一九五四年魏宜之君早就告诉过我,他曾看到过一幅曹雪芹画的《抚松远眺图》,上面盖了两个图章。其中之一就是"燕市酒徒",另外一章他记不得了。

这虽然是两个闲章,但我认为它们对于研究曹雪芹的反封建思想是有帮助的。

一九七七年一月六日于香山,十一月十一日改稿于沙滩。

第七篇
乾隆时德荣泥塑曹雪芹像的照片

早在一九七七年七月,我就听说香山正白旗舒成勋得到三张曹雪芹泥塑像的彩色照片:一张是正面的,一张是左侧面的,一张是背面的。据说这几张照片是一个退休的老大夫送给舒君的。隔了不久,我也得到了正面和侧面两张翻拍的照片。虽然没有了彩色,但塑像的大致情况,还是看得很清楚的。侧面的一张,大概是从较低的地位拍照的:抬头远瞩,神色奕奕,十分逼真,乍一看来,竟可误认为真人的照相。正面的一张,面上和目光的表情,令人看了有落拓、寒伧之感,但这也许正是塑像艺术的高明处,符合曹雪芹晚年的坎坷情况。

隔了些时,我就访知并认识了那几张彩色照片的所有者黄震泰大夫。黄大夫现年六十六岁,是协和医院早已退休的大夫。据他说,这三张照片是他现在国外任教的儿子黄庚所藏彩塑曹雪芹像的拍照。塑像原大不满二尺,底座有字,但黄大夫只记得"辛巳年制"几个字。他的儿子拍了正面、左侧、右侧和背面四个角度的照片寄回国内。黄大夫最早送给香山舒君正面、右侧面和背面的三张,最近他才送给我正面的一张,都是从国外拍的彩色原照。

这个塑像是谁的作品呢?有什么证据说明它是《红楼梦》的作者曹雪芹呢?截至目前,对这些问题,我们还得不到圆满解答。据黄大夫讲,原像是乾隆时曹雪芹的一个姓德的徒弟塑的,像的座下刻些字,现只知有"辛巳年制"四字。辛巳是乾隆二十六年,则此像当是雪芹生前由这个德某给他塑的。德某是谁呢?据黄大夫说,他姓关,名德荣,因泥塑手艺高,当时就有"泥人德"之称。又说这个塑像曾藏朱光沐家,朱光沐是张学良的属下,此人现在何处,无法得知。

据提供《废艺斋集稿》的孔祥泽说,《集稿》中本来有一册是讲泥塑和脱胎的。他还记得这册书上有曹雪芹一篇自序。序中大致内容是说明他写这册书的目的是为了让贫困不能继生的人,学一种维生的手艺。还说,他已教会了两弟兄,这两弟兄就是关德荣和关德诚。他们的塑艺都很好,但德荣更高些,当时人们看重他的技艺,故有"泥人德"的称号。这泥人德从乾隆时起,世代相传泥塑的技艺,直到前些年,他的后人还保存着他的一些泥塑的器物,一九六六年后损失殆尽。曹雪芹这个泥塑像,一个可能是曹家传下来的,另一个可能是泥人德家传下来的。可惜泥人德并没有什么记载留下来。泥人德的家族现在还有住在香山一带的,将来我想进一步访查一些消息。

把这个泥塑像的照片和文献材料印证一下,它们大致符合裕瑞说的,雪芹"身胖,头广而色黑"(见《枣窗闲笔》)。最明显的是"头广"这一点,极为符合。"身胖"在侧面的一张里也约绰看出。至于"色黑",据我得到的那张正面彩照,大致也是不差的。懂得中国古时彩塑的人说:既是彩塑,就得按照中国的传统规矩,在塑完彩像的眉毛之上,用笔画另外两道眉毛。

我们细看侧面的一幅,便令人想到"接䍦倒着容君傲,高谈雄辩虱手扪"(敦诚),"曹子大笑称快哉,击石作歌声琅琅"(同上),"步兵白眼向人斜"(同上),"野鹤在鸡群"(敦敏),"高谈君是孟参军"(同上),"爱将笔墨逞风流……羹调未羡青莲宠,苑召难忘立本羞"(张宜泉)这些雪芹朋友描绘他的诗句。这个塑像的确是这样一个人物,它的神情可以说把上引诗句中的精神面貌表达出来了。

也许有人怀疑,中国乾隆时代会有这样高明的塑像么?关于这个问题,可以分两方面回答。一,这个塑像把神情也塑出来了,不光是面貌。可是它是否真和曹雪芹本人毕肖?这就很难说了,因为它毕竟不是本人的拍照,更不是电影的能动形象。二,据中国历史博物馆美术部的曹肇基同志告诉我说,中国的泥塑艺术,远在清朝以前就有塑得同本人极肖的高手了。该馆的泥塑专家余庠同志则听说过,泥人德是当时北京西郊一带的泥塑名手。结合这两点来考虑,我们可以说,泥人德这个曹雪芹塑像应该是同他本人的面貌相差不多的。

这个塑像的正面,和王南石画的那幅《幽篁图》中雪芹的脸形很相像。我一向认为王绘为真,这次比较一下,两者的相近,使我更加坚信王绘是真的了。只是塑像的脸长些瘦些,而王绘稍圆些,也胖了些——也许稍变圆些是由于雪芹胖了一些。相反,塑像同陆厚信的"雪芹先生"像,却相差很远,看不出什么主要相同之处。

一九七七年十一月于沙滩。

【附记】关于《废艺斋集稿》中讲泥塑的一册,我们过去毫无所知。最近孔祥泽同志告诉我《集稿》中讲泥塑一册曹雪芹写的小序中和《此中人语》中都有关于德荣塑像的话。但见于《集稿》小序中讲德荣塑像的文字,他已遗失。下面只是见于赵雨山所藏的《此中人语》一书第三卷的《释塑章》的几小段话。《释塑章》中对德氏弟兄第四次塑的雪芹像批道:"此次所塑,貌则似矣,但眉骨、眼窝、准头、法令、口角等处,虚实不当。盖塑人之要首重神情。此塑面颊无煞纹,二目空凝故神意迷惘。貌虽似而神殊。此则所以失也。然冬衣之外,更着罩褂,其纹理本不易取巧,而塑时主次不紊,用环扣之法,故不觉繁缛;破叠绉之格,乃免于板滞。已脱出俗手多矣。勉之勉之!"又对第七塑批道:"此塑神情甚佳,大异往昔,非仅力求貌似者矣。惜乎躯体失度,腿短臂长,故襟覆膝露,肘坠握强,衣纹则绸布不分,乃白璧之微瑕,留之以为鉴,不亦宜乎!辛巳孟夏七塑。"又《释塑章》论四塑时原有句云:"(上缺)余之双眉尾散,故绘时宜前重后轻,以轻毫丝染眉梢,以示尾散之不聚资财也。"以上是雪芹原文,十分重要。虽因得知较晚,录于附记,读者幸勿忽之。

一九七九年五月于沙滩。

第八篇
曹雪芹所见之"如意平安图"

敦敏在乾隆二十三年冬或二十四年初所写的《瓶湖懋斋记盛》,是一篇较详尽的曹雪芹传记材料。可惜我们只看到《记盛》原文的前半部分,后一半至今仍无法得到。孔祥泽在一九七一年曾经从收藏者金福忠那里借抄原文的全部,他又把全文用白话写成一篇《懋斋记盛的故事》。遗憾的是,他抄的原文后来据他自己说已经丢失,以致我们今天要想知道《记盛》下半部的内容,就不得不通过孔祥泽所写的《故事》了。

《记盛》下半部记的是董邦达、过子龢、端隽、敦敏和曹雪芹、于叔度几个人在懋斋的聚谈,谈话涉及鉴别古画、绘画、北京的风向、扎绘风筝、放风筝、做菜等等。这些,我已在《〈瓶湖懋斋记盛〉阙文钩沉》(见我的《曹雪芹丛考》一书)一文中,较详介绍,不再多说。这里要谈的是乾隆二十三年腊月二十四日那天,他们鉴别古画的情况。

敦敏的□舅从福建回北京,带来许多字和画。他把其中署名李龙眠(即宋朝的李公麟)画的《如意平安图》,明朝商祚的《秋葵彩蝶图》等,送给了敦敏。敦敏为了鉴别这些画的真伪,曾两度往访曹雪芹于白家疃,都不遇,遂改请董邦达来鉴别。请董的日期是腊月二十四日。但二十一日敦敏却又巧遇曹雪芹于北京宣武门外的菜市口,他遂邀了雪芹去参加二十四日的聚会。那天董邦达、过子龢、端隽到了懋斋后,在吃饭以前,同曹雪芹和敦敏等讨论宋人李龙眠的那幅《如意平安图》的真伪。讨论的情况如下。

署名李龙眠的这幅《如意平安图》是一张工笔画。画中有一个胆瓶,外边裹着一块锦料的包袱。胆瓶内插着两朵荷花,衬在三片荷叶之间。

荷叶下面有几枝竹,也插在瓶里。瓶的旁边还画了一盆灵芝草。盆下边放着一个托盘,盘内盛着佛手等果。画的右上角,写着"如意平安"四字,字下方写着"李龙眠绘"。除名章外,还有两个闲章,盖在画的左下角。

董邦达先问:"这幅画确是下了一番工夫,色也用的不错。雪芹你看怎么样?"雪芹看过了画后,答道:"这幅画不逊于元人的写生上品,但是谈到真伪,我怎敢在几位前辈面前妄加月旦?"董邦达道:"雪芹不要太谦,你已经指出这是仿元人笔意的写生之作了,何不直说出这不是李公麟的真迹呢!"过子龢便问雪芹:"您怎么断定是仿元人之作呢?"雪芹道:"这不难看出。李公麟是以白描人物享名于当时的,他下笔挥毫,如铁线迂回,后人很少有偌大笔力。他不喜写生花卉,而且这画里的胆瓶,已是元代式样,宋朝人怎么能够预拟元人的样式呢?这不是大好的佐证吗?"董邦达也接着说:"这幅荷花竹叶插在胆瓶里,固是实地写生;那盆灵芝和佛手,却是笔者虚拟。两者格调,并不相容。公麟为有宋一代名手,何能出此?雪芹卓识不差!"接着又看另外的几幅画。大家认为,只有明人商祚的花卉,可以断为真迹,其余都是赝品。于是,曹雪芹便对敦敏说:"只这商祚一幅足资珍藏,其他几幅,画得并不错,可惜笔者偏偏要题上前人的名字,企图抬高身价。这种徒务虚名的风气,明朝人已开其端了。"他们接下去的议论与《如意平安图》无关,故不再引述。

在二百多年后的今天,曹雪芹所看到、敦敏所收藏的这幅《如意平安图》,我们再想看到,是不容易了。虽然一九五四年邓之诚先生赠给我的《鹪鹩庵笔麈》手稿残卷的确是敦诚的遗稿,但敦敏的遗物,却至今尚未发现。

事情就这样凑巧,我在一九七五年曾经有机会看到香港《大公报》的《艺林》副刊数十期,竟在一九六五年二月十四日的一期上,看到了一幅香港人士所藏的元人《如意平安图》的刊印在报纸上的照片。(请参阅附图)报纸上复制的图片虽不甚清楚,但画的内容却是不会错的:一个用锦袱包在下半部的胆瓶,瓶中插着两朵荷花、三片荷叶,瓶里还插着小竹数枝;胆瓶的旁边有一盆灵芝草,盆下一个盛着佛手等果的托盘。这同上述敦敏收藏署名"李龙眠绘"的《如意平安图》的内容,完全一样。只是从这个复制图片里,看不出任何图章和题字。《艺林》的编者只加上元人《如意平安图》几个字,并无只字按语。

这个所谓"元人《如意平安图》"的发现,十分重要。除已向香港《大公报》致函访求该图的原投稿者的原照片外,特作初步估计如下。

由于画的内容完全符合,我认为这幅所谓"元人"《如意平安图》可能就是敦敏的□舅赠给他、曹雪芹所看到并加评鉴的那幅"李龙眠绘"的《如意平安图》。按《如意平安图》固然是中国画中常见的题材,但两者的内容这样分毫不差,却是罕见的事。假定它们是同一幅画,那么,为什么原署"李龙眠绘"变成了"元人"《如意平安图》了呢?由上述乾隆二十三年腊月二十四日大家在敦敏家的鉴别,曹雪芹已经指出画中的胆瓶是元朝的样式,故不可能是宋朝的李公麟所画,而是元人的作品。事后,敦敏采取了曹雪芹和董邦达鉴别的意见,遂将该画定为"元人"作品,并将标签改为"元人《如意平安图》",以代替原标签"宋李龙眠绘《如意平安图》",这是完全可能的。

也正是因为这样,这幅画流传到香港的收藏家之手以后,才把画里的"李龙眠绘"名章、闲章,都有意地遮蔽上,不使人看到,而以"元人《如意平安图》"的名目刊诸报端。因为这幅画,要说是宋人李龙眠画的,就是假的;但如以"元人"作品目之,它就是真的了。可见此图的香港收藏者的态度还是不错的。

还有一点要说明一下,曹雪芹在鉴别《如意平安图》时第一句话说:"这幅画不逊于元人的写生上品。"又在后来说:"其他几幅,画得并不错,可惜画者偏偏要题上前人的名字,企图抬高身价。这种徒务虚名的风气,明朝人已开其端了。"从这两段话看来,似乎雪芹认为《如意平安图》是明朝人的作品。这一可能性是有的。但即使雪芹当时是这个意思,他却不能肯定它是明人之作。他所肯定的只是"画里的胆瓶,已是元代样式"而已。敦敏根据雪芹所能肯定下来的看法,把原标签改为"元人《如意平安图》",是十分可能的。

如果是这样，那么，我们可以说，从孔祥泽的《懋斋记盛的故事》所看到的《瓶湖懋斋记盛》下半部的基本内容，便是可靠的了。整个《瓶湖懋斋记盛》的真实性，也从而得到了一个有力的佐证。

一九七七年十月二十四日于沙滩。

【附记】香港《大公报》所载此图，数年前曾荷《艺林》编者陈凡先生于来京时见告，谓可能是上海图书馆或上海博物馆的同志供稿。一九七八年我赴沪时承上图顾廷龙馆长和上博富华同志代查，均无线索。今年得陈凡先生由港来信，谓因年久，亦未查得投稿者为何人。只好希望该图持有者于见到拙文时，有以见示了。

一九七九年六月三日于沙滩。

第九篇
跋裕瑞薑香轩文稿

在乾嘉时谈论《红楼梦》的诸人中,裕瑞算是很重要的一个。从提供史料观点说,他的《枣窗闲笔》描绘了曹雪芹的形象,也说明了脂砚斋与曹雪芹的关系。这都是前此大家所不知道的事实。从版本研究上说,他是第一个坚持《石头记》前八十回是曹雪芹所作,而后四十回是高鹗所补的。他抨击高鹗甚力。后来发挥脂砚斋是雪芹之叔说的人,都是受了他的影响。谈雪芹相貌、风度的,也都很看重《闲笔》里面那几句有关的话。当然,他的年代较晚,这些情况都是他从他的"前辈姻戚"那里听来的。他的前辈姻戚是谁呢?以前考知是明兴和明仁、明义,还有曹雪芹乾隆二十五年去访过的明琳。他们对裕瑞所谈关于雪芹的情况,当然是可信的。现在我们又知道,借给永忠《红楼梦》读的墨香乃是《题红楼梦二十首》作者明义的堂姐丈,他们都熟悉《红楼梦》,也认识曹雪芹。所以,他们的话就更可靠了。

《红楼梦》前八十回和后四十回的问题也是裕瑞谈起的。从乾隆二十三四年起,到三十三年,弘晓所抄的、明义所题的、墨香所藏的和永忠读的《红楼梦》,都是前八十回的《红楼梦》。当然,明义在祝袁枚八十寿诗中提到的,就是一百二十回《红楼梦》了。裕瑞批评后四十回的话很尖锐,理由也很充足。无论从思想或文字哪方面看,前八十回和后四十回都很不同。宝玉婚后就出了家,本是脂批中言明了的关键性问题。但后四十回的续书或部分续书者,却让宝玉婚后又参加了乡试,中了举人以后才出家。它们在创作思想上的不同之处,还有不少,这里没有必要多谈。至于后四十回的文字,细心的读者也能看出与前八十回不同。自裕瑞提出了这两方面的问题以来,其后谈两者不同的人,大都还是循着这个路子。可见裕瑞是很有眼光的,虽然在基本思想上,他和今天谈这个问题的人不一样。

关于《枣窗闲笔》的内容,因已有人研究,不多说了。这里要谈的是:裕瑞的《萋香轩文稿》。

《萋香轩文稿》,裕瑞著,成书于嘉庆八年,是裕瑞中年之作。一九五四年,我受郑振铎同志之托为文化部洽购恩华氏所藏两千四百多册满洲人的著作(包括手稿)时,看到裕瑞许多手稿,其中似乎没有这本文稿,现在知道,《文稿》被潘重规君得到,并在香港影印出版了。该书首页翻印了我的《有关曹雪芹十种》中的瑛宝为裕瑞所绘《风雨游图》。第二页影印了裕瑞《枣窗闲笔》中的第四十一页。第三页是潘君写《影印萋香轩文稿序》。接着就是包括裕瑞的史论、游记和杂文二十一篇。其中多篇篇末,有法式善、杨芳灿、张问陶、吴鼒、谢振定等当时人的评语。

我想在这篇跋里谈以下两点:一,辨正潘君认为《文稿》是裕瑞手迹,而《枣窗闲笔》是"出于抄胥之手"之误;二,从《文稿》中,看看裕瑞的思想。

第一,潘君在序里说:"文学古籍社影印《枣窗闲笔》原稿,字体颇拙,且有怪谬笔误,如'服毒以狗'之'狗'误为'狗',显出于抄胥之手,谓为原稿,似尚可疑。读者试取二稿比对观之,当可得其真际也。余以为裕瑞文辞,出一时满人文士之上,今得其手稿(裕按:即指《萋香轩文稿》),未忍任其湮没不彰,遂付影印(下略)。"

"谓为原稿,似尚可疑。"这是潘君看了我的《考稗小记》后,对我的看法说的。我现在的看法,仍和潘君刚刚相反。我认为,《枣窗闲笔》是裕瑞的手写稿;而《萋香轩文稿》则或者"出于抄胥之手",或者是他中年以前所写。关于《文稿》究竟是不是裕瑞的亲笔,因缺乏证据,无法证明,这里不谈。总之,《闲笔》是裕瑞的亲笔,《文稿》不能否证它,相反,它倒是可以否证《文稿》之为亲笔。

我的第一个证据是,一九五四年我获睹瑛宝为裕瑞所绘之《风雨游图》手卷时,图后即有裕瑞自己手写的《风雨游记》(《文稿》中有《游记》的抄文)。我当时曾把《游图》和《游记》一并拍照。现在取出《游记》的照片和《闲笔》的字迹比较,便可看出二者虽稍有楷书和行书的不同,但显然是出自一人之手。我特地把裕瑞跋《风雨游图》的《风雨游记》的原笔迹照片,附印在这里,读者也可以把它同《枣窗闲笔》的字迹,比较一下,即可证实它们是一人所书。但倘和《文稿》的字迹一比,那就可见显系出于二人之手。

可以作为辅证的是,我在一九五四年看到裕瑞的那些装订成册、成套的手稿的笔迹,都和《闲笔》的字迹相同,当然也和《游记》一样。

关于误"狗"为"狗"的问题,似乎错得可怪;可是,既然有了以上两项它们是裕瑞亲笔的确证,那就只能是作者本人误写。这种错误,在经验中可能很少,但绝不是不可能。

所以我认为,《枣窗闲笔》是裕瑞亲笔写的,而《姜香轩文稿》则是倩人所抄。

由于潘君对这部《姜香轩文稿》是"未忍任其湮没不彰,遂付影印"的,所以我不能不加以辨正,俾使将来的读者明了真实情况。潘君因未得睹我所看到的《风雨游记》手迹以及裕瑞的其他手稿,才有上述那个错误的推断。

第二,在潘君把《姜香轩文稿》影印出版以前,人们但知裕瑞谈《红楼梦》的一些意见,对他本人的思想,则所知甚少。但裕瑞这册《姜香轩文稿》,颇有可以看到他的一些思想之处。以下我们稍举几点。

按裕瑞,爱新觉罗氏,是豫良亲王修龄第二子,生于乾隆三十六年(辛卯),卒于道光十八年(戊戌),年六十八岁。乾隆六十年封不入八分辅国公,授委散秩大臣。乾隆时任镶白旗蒙古副都统;嘉庆时任镶红旗、正黄旗、正白旗副都统和护军统领职务,后授宗人府七品笔帖式。他的一生经过了乾隆、嘉庆、道光三朝。嘉庆十九年"缘事永远圈禁",当时他才四十四岁。《风雨游记》写于"庚申六月"当系嘉庆五年所作,时裕瑞年三十岁。《游记》中"宿直于火器营之公馆",可知他那时正做副都统。《文稿》中把他写的史论、杂文抄在一起,这些短文大约都是那个时期或其前后写的。从《文稿》里可以看出他三十岁前后的一些思想。兹举几点于下。

（一）裕瑞反对"华夷之辨"，主张二者相安和好。从顺治初到裕瑞写文章时，满族政权已有一百五十多年。裕瑞不仅是满族人，而且是统治家族的"天潢"，他自然会有泯灭"华夷之辨"的思想。我们现在对他这种看法，不加深论，只看他这个满洲统治家族的成员对此问题的看法，就很有意思了。

《文稿》中有一篇《驳范氏胡氏通鉴纲目华夷论》。在这篇短文中，裕瑞首先反对中土的"妄自尊大"和严"华夷之辨"。他说：

呜呼！中国之人视夷如鬼魅，自亦尊之至矣！

他认为这种自以为尊的想法，是没有根据的；这是"小儒"们"误解孔子尊周攘夷之意"，并把这种"误解""横亘胸中，牢不可化"。他说，其实"舜东夷，文王西夷，虽非绝域，究不外乎'夷'。天生圣人，何尝沾沾限以地哉"！

裕瑞不但说"华夷之辨"的看法没有根据，也说这样做法不但不智而且无效。他说：

（上略）画疆为界，坚壁清野，日日屯兵而防御之，始无忝圣人华夷之辨；吾恐八方之夷，既不畏威，又不怀德，觊觎腹心，四面为敌，中原自此无宁日矣！

实际上，这样做法的结果必然是：

夷强则侵割中原郡县，夷弱则并入中原版图。

他说，"汉、唐以降，诸儒严华夷之辨者，几至汗牛"，但那都是些"空言，实无补于当世"，其实"历代之明君贤相，皆不能取空言以资实政"。也就是说那些"明君贤相"是要考虑"时势"的，是要考虑利害、权衡得失的，所以，事实上那些"明君贤相"对于两者的关系，常常采取"安于和好"的政策。

裕瑞以上这种看法，在当时满洲人的统治阶级都会是同意的，但汉人的看法就不会一样。关于这个问题,我们不想深谈。

(二)《文稿》中还有些触犯当时最高统治者的忌讳的看法。在《苻坚论》中,他斥"书生"说他们"往往以成败论人"。他们"对成者则誉其有致成之方,败者则责其有取败之道"。这种"鼓唇于事后"而自"以为明见前知",实在是"以穿凿发管见",可鄙得很。他在《唐太宗论》里,又责李世民杀兄为"不仁"。这些言论和《红楼梦》第二回冷子兴说的"成则王侯败则贼",同样都大触忌讳,可招巨祸。我们知道,雍正与其弟兄夺嫡得到皇位,最怕人家说"成则王侯败则贼"这类话,最喜欢听他自己是受遗命的、合法的皇位继承者一类的话。又因雍正争夺帝位残害他的兄弟致死,所以当时谁都不敢有涉及统治阶级内部统治斗争的议论。瑶华、书誠批永忠的诗时,对永忠诗中屡用"淮南王"这一典故,都一再警告他不要用。因为在永忠的诗中,他的祖父允禵就是淮南王的地位;而允禵和雍正正是争皇位的两方。裕瑞为什么特别对唐太宗之杀兄,竟敢发这样的议论呢?我估计,裕瑞写这篇文章的时候,去雍正夺嫡已有七十多年之久,距乾隆四年弘晳的案子也有六十多年了,时间相隔既远,那忌讳恐怕也就不怎么严了。此外,嘉庆十九年裕瑞"缘事""永不叙用""永远圈禁",他可能有强烈的不满情绪。但他写上述二文,却是远在此前,故不合。是不是他老早对于争夺皇位的斗争有他的看法呢?我们就不得而知了。

(三)裕瑞对名节、食色和男女的看法。《文钞》中有一篇《苏子卿纳妇异域论》,该文通过他对名节、食色、男女的看法来论苏武在匈奴纳妇生子的事。他的基本观点是:

> 食色性也,设非有关名教者,亦不可须臾离也。

从这一观点出发,他认为苏武"奉使敌国,不幸被羁",但能做到"雪窖握节,不辱君命",可以说,苏武已全了"名节"。苏武想生还汉室,既有生还之意,则不当死,因为"死伤勇"。

既然活着,那么"匈奴之酥酪可餐,大漠之牛羊可牧"。至于他在那里娶匈奴女子为妇的事,裕瑞认为:

> 穹庐之妾妇,亦可御也。

裕瑞又进一步追究武娶胡妇的动机。他说,苏武之在匈奴娶妇,并非像腐儒所解释的,是什么为了"无后";而是"适性"之常,亦即"适"那食色之"性"的常情。他又说,假使当时有人问苏武:"兹(裕按:指娶胡妇)非为去家久,以风怀而行其常乎?"他以为苏武必定笑而点头。但假如问苏武:"兹非为子孙计,以大义行其权乎?"他说苏武必定反而"默然不应"。

裕瑞这个设想,是同他前面那个"食色不可须臾离也"的基本观点相符合的。但是,他这"行常"却只限于男,不适用于女。他说:

> 人伦之中,女无再适之行,男有再娶之道。

而那位高鹗的姻兄张问陶,却在裕瑞这篇短文之后亲笔写了评语曰"菩萨语"。张问陶就正是说高鹗"艳情人自说《红楼》"那首诗的作者。

结合裕瑞受处分在沈阳永远圈禁时,有强逼居民徐恭休妻,鸷彼为妾的事,裕瑞这个人的夙行可知。可见裕瑞和替他上述议论"叫好"的张问陶以及当时其他士大夫和官僚们的侈谈《红楼梦》,都是喜欢其中"言情"的故事。他们对女人的看法,完全是儒家那套"男尊女卑"的道德观念。这和《红楼梦》作者曹雪芹的看法岂可同日而语?这些人,尽管对于《红楼梦》的原作及其续书的问题,有些可取的意见,但他们绝不可能了解曹雪芹,更不可能真正了解《红楼梦》——他们是封建社会和封建道德的拥护者,曹雪芹是反对者。

一九七七年八月二十二日晚于沙滩。

第十篇
曹雪芹红楼梦琐记自序

余自一九五四年即草《考稗小记》,迄今廿余载矣。《小记》初不限于曹霑及《红楼梦》事,如《浮生六记》作者沈复之画,世鲜知者,辄亦记之,以飨读者。历时既久,积稿渐多,涉及曹、《红》者,几占什之九,遂将其什之一删汰,以求一律。《小记》先后刊于余之《有关曹雪芹八种》及《有关曹雪芹十种》。一九六三年后,以迄今兹,又撰《续记》数十则,亦一并刊之,而更名为《曹雪芹〈红楼梦〉琐记》。

《琐记》取材有三:一曰口碑,二曰文字,三曰实物。此系就资料本身性质而言;若就余获知之经过言,则有直接调查与间接所闻之别。此诸情况,均于各条中注明。

《琐记》虽非"有闻必录",然凡有关曹雪芹及《红楼梦》故实之见闻,大都纪之,意在供博雅之识别,不暇避芜杂之讥耳。

曹雪芹不惟为中国文学史上之巨匠,即侪于世界作者之林,亦罕其其匹。惜其有关资料,世不多觏。直至近年,始有重大之创获,其详见余之《曹雪芹丛考》(上海古籍出版社)及即将脱稿之《曹雪芹传记故事》等书中,兹不多赘。

流光易逝,忽忽已届耆年。自兹以往,有关曹、《红》之材料,仍将有所发现,诚望来者,续有佳构,则雪芹生平、《红楼》真谛,庶可大显于世焉。

一九七九年四月三日负生记,时居沙滩已三十有三载矣。

第十一篇
曹雪芹红楼梦琐记

一 王冈绘曹雪芹像

一九五四年六月十六日人民文学出版社某君抄寄《曹雪芹画像照片附识》云:"此图右下角款云旅云王冈写。小印二方,朱文。冈,南石。图为上海李祖涵(韩)氏旧藏,曾刊于《美术周刊》。李氏有题语,略云:'王南石名冈,南汇人,黄本复弟子,乾隆庚寅卒。见《画史汇传》。像后题咏有皇八子(有宜园印)、钱大昕、倪承宽、那穆齐礼、钱载、观保、蔡以台、谢墉等题。'启功按:《美术周刊》出版处及期号俱不详,此项题语,乃李氏致函叶恭绰氏所自述者。又藏者致叶氏函云:'乾隆题者八人中,其一上款署雪琴,其七上款署雪芹。'"余得此《附识》后,又有人云:左上方有"壬午春三月"数字,题像诗中有一人称雪芹为"姻兄",另一人称"学长兄"。题像诗现均不可得。据李祖韩语人云:乾隆时人题诗者远不止此八人。余意《春柳堂诗稿》作者张宜泉与雪芹友善,《诗稿》中有《题芹溪居士》(原注云"姓曹,名霑,字梦阮,号芹溪居士,其人工诗善画")一诗,观其词意,当系题照诗之一。此外敦敏、敦诚亦不能无题诗,惜已被藏者于重裱时剪掉,无从稽考。陶心如告余:此像已由藏主运往香港;叶恭绰氏则谓:雪芹像当仍在收藏者之手,惟不肯示人耳。一九五五年,张国淦先生曾为余函李祖韩,索录题诗,李曾复允,惟终未见寄。一九五六年张国淦又转倩翁文灏函商与李,亦卒无消息。此一文学巨人之重要资料,遂不可得。一九六三年三月,得悉胡适于一九六一年一月在香港海外论坛上发表《所谓曹雪芹小像之谜》,谓于三十年前曾见李祖韩所藏此像于上海,且谓题像者尚有陈兆崙(浙江钱塘人)、秦大士(江苏江宁人,乾隆十七年状元)二人。

二　侯塄谈延芬室诗稿有二

六月十二日晚侯塄先生见访,畅谈三小时,甚快。据云,《延芬室诗稿》有二:一为永忠手自抄录精裱锦装者,原藏燕京大学图书馆;二即余近获之残稿本。(此条写于一九五四年,该残稿本,今归北京图书馆。)侯谓二十余年前,彼草《觉罗诗人永忠年谱》时所见之残稿较之现存者为多。残稿中有官堆纸小笺,注明两本异文。余未晤侯前,曾戏谓静兰曰:"此必侯之笔迹也。"余固未尝见侯字。是晚询之侯先生,果然。静兰称奇不止。侯所见之精本,惜已不可得见矣。

三　楝亭夜话图

七月十一日叶恭绰先生以电话见告,《楝亭夜话图》已检出,余即往观。闻张见阳善绘事,此幅用淡笔浅描,虽不甚工,然颇饶夜色苍茫迷离之致。各家题诗甚多,重要者自推夜话三人,即曹寅、施世纶及张见阳也。又,顾贞观题词亦有参考价值。惟最耐人寻味者,即楝亭题《夜话图》末数句与《雪桥诗话》三集第四页所载之题诗不同。《诗话》末数句云:"家家争唱《饮水词》,那兰小字几曾知?班丝廊落谁同在?岑寂名场尔许时。"原图题诗云:"家家争唱《饮水词》,那兰心事几曾知?布袍廊落任安在,说向名场此一时。"以此不同于纳兰词中之多凄苦语及那拉氏兴亡之史事,联系推敲,或当别有新解。

四　题王绘雪芹像诸人

谢墉字崑城,浙江嘉善人。乾隆二十七年,曾为雪芹画像题句。《清史稿》列传九十二有传。乾隆十六年南巡时,墉以优贡生召试,赐举人,授内阁中书。十七年成进士,改庶吉士授编修。又曾任工部侍郎,督江苏学政。四十三年调礼部,四十五年调吏部,四十八年复督江苏学政,五十一年任满还京师。按《清史稿》称墉"两任江苏学政",一在四十三年以前,一在四十八年至五十一年,而《大清会典事例》三百六十八卷则谓五十三年墉任学政,必有舛误。据《会典事例》言,墉于乾隆五十三年任学政,阿桂奏外间传有"谢墉抽身便讨,吴玉纶倒口即吞"之语。(裕按:"谢"字抽出"身"字,即成"讨"字;吴字将"口"置于"天"字之下,即成"吞"字。)据闵鹗元奏,墉初在吏部,后任江苏学政,声名不佳;惟复任时,则颇谨饬。乾隆在热河,吴系扈从,谢亦引见。乾隆面询并诘因何有"抽身""倒口"之语?伊二人则皆奏:系《寄园寄所寄》小说所载陈言,想系怨之者因而附会云云。卒降调为内阁学士,其职不过专司批本,并无应办紧要之件。乾隆六十年卒。观保字伯容,一字补亭,索绰络氏。曾祖都图,赐姓石氏,隶内务府正白旗满洲石东村子。乾隆丁巳与从弟德保并举进士,改庶吉士散馆,授检讨。累官礼部尚书,罢,复官左都御史;有《补亭诗稿》。钱载字坤一,号箨石,又号瓠尊,晚号万松居士。浙江秀水人,雍正壬子副榜,荐试鸿博,再荐经学。乾隆壬申进士,官至礼部侍郎。诗精于杜、韩、苏、黄,脱去蹊径,自名一家。工书善水墨花卉,有《箨石斋诗文集》。倪承宽字馀疆,号敬堂,浙江仁和人。乾隆甲戌第三人及第。官太常寺卿。钱大昕字及之,又字晓徵,号辛楣,又号竹汀,江南嘉定人。乾隆甲戌进士。官至少詹事。那穆齐礼字鲤庭,一字立亭,镶红旗满洲人。乾隆丁丑进士,改庶吉士散馆,改主事,累官詹事。蔡以台,浙江嘉善人,乾隆二十二年(丁丑)进士。

五　益斋谈东皋与红楼

益斋有寄臞仙诗,中有句云"红楼一任说,我说是东皋"句。按敦诚诗注有云:"潞河之东皋,宗室问亭将军博尔都园。"则东皋之地可知。《红楼》之记,亦多一说。

六　曹寅之东皋草堂记

曹寅有《东皋草堂记》，其中有云："仕宦古今之畏途也，驰千里而不踬者命也。一职之系，兢兢惟恐或坠，进不得前，退不得后。……余异日倘得投绂以归，徜徉步屧于东皋之上，述今日之言，仰天而笑，斯乃为吾两人（裕按：指与其弟）之厚幸矣。"以此与《楝亭夜话图》曹寅题句"始觉诗书是坦途，未妨车毂当行潦"合观，以之与康熙五十年三月初九日曹寅奏折"两淮事务重大，日夜悚惧，恐成病废；急欲将钱粮清楚，脱离此地……"，及康熙批语："亏空太多，甚有关系，十分留心，还未知后来如何，不要看轻了！"合观，可觇曹寅为官时之心理情况。

七　得硕亭之草珠一串

恩华藏书中有得硕亭所著《草珠一串》一册，中多记清代京师风俗之小诗，可资考证掌故。"做阔（京师名学大器派者曰'做阔'）全凭鸦片烟，何妨作鬼且神仙；开谈不说《红楼梦》（此书脍炙人口），读尽诗书是枉然"一诗即见于该书。道光六年草舍居士《红楼梦偶说》，序文开始即引此诗之末二句。

八　宗室书诚

书诚字实之，号季和，一号子玉，又号樗仙。辅国将军长恆子，封奉国将军。居石虎胡同之灌读草堂，汲井种菜。别业曰"小江南"，去南郭十里，地名沙龙。与永忠友善。写梅得天趣，工诗，著《静虚堂集》，其早年诗集曰《诗瓢》。永忠有《诗瓢遇合记》一文，记《诗瓢》历经周折，失而复得之过程甚详。连绪斋上公藏有金粟笺墨梅石立帧，题款一行，左上七绝一首。

九　王南石为董邦达客

绘曹雪芹像之王冈字南石,号旅云山人,江苏南汇航头镇人,黄本复弟子。工花卉人物,并善写照,虫鱼尤生动。生于康熙三十六年,卒于乾隆三十五年秋,享年七十四岁。尝游京师,为董邦达客,凡画苑供奉之作,多出其手。按董生于康熙三十八年,卒于乾隆三十四年,而王于乾隆三十三年及三十五年均在原籍。陶心如先生曾见《独坐幽篁图》右上方有"壬午春三月"数字,当系南石乾隆二十七年旅居京师时所作。今据《春柳堂诗稿》《题芹溪居士》一诗中"苑召难忘立本羞"句,则可能有由王冈或董邦达介绍雪芹入画苑之拟议。

一〇　敦诚之主敬存诚章

一九五四年四月偶于敦敏《懋斋诗钞》手稿中,获"主敬存诚"章一纸。余以《诗钞》既为敬亭手批,则此章为敦诚物无疑,因黏附其《鹪鹩庵笔麈》手稿之后,今之影印本有余一短跋。《诗钞》原为恩华氏所藏,《笔麈》则为邓之诚先生物,今得珠合,亦云巧已。

一一　鹪鹩庵笔麈数则手稿

敦诚《鹪鹩庵笔麈》手稿,邓文如先生藏。一九五四年夏初,访文如先生于其海淀寓舍,先生辄以《笔麈》相赠。《四松堂集》原抄本已为人所重视,《笔麈》为敬亭手迹,更可宝贵。《笔麈》虽只存晚年各条,与考订雪芹无直接关系;然间接可以从中推论处,则未尝无之。关于墨香、嵩山之材料,亦有可以参考之价值。惟最重要者,即以《笔麈》中"红烛薰天"四字(其他字迹亦肖)与《懋斋诗钞》眉批"璞玉未刻,浑(裕按:'浑'字影印本作'军',已失'氵'旁矣)然天宝"八字比观,可觇实出一人之手,因得证明《诗钞》为敬亭手批。且《戏赠敬亭山居》第二首绝句之上端,原笔迹批云"谑我亦佳",此非敬亭而谁也？此外,《笔麈》封皮"望桂圃弟可将此册内数条,转烦汤老先生抄出,附入《鹡鸰庵笔麈》后,此系末年所作也"诸字,与《诗钞》末黏《水阁山庄》、《溪桥策蹇》、《云岩凫影》字迹相同,均为敦敏笔迹。又以此行书三诗与《春柳十咏》及《小序》、《小雨访天元上人》字迹相较,则后者为敦敏之楷书。推而论之,《诗钞》工楷,亦敦敏字,知书者类能鉴别。然则,《懋斋诗钞》,敬亭所批而子明之手稿也。

一二　曹雪芹前后均有十二钗之称

朱竹垞《静志居诗话》有"赵彩姬字今燕,名冠北里。时曲中有刘、董、罗、葛、段、赵、何、蒋、王、杨、马、褚,先后齐名,所称十二钗也"一则。《茶香室三钞》云:"按此则今小说中所称'金陵十二钗',亦非无本。"裕按:永忠《延芬室集》乙巳诗,有《戏题十二钗画障为伴月赋》一首云:"十二吴姬簇锦屏,临风玉貌各娉婷。若为唤得真真下,一曲霓裳卧里听。"时值乾隆五十年,即雪芹逝后二十一年。永忠固于乾隆三十三年始得读《红楼梦》,而竹垞说则早于雪芹甚久。《红楼梦》第二回:"本贯姑苏人氏。"甲戌本批云:"十二钗正出之地,故用真。"以此与永忠"十二吴姬"对看,再上溯朱彝尊"所称十二钗也"云云,则此种一在雪芹之后、一在其前之情形,正表示十二钗之说,不但为雪芹著书取材所本,且至雪芹卒后,亦颇流行。

一三　嵩山之菊花诗

永奎号嵩山,与雪芹并世。今按其《神清室诗稿》中卷亦有《访菊》、《对菊》、《梦菊》、《簪菊》、《问菊》诸诗,岂受《红楼梦》之影响乎？抑此类诗题先雪芹已流行耶？

一四　大明角灯

《红楼梦》戚本第五十三回有句云"也挑着大明角灯",百二十回本同回则作"挑着角灯"。按"明角灯"有大有小,此处原作"大明角灯"以示非小明角灯。而百二十回本删"大明"二字,有所避忌耳。

一五　春柳堂诗稿中有关曹雪芹诗

一九五五年四月王利器先生见告张宜泉有关曹雪芹诗四首。恩华《八旗艺文编目》谓:"宜泉,原名兴廉,镶黄旗汉军,官侯官知县,鹿港同知。嘉庆己卯举人。"盖有舛误。按余后由王君手借读《春柳堂诗稿》,细审全书,知作者为张宜泉,不必名兴廉,终身无功名,晚年以教馆课徒为生。有关曹诗散见于《诗稿》,其一《怀曹芹溪》云:"似历三秋阔,同君一别时;怀人空有梦,见面尚无期。扫径张筵久,封书畀雁迟;何当常聚会,促膝话新诗。"其二《和曹雪芹西郊信步憩废寺原韵》云:"君诗曾未等闲吟,破刹今游寄兴深;碑暗定知含雨色,墙隙可见补云阴。蝉鸣荒径遥相唤,蛩唱空厨近自寻。寂寞西郊人到罕,有谁曳杖过烟林。"其三《题芹溪居士(姓曹名霑字梦阮号芹溪居士其人工诗善画)》云:"爱将笔墨逞风流,庐结西郊别样幽。门外山川供绘画,堂前花鸟入吟讴。羹调未羡青莲宠,苑召难忘立本羞。借问古来谁得似?野心应被白云留。"其四《伤芹溪居士(其人素性放达好饮又善诗画年未五旬而卒)》云:"谢草池边晓露香,怀人不见泪成行。北风图冷魂难返,白雪歌残梦正长。琴裹坏囊声漠漠,剑横破匣影铿铿。多情再问藏修地,翠叠空山晚照凉。"诗中有关雪芹之重要事实,一曰字梦阮,其他雪芹、芹溪、芹圃皆为号。二曰年未五旬而卒,雪芹似应为曹颙妻马氏所生之遗腹子。若然,则雪芹卒年四十八岁,对于说明《红楼梦》之写作,较为合理。三曰雪芹居处确在西郊,且为近山傍水之地,然又冷落为人所罕到,则非当时繁华之海淀可知。此外能诗、善画、好饮、放达，尤可与以前发见之材料相印证。

一六　砺堂藏书章

《懋斋诗钞》手稿有"砺堂藏书"一章，不知为何许人。近读长白伯麟之《退思斋吟草》，有《秋日同倪松泉山长蒋砺堂方伯蒋培元廉访西郊观稼小憩近华浦和砺堂方伯原韵二首》，可知砺堂姓蒋。后读《清史稿》列传一百五十三，则知砺堂即蒋攸铦，固有传。蒋乾隆三十一年生，道光十年卒。汉军镶红旗人，先世由浙江迁辽东，入关居宝砥。蒋乾隆四十九年进士，官至刑部尚书，两江总督，与法梧门友善。《退思斋吟草》亦有"砺堂藏书"及"臣本布衣"二章，因知《懋斋诗钞》亦曾为蒋所藏。有人谓《诗钞》中"臣本布衣"一章，为敦敏物，盖误。《吟草》，《八旗艺文编目》作《诗钞》，凡四卷，有嘉庆十三年戊辰孟冬上浣钱塘汪润之序。按伯麟字玉亭，号梅坪，氏瑚锡哈里，隶正黄旗。由翻译举人官笔帖式，擢赞善。嘉庆甲子由山西巡抚，授云贵总督。道光元年官体仁阁大学士，管理兵部，二年休致。四年八月卒，谥文慎。

一七　恆仁之月山诗集

由《月山诗集》中可知：月山次子"宜孙字贻谋，生而宽厚，族党咸以宽呼之。曾任右翼宗学副管，丁酉即世"。宜孙有子二：一明绳，宗人府主政；二明纨，宗学生。宜孙弟即宜兴。月山名恆仁，字育万，袭辅国公，后以不应封失爵。卒于乾隆十二年五月十一日。集中有《示敦敏》云："胸罗星宿气干云，年少偏怜好古勤；囊锦探奇常晓出，杖藜照读每宵分。龙头预卜魁多士（原注：明岁将入宗学会试），桃实行看赋有蕡（原注：明岁完姻）。应笑谢元空颖悟，正烦睹取紫罗焚。"又《示敦诚》云："兄弟齐名似陆云，行年总角学能勤；旧书已解千回读，疑义从教片语分。观海故应无众水，种花还望结奇蕡。莫言文史三冬足，试取兰膏继晷焚。"诗题下宜兴注云:"先八伯父次子出继先九叔祖子大叔讳宁仁为嗣,号敬亭,有《四松堂稿》。"

一八 曹雪芹之画及二章

魏宜之君为余言一九三一年前后,天津王某以微值购得画一幅。画为老松人物,题曰"燕市酒徒",下署"雪芹",又下为二闲章。另一边则有"红楼梦主"一章。按雪芹居健锐营时,固尝鬻画;赵常恂曾致余函,谓其字画于清末尚有人收藏。雪芹有画流传,固意中事,特极为罕见。此幅只有"红楼梦主"一章可疑,"燕市酒徒"则十分可能为雪芹自谓之语。已嘱言之者函其津友代询此画之下落矣。

一九 空空道人所书八字篆文

得魏宜之君藏"云山翰墨冰雪聪明"八字篆文,谓为雪芹所书。按篆文并不工,然信手写来,亦自有致。下署"空空道人",有"松月山房"阴文小印一方,刻技尚佳,色淡朱。"翰"字稍损,"明"字月边下首有描处。见之者,邓之诚先生谓纸确为乾隆纸,而印泥则不似乾隆时物,盖乾隆时之印泥色稍黄云云。余谓倘能断定为乾隆纸,则印泥不成问题。盖不惟此印印泥本即为浅朱,即使为深朱亦不能必其为非乾隆时物。"空空道人"四字行书,笔意甚健。此十二字,果为雪芹所书否,虽不可定,然一九六三年二月晤张伯驹先生,谓"空空道人"四字与其昔年所见雪芹题《海客琴樽图》之字,"都是那个路子"云。

二〇 熙朝雅颂集中何以无曹雪芹诗

曩读铁保辑之《熙朝雅颂集》而怪之,以为何以作者皆权贵耶?近读舒批《随园诗话》,此疑遂释。据舒批言:"法时帆蒙古人,乾隆庚子进士。

其人诗学甚佳,而人品却不佳。铁冶亭辑八旗人诗为《熙朝雅颂集》,使时帆董其事。其前半部,全是《白山诗选》,后半部,则竟当作买卖做。凡我旗中人有势力者,其子孙为其祖父要求,或为改作,或为代作,皆得入选;竟有不识丁以及小儿女子,莫不滥厕其间。"云云。然则,吾侪今日不能于《熙朝雅颂集》中求贫困落拓如雪芹之类人诗,明矣。

二一　明义谈随园即红楼

明义和袁枚《八十寿言》诗共十首,《随园全集》只收其七。其有关考证史事者,第六首云:"半生俯首与低眉,宦味酸咸我自知。野鹤绝无干禄梦,好花宁有出墙枝。退身学圃何妨早,得道升天不厌迟。五福毕臻三乐备,总缘身际太平时。"第七首云:"随园旧址即红楼,粉腻脂香梦未休。定有禽鱼知主客,岂无花木记春秋。西园雅集传名士,南国新词咏莫愁。艳煞秦淮三月水,几时衫履得陪游?"原注云:"新出《红楼梦》一书,或指随园故址。"

二二　石头记批语中之刚丙庙

《红楼梦》庚辰本第四十三回"因听些野史小说便信了真",下批云:"近闻刚丙庙又有三教庵以如来为尊,太上为次,先师为末,真杀有余辜,近谓此书救世之溺,不假。"按刚丙庙实有其地,在旧燕京大学东大地。据此可知批者必熟悉北京西郊情形,或即居西郊一带。

二三　庚辰本圈点葬花吟

庚辰《红楼梦》二十七回《葬花吟》,有原批者之圈点。全诗或有圈,或无圈,或七字中二三字着圈而他字则无圈;但皆有规律可循。一般皆着六七圈。惟"明年闺中知有谁"旁十四圈,"他年葬侬知是谁"十三圈,"便是红颜老死时"后五字各有一圈,"一朝春尽红颜老,花落人亡两不知"各十圈。按此诸句无不与女人有关,意批者圈者,必为一女子,故有"言我之所欲言"之感。一般圈诗,或因诗句好,或因诗句恰合一己之情况。《葬花吟》之圈者,显然以后一原则着圈,然则,此一女子岂敦敏诗"秦淮旧梦人犹在"中所谓"犹在"之人耶?

二四 曹雪芹之书简

闻魏宜之君言,一九五四年春有人以曹雪芹书简求售,索价至数百万元(核今之币值数百元)。亟详询之,据云,彼所见之两页为雪芹行书信札,系寄某旗人者,略谓嘱作之诗,因忙至今始得奉上,不知合用否,请斧正等等。函后签名不作"雪芹",而为一不经见之别号,但此别号为何,魏君已不复记忆。余按敦诚固曾索雪芹题其所作《琵琶行传奇》一折,以此函内容言,岂雪芹致敬亭书耶?余意二百年来,雪芹旧物墨迹,虽少所闻,而敦氏著作,时有发现。前如邓文如先生所得之《鹪鹩庵笔麈》手稿,近如余介售文化部之《懋斋诗钞》手稿。魏君所见之信札若真为雪芹所书,或亦藏于敦氏手中。敦诚之《闻笛集》虽系抄录友人诗文书简,然原简亦必保留。至魏君言署一不经见之名云云,按雪芹字"梦阮"近始发见;若署梦阮,则魏君不知固矣,而与知友如敦诚者通信,雪芹自署"梦阮",亦无可异者。

二五 赵常恂谈曹雪芹住健锐营

一九五四年余在《新观察》发表有关曹雪芹考证文章之后,赵常恂信卿先生于一九五四年十月十八日来函见告:雪芹之居处在北京西郊健锐营。原函云:"(上略)曹雪芹穷居著书的地点,可能在北京西郊的健锐营(香山附近,是八旗兵驻在地)。我幼年在北京读书时(满蒙文高等学校,在西城丰盛胡同),有一个同舍生是北京西郊健锐营人。他每星期六出城回家,星期日归校。他常说郊外骑驴如何有趣,西郊风景如何优美。偶谈起《红楼梦》来,他又说作《红楼梦》的曹雪芹就住在他们那里,后来也死在那里。雪芹的旧居房屋,犹有痕迹可指;也还有人收藏着雪芹所写的字画,此外并说了些雪芹的轶事。"此传说颇有价值,与余推测雪芹居处亦合。

二六　王茂森之梅隐集

《八旗艺文编目》九十九叶载《梅隐集》,系"汉军王茂森著,茂森先故旗籍,以裁旗分隶常熟,自号云浦,游文殊院,常窃睨诸生旁,遂通四声,操笔为韵语,便有思致"。按脂砚斋批语两及王梅隐,当即此书作者。若能得其《梅隐集》,或可获有关雪芹之材料乎?

二七　天香楼

《红楼梦》中有天香楼,周汝昌先生谓出自慎郡王允禧所书"天香庭院"四字。允禧所书,今仍存北京定府大街辅仁大学旧址。周并谓允禧与曹家交好云云,见其《新索引》第二十三条。今按"天香楼"一词于与雪芹友善之张宜泉《春柳堂诗稿》中,曾两见之。其一为《和欧阳先生会饮天香楼原韵二首》,其二为《九日戏寄郑恆斋被人约饮天香楼》。可见天香楼于乾隆二十几年时,实有其地。雪芹既与宜泉友善,那得不知?援之入书,亦殊自然。

二八　敦诚诗中之歌儿黛

敦诚《四松堂集》有《筠园席上赠歌儿黛如前韵》一首云:"一曲清歌半日欢,章台柳色放春难;鬟丝禅榻无聊客,忍听明珠落玉盘。"按"歌儿黛"一词甚可推敲,再以"章台柳色放春难"句证之,则筠园其沙吒利耶?若然,孰是韩翊?筠园名书达,敦诚宗弟,别号梦鹤道人。此诗成于乾隆四十六年,试取《红楼梦》脂砚斋批中之所谓"近之女儿"诸处,大可参稽,或有新解,亦未可知。

二九　舒坤批本随园诗话

《随园诗话》舒批文辞不佳,然足资考证与《红楼梦》有关之故实及乾、嘉史事。批者何人,迄无定考。关朴先生为余言《批本随园诗话》批者名舒坤,为其夫人之先人。坤字梦亭,姓爱新觉罗氏,崇敬舲先生伯父,闽督伍季敷先生之长子。乾隆三十七年壬辰生,道光廿五年卒,年七十五岁。梦亭有胞弟兄六人,曰坤、敦、敏、斌、欣、绅。敦字仲山。敏字叔夜,号石舫,著有《适斋居士集》,即崇禹舲先生之父,关朴先生夫人之高祖。梦亭居长而行三,石舫第三而行五,继大宗也。《批本》第十八页有"乾隆辛亥余年二十岁"一语,第六十五页有"嘉庆四年……余年二十八岁"一语,均与梦亭生年吻合。关又为余抄其夫人家谱有关舒坤者云:"第一子舒坤,乾隆卅七年壬辰七月初六日继母伊尔根觉罗氏郎中兴泰女生,因伊父获罪发遣,道光廿五年二月十四日卒,年七十五岁。嫡妻他塔拉氏乌章阿女,妾李氏李大之女。"此项材料,殊为可贵,因亟录之。

三〇　曹未风函告曹雪芹居处

一九五四年九月二十八日上海曹未风先生函余云:"(上略)见《新观察》先生文内谈到曹雪芹在北京西郊住处问题。记得在一九三〇年曾在北京西郊到过一个村子(在颐和园后过红山口去温泉的路上附近),名叫'镶黄旗营',曾听得一位当地人士谈到:曹晚年即住在那里,并死在那里。不知曹是否为镶黄旗?事隔多年,可能记忆有误。提出来仅供参考。先生如在京,有暇不妨去采访一下,或可有所收获也。(下略)"此又为一新材料。余与曹先生无一面之雅,乃得热心如此,盛意可感。

三一　矮䫜舫

《红楼梦》庚辰本三十八回脂砚斋批云："伤哉,作者犹记矮䫜舫前以合欢花酿酒乎？屈指二十年矣。"由庚辰上溯至庚申二十年,时为乾隆五年,雪芹约二十六岁(按卒年四十八说),曹頫约三十九岁,起用内务府员外郎后之第四年也。时曹家稍苏,故有盛游酿酒之事。按宗室文人,亦多能酿酒。嵩山能以菊叶制酒,名彭泽春；又能以橘制酒。橒仙以竹叶制酒,名颐志春,又有潇湘春。雪芹酒虽无名,其为当时文人居闲所事则一也。

三二　荣剑尘谈健锐营

老艺人荣剑尘住北京西直门内崇元观西井胡同五号。余承关朴先生之介,于一九五五年十二月十二日趋访。荣少时住健锐营,意其必知雪芹逸事。比及晤叙,知荣十三四岁即移住北京,故于当地掌故,殊无所知。惟谈健锐营地理情况,可供参考。据云,健锐营在万寿山之西,约十二里。今汽车直达碧云寺,下车甫一里即抵健锐营。健锐营为总名,自碧云寺起东向,第一曰镶黄旗营,第二曰正白旗营,第三曰镶白旗营,第四曰正蓝旗营。西向一曰正黄,二曰正红,三曰镶蓝,四曰镶红旗营。以上为八旗。营各有墙垣,八旗共约三千人,父母妻子均与俱。营垣有四门,夜闭昼启,并有人司夜。所谓宝玉后沦为看街兵者,或本此景象。据余前往调查,镶黄有三营,曰南营、北营、西营。北营靠近卧佛寺,西营靠近碧云寺,均在香山之下。雪芹若住镶黄旗营,其地距卧佛寺甚近。

三三　爱新觉罗宗谱中之敦敏敦诚

雪芹友人敦敏、敦诚之家世,前人考证,率甚疏略。兹据爱新觉罗宗谱,得知其详。据宗谱,敏、诚为英亲王阿济格五世孙。阿济格次子傅勒赫,傅之三子绰克都,绰之六子瑚图礼,瑚之第一子祜玠(裕按:即瑚玠),即已革理事官,亦即敏、诚之父也。瑚玠共五子,曰明(裕按:即敏)、成(裕按:即诚)、义、祺、舒。康熙四十九年生,乾隆二十五年四月卒,母瓜尔佳氏。雍正十年十二月授七品笔帖式。乾隆十年十二月授主事。十五年七月授副理事官。十八年八月授理事官。廿四年四月京察革退理事官。瑚玠三弟额尔赫宜,即墨香,乾隆八年癸亥九月卅日申时生。庶母秦氏,秦武之女。乾隆二十九年六月授三等侍卫。三十九年十一月授二等侍卫。四十三年七月授头等侍卫。四十四年二月授凤凰城守尉。五十一年十二月调补头等侍卫。五十五年庚戌五月九日午时卒,年四十八岁。嫡妻博佳氏,博寿之女,六子。敦敏《宗谱》作"敦明"误。雍正七年乙酉十月二日子时生。继母(裕按:敏母为瑚玠继妻,实敏生母)舒穆鲁氏,轻车都尉额勒浑之女。乾隆三十一年十二月授宗学副管,四十年十二月授宗学总管。四十七年十一月因病告退。乾隆三十七年壬辰四月初八日子时卒,年四十四岁(裕按:《宗谱》此处误。岂有四十七年告退而三十七年先死之理?敏于嘉庆元年尚写《敬亭小传》,故其死年,当在嘉庆),嫡妻鄂奇特氏,员外郎富德之女,妾刘氏,刘慧之女,二子。敦诚《宗谱》作"敦成"误。雍正十二年甲寅三月初一日亥时瑚玠继妻舒穆鲁氏轻车都尉额勒浑之女所生第二子。乾隆十三年闰七月过继(其叔英新)为嗣。三十二年六月授七品笔帖式。三十八年三月因病告退。五十六年辛亥十一月十六日丑时卒,年五十八岁。嫡妻钮祜禄氏,佐领赫俨额之女,妾王氏,阿汉之女。子云铎、祥明。宜孙字贻谋,乾隆五年庚申九月二十八日酉时生,庶母陈氏,陈纬之女。三十四年十一月授宗学副管,乾隆四十二年丁酉六月二十三日未时卒,年卅八岁。按上项资料,虽有舛错,然关于墨香及敦敏之事实,可供考曹雪芹交游之参考,故录之。

三四　署名梦阮所绘巨石

三月一日晤张政烺先生。据云,一九四六年端午节前,琉璃厂书商持画一幅求售。画为一条屏，中绘巨石，左侧有由上首至下端之题诗，最下为署名。名曰"梦阮"，并有图章一方，亦曰"梦阮"。书贾称系作《红楼梦》之曹雪芹所绘。张以既无"曹"字，亦无"雪芹"字样，故未置信。迨至近年由张宜泉《春柳堂诗稿》中得知雪芹字梦阮后，张始悟该画实出雪芹之手大悔不置。今时逾十载，重获无望。

三五　邓之诚解燕山仍旧窦公无

有正本《红楼梦》第四回开卷前有诗云："请君着眼护官符，把笔悲伤说世途。作者眼泪同我泪，燕山仍旧窦公无。"邓之诚先生于借余《脂批辑评》书端批云："说都没有父亲被有势力人欺负。"裕按：邓先生说极是。若作者曹雪芹为曹颙遗腹子，当然无父。批者曹𫖯批时亦无父，而据脂批，失官后又似殊受其族人冷遇。然则，此批于批者为曹𫖯之说，为另一有力证据。

三六　明义为弘景外孙

《绿烟琐窗集》作者我斋明义谓为弘景之婿。今按《延芬室集》手稿中有永忠《环溪别墅次壁间韵》诗注云："旧名邻善园。按邻善者敬一（按即弘景）贝子园名也。后与其外孙明义字我斋者更今名。"一九七八年周雷同志告，由天津发现之书简，知明义为墨香之姻弟。

三七　左右翼等宗学地址

日人《唐土名胜图会》卷三载：右翼宗学在宣武门绒线胡同，左翼宗学在灯市口。按《宸垣识略》亦曰："右翼宗学在宣武门北绒线胡同。"（卷七）"左翼宗学在灯市口。"（卷五）正蓝旗觉罗宗学在皇城东安门东南大阮胡同。按右翼宗学最初在瞻云坊北之石虎胡同，见朱一新之《京师坊巷志稿》。绒线胡同乃其后迁之址。

三八　陶北溟谈曹雪芹书法

一九五六年五月二十四日访陶北溟于冰窖胡同七号。据谈二十一年前即卢沟桥事变前,彼居湖北武昌。一夕天雨,忽得古董商范季常电邀往观有客求售之扇面四十余幅。陶即乘车往范住处芝麻岭。及至则发现其中有成容若小楷扇一,曹雪芹绘山水人物扇一。曹绘者为四五人聚饮赋诗图,有山水,有树,并有曹自题七绝一首,署名"芹圃",曹字酷似袁子才。求售者必欲四十余幅合售,而索价甚昂。陶爱不忍释,卒未能得。陶昔曾见允为余踪迹求之,今则陶已逝世矣。

三九　曹家两个诰封

曹雪芹上世诰命,北京大学收藏其三。《红楼梦新证》曾引其原文。余于一九五六年曾获见另外二轴曹家诰命。其一为雍正十三年九月三日者。文曰:"奉天承运皇帝制曰:臣子靖共之谊,勇战即为敬官;朝廷敷锡之恩,作忠乃以教孝。尔曹尔正,护军参领兼佐领加一级曹宜之父,令德克敦,义方有训。衍发祥之世绪,蚤大门闾;旄式投之休风,用光阀阅。惟令子能娴戎略,故懋典宜沛纶章。兹以覃恩,追封尔为资政大夫,锡之诰命。于戏,显扬既遂,壮猷一本于诒谋;缔构方新,殊锡永绥天余庆。钦予时命,慰尔幽涂。制曰:臣能宣力爱劳,固赖于严亲;子克承家令善,多由于慈母。尔护军参领兼佐领加一级曹宜之母徐氏,柔顺为仪,贤明著范。当弧矢悬门之日,瑞应虎臣;洎干城报国之年,恩沾鸾诰。兹以覃恩,追封尔为夫人。于戏,蕡翟车而焕采,宠命祗承;摛彤管而扬徽,遗型益永。制曰:美相继而益彰,家有贤明之教;恩并施而斯厚,国崇褒锡之文。尔护军参领兼佐领加一级曹宜之生母梁氏,勤克相夫,慈能逮下。一堂琚璃,和鸣允叶于闺帏;五夜机丝,俭德茂传于姻党。兹以覃恩,赠封尔为夫人。

于戏,溥一体之荣光,戟门袭庆;沛九天之溉泽,帝阁增辉。雍正十三年九月初三日。"另一康熙十四年十二月十四日诰命云:"奉天承运皇帝制曰:贻厥孙谋,忠荩识世传之泽;绳其祖武,恩荣昭上逮之休。忠厚之道攸存,激劝之典斯在。尔曹锡远,乃江宁织造三品郎中加四级曹熙之祖父。尔有贻谋,以启乃孙,传至再世,克勤王家。褒宠之恩,宜及大父。兹以覃恩,赠尔为光禄大夫,江宁织造三品郎中加四级,锡之诰命。于戏,再世而昌,无忘贻德之报;崇阶特晋,用昭宠锡之恩。奕代垂休,九原如在。制曰:孝子之念王母,情无异于慈帏;兴朝之奖劳臣,恩并隆于祖烈。爰沛弛封之命,用慰报本之怀。尔江宁织造三品郎中加四级曹熙祖母张氏,尔有贻恩,迨于再世,乃孙袭庆,绩懋国家。嘉尔淑仪,宜锡褒宠。兹以覃恩,赠尔为一品夫人。于戏,章服式贲,沛介锡于大母;纶綍宠颁,保昌隆于百祀。永承家庆,以妥幽灵。康熙十四年十二月十四日。"按曹玺于康熙十三年十六年均可证在江宁织造任,而康熙十四年十二月十四日诰命则谓"江宁织造曹熙",则曹熙当系曹玺之误,甚明。又据雍正十三年九月三日诰命,则知曹宜非曹寅之胞弟而为其堂弟,盖宜父为尔正,寅父为玺也。

四〇　陶心如谈甲辰本红楼梦

一九五四年陶心如先生为余抄寄一七八四年乾隆抄本《红楼梦》(即所谓"甲辰本")序,其中有关于《红楼梦》"评注"者云:"此回(按即第十九回)……文字新奇,传奇之中,殊所罕见。原本评注过多,未免庞杂,反扰正文,今删去,以俟后之观者凝思入妙,愈显作者之灵机耳。"据此,则甲辰本被删去之"评注"颇多。

四一　左右两翼宗学生准作进士

《东华录》载,乾隆八年。先是,宗人府议请合试左右两翼宗学生拔取佳卷准作进士。是年有宗室玉鼎柱、达麟图、福喜俱准作进士,与乙丑科会试中试之人一体殿试引见,或选入翰林或以部属等官补用。

四二　张次溪藏鶾鶉庵杂记(诗)

一九五七年广东张次溪先生以所藏卢文弨抄本《鶾鶉庵杂记》见假,其内容实为杂诗。该钞本中敦诚挽曹雪芹诗竟有二首。其一云:"四十萧然太瘦生,晓风昨日拂铭旌;肠回故垅孤儿泣(前数月伊子殇,因感伤成疾),泪迸荒天寡妇声。牛鬼遗文悲李贺,鹿车荷锸葬刘伶。故人欲有生刍吊,何处招魂赋楚蘅!"其二云:"开箧犹存冰雪文,故交零落散如云;三年下第曾怜我,一病无医竟负君!邺下才人应有恨,山阳残笛不堪闻。他时瘦马西州路,宿草寒烟对落曛!"今按此二诗实有关雪芹生平之重要资料,兹略指出其意义如下。一、第一诗当系流传挽曹诗之初稿,由文字修改之痕迹可见,由定稿本之《四松堂集》中挽诗词句与流传挽曹诗相同而与此诗不同亦可见。二、此诗之第一句经修改后,在流传挽曹诗中仍作"四十年华付杳冥",考曹年龄者,似应注意。三、第三句在流传挽曹诗中仍作"孤儿渺漠魂应逐",父未死前即称"孤儿",可见余前考雪芹此子非此诗中之"寡妇"亦即非流传挽曹诗中之"新妇"所生,至为明确。四、由敦注"前数月伊子殇,因感伤成疾"与"晓风昨日拂铭旌"证之,则雪芹实死后即葬,非如俞平伯所推测隔年而葬。且第二诗中"他时瘦马西州路,宿草寒烟对落曛",系谓"他时"再来始见"宿草",尤可证写诗时是雪芹死后立即葬埋之时。况据此第二诗中"一病无医竟负君"之句,则生时之雪芹贫困落拓,求医且不能,岂有死后尚讲排场隔年而葬之理?五、"西州路"屡见《四松堂集》及《懋斋诗钞》,系引用《晋书·谢安传》中谢安卒后、羊昙"行不由西州路"故事。雪芹葬地当在其住处附近。七年前京郊土改,尚有人闻健锐营人言,曹家昔时在该处有小型墓地。六、敦诚自谓"吾诗聊记编年事",据余所见之乾隆庚辰抄本《四松堂诗钞》,挽诗写于甲申,底稿本《四松堂集》此诗上端亦注明写于甲申,又以敦敏于癸未上巳有招饮雪芹诗及吊雪芹诗亦写于甲申综合证之,则雪芹卒于癸未除夕甚明。一时之争论,至此遂可告一结束。七、"三年下第曾怜我",当系指敦诚于乾隆二十年以前或有三次落第之事。敦诚《冬晓书怀》诗中曾有"二毛未上簪,廿九非云老;胡为不自量,磊落负怀抱? 三次觌大人,再蹶嗤群小"之句,或即与此有关。

四三　瑛宝为裕瑞绘风雨游图

一九五六年余于厂肆得《枣窗闲笔》作者裕瑞即思元主人所书自作《风雨游记》并瑛宝为绘《风雨游图》手卷一轴。当时题跋者不下数十家,如观保、法式善、翁方纲、钱樾、钱载、成亲王等。瑛宝此画学米襄阳,据此画可略知当时雪芹贫居之北京西郊之一般情况。裕瑞自书之《游记》与余前睹《枣窗闲笔》手稿之笔迹相同,当系真迹无疑。由《枣窗闲笔》得悉裕瑞知雪芹事颇详。如所谈雪芹形象则曰"身胖头广",此与王南石绘雪芹像略合;风度谈吐则曰"风雅游戏,触景生春,闻其奇谈娓娓然令人终日不倦",此又与敦氏兄弟诗中描绘之雪芹略合。盖裕瑞嫡生母为傅文女,其嫂氏则为明兴女,故明兴、明义皆其母舅,而明义固有《题红楼梦诗》二十首,则裕瑞于《闲笔》中自谓关于雪芹逸事系"闻诸前辈姻戚言"者,固不诬矣。裕瑞系豫良亲王修龄第二子,生于乾隆三十六年辛卯四月初六日。乾隆六十年封不入八分辅国公,授委散秩大臣,镶白旗蒙古副都统。嘉庆八年调镶红旗满洲副都统。十年署正黄旗护军统领。十四年十月革职。十六年授委散秩大臣,正黄旗汉军副都统。十七年管理正白旗护军统领。十八年十月革职,赏给四品顶戴,授宗人府七品笔帖式。本年革职,移居盛京,管理宗室事务。十九年四月缘事永远圈禁。道光十八年闰四月十六日卒,年六十八岁。《风雨游记》作于庚申六月,当系嘉庆五年,时裕瑞或方任都统,故记中有"直宿于火器营"之语。裕瑞自恃"天潢",肆行无忌。嘉庆十八年革职移居沈阳,本已"永不叙用";乃复于到沈之初,即有迫令民人徐恭休妻,鬻彼为妾之事,卒又受"严密圈禁,派弁兵看守,不拘年限"之处分。

四四　永忠吊曹雪芹诗中之一中之

永忠《因墨香得观红楼梦小说吊雪芹》三首中之第二首云："颦颦宝玉两情痴,儿女闺房语笑私;三寸柔毫能写尽,欲呼才鬼一中之。"其末句俞平伯先生谓余:或当作"欲呼才鬼一申之"。近见孔另境先生编之《中国小说史料》二〇六至二〇八页引余旧文《永忠吊曹雪芹的三首诗》时,此句竟被改为"欲呼才鬼一申之",实误。按永忠诗中数见"一中之"之处,宋苏东坡诗亦有:"公独未知其趣耳,臣今时复一中之。"(见《太守徐君猷通守孟亨之皆不饮酒以诗戏之云》一诗)"中"系谓"中酒",亦即"酒喝醉了"之意。"中酒"出自曹魏时徐邈。《三国志·徐邈传》:邈醉后人问事,邈答云:"中圣人。"盖当时称酒清者为圣人,浊者为贤人。邈答"中圣人"盖饮清酒而醉也。然则,"欲呼才鬼一中之",亦即想把那才极高的曹雪芹叫出来和他"一醉"之意。

四五　虎门指宗学

敦诚乾隆二十二年由喜峰口寄怀曹雪芹诗中有云:"当时虎门数晨夕,西窗剪烛风雨昏。"其中"虎门"一词胡适不得其解,周汝昌《红楼梦新证》再版时,谓为侍卫守卫之宫门。余曾遍引《四松堂集》、《懋斋诗钞》以及近年获见之乾隆甲辰抄本《四松堂诗钞》,考得敦诚所用"虎门"一词即指宗学,且指右翼宗学。今读果毅亲王允礼之《宗学记》有云:"……念我宗室子弟,尤教育所宜先。特谕立东西二学于禁城之左右,自王公庶位,以及凡有属籍者,其子弟愿学则入焉。即周官立学于虎门之外以教国子弟之义也。"此则直接说明"虎门"即宗学,且明示宗学在禁城东西两侧。允礼文见《八旗文经》,为最常见之书籍,可谓失之眉睫矣。按宗学设于雍正二年,上谕云:"命左右两翼各立宗学一所,拣选宗室四人为正教长,十六人为副教长。宗室子弟愿入学者,分别教习清、汉书,读书之暇,演习骑射,并月给银、米、纸、笔等项,以隆教育。"又,三年谕诸王宗室等云:"(上略)尔等(中略)如以朕设立此学,果为有益,尔诸王室之子弟,或在家延师读书亦可,或劳其身心,阅历事务,令入宗学读书亦可,(中略)或学习经书或娴熟武艺(下略)。"(均见《清世宗宪皇帝实录》。)据此可知设立宗学之用意。

四六　正蓝旗德某谈曹雪芹

沈阳刘宝藩先生见告,一九五○年二月彼曾到京郊青龙桥一带参加土改。偶与正蓝旗住户之满人德某谈及《红楼梦》作者曹雪芹。德谓:曹住健锐营之镶黄旗营,死后即葬于附近,盖曹氏于该地有小块墓地云。刘又言:其友人某,谓曹雪芹曾住北京西单牌楼旧刑部街之某宅内,盖右翼宗学在西单牌楼北之石虎胡同,家居其地,固亦甚便。

四七　崇文门外之卧佛寺

一九五七年十月十三日晨余往崇文门外小市。归途经一胡同曰"卧佛寺东一条",因忆已故陶北溟曾见告,曹雪芹家败后曾寄居崇文门外之卧佛寺,乃便道访问。寺已无僧,屋舍皆为一般住户,院甚破落,分三进,至第三进之东北房姓曹,通州人。初闻为之一惊。岂雪芹族人仍有居此者耶?入询之,主人不在,曹君名远寿,年四十六岁。在西单牌楼首都剧院司存车事。拟异日往访,一问究竟。

四八　一从二令三人木解

《红楼梦》王熙凤画册后题诗中有句云:"一从二令三人木,哭向金陵事更哀。"或解之曰:(大意)凤姐对贾琏最初是言听计"从",继则对贾琏可以发号施"令",最后事败终不免于"休"之,故曰"哭向金陵事更哀"云云。

按此说甚是。赵常恂于一九五四年曾来函相告,彼亦有一解法,略云:"凤姐画册的判词第三句'一从二令三人木'(戚本注云'拆字法')久未得其解。愚意以为'一从'是口,口内加一令字是囹字。'三人木'是口内加人字木字,为囚字困字,疑凤姐结果或被罪困囚于囹圄,方与'哭向金陵事更哀'意义相合。"此解虽于事理相近,然于字义殊远,当不如前说为近,姑录存之。《红楼梦》四十三回:"率性叫凤丫头别操心,受用一日才是。"庚辰本批云:"所以特受用了,才有琏卿之变,乐极生悲,自然之理。"所谓琏卿之"变",实已吐露解"三人木"之消息。

四九　曹雪芹写红楼梦有传诗之意

脂砚斋批语颇少有人致力研究,实则脂批甚为重要。盖《红楼梦》中穿插之事实,多为彼所亲闻、亲见、亲历者。曹雪芹《红楼梦》以外诗绝少见,而脂批谓雪芹于书中有传诗之意。第一回"因而口占五言一律云:'未卜三生愿……'"下甲戌本批云:"这是第一首诗,后文香奁闺情,皆不落空。余谓雪芹撰此书,中亦有传诗之意。""中亦有"之"有"字俞平伯辑评做"为"。裕按:"为"当系原抄"有"字行书之误,如㐫㐬,俞辑不察,未予改正。且俞断句作"余谓雪芹撰此书中,亦为传诗之意",则亦颇为不词矣。又十七回"隔岸花分一脉香"句,庚辰本批云:"恰极,工极,绮靡秀眉,香奁正体。"雪芹《红楼梦》中诗,多以书中人之第一身语气出之,借以刻画《红楼梦》中之人物,表达各个人之思想感情,可谓以其诗服务于其整个艺术创造者也。吾侪今日之所以不得多见雪芹其他诗,正张宜泉所谓,此外"君诗曾未等闲吟"耳。

五〇　敦敏热中

敦敏壬午最末一首诗为《雪后访易堂不值即题其壁上》下注云:"时易堂下第,余挑选未就。"其诗云:"同为失意客,相访意偏殷。门掩一庭雪,人歌空谷音。青灯怜白发,壮志悔初心。燕市须沽酒,无劳问泪襟。"按是年敦敏卅九岁。越三年丙戌(乾隆三十一年)十二月敦敏即授宗学副管之职。诗注中所云"挑选未就",未知何所指。又据"羡君有志家声远,老我无才旧业荒"(见《过通州同桂圃弟夜话》诗)两句,可见敦敏六十七岁以后,仍有未展怀抱之感。敏热中,诚放达,读两人诗即有此感。

五一 少年色嫩不坚劳(牢)

甲戌本《石头记》第三回写宝玉"面若中秋之月,色若春晓之花"处,脂批云:"'少年色嫩不坚劳'(有正本作'坚牢',是)以及'非夭即贫'之语,余犹在心,今阅至此,放声一哭!"今按:《金瓶梅》第九十六回《春梅游玩旧家池馆 守备使张胜寻经济》中,述叶头陀为陈经济说相时,有云:"老年色嫩招辛苦,少年色嫩不坚牢。"《石头记》脂批语盖出此。

五二 张政烺所见曹荃画卷

张政烺先生一九五八年九月十五日函余:"……弟五六年十月到汉口,曾见曹荃画卷,藏者姓名,已不记忆。……曹荃画折枝花卉卷甚长,分许多段,每段皆有曹寅题诗和题字,画字皆精。字,曾与《昭代名人尺牍》所收曹寅手札对过,不假。卷子开头有王澍(虚舟)题'奎联璧合'四篆字,并跋一段,确是王字。末行纪年是雍正,年月日已不记忆。此卷保存完好,整洁如新。……"

五三 永忠因墨香得观红楼梦

永忠吊曹雪芹诗题云《因墨香得观红楼梦小说吊雪芹》。"因墨香得观",颇可推敲。按此语可有三解。一曰永忠得读之书即为墨香之书。盖墨香为敦敏、敦诚之叔,雪芹既与敦氏兄弟友善,自可与墨香相识;而墨香又复"少年风流"(永忠语)"爱读情诗"(同上),其喜读《红楼梦》且藏有其抄本,固意中事。二曰永忠所得读者为敦诚之书。盖雪芹生时敦诚曾劝其"不如著书黄叶村";雪芹死后,敦诚挽曹诗中又有"开箧犹存冰雪文"之句,则其藏有《红楼梦》抄本,似亦可能。三曰永忠所读者为墨香所代借自雪芹家属之原稿,故"因"墨香始"得"观《红楼梦》焉。观脂批中有某回因被人借阅而致散失等语,可知原稿常为人所借阅。

五四　纳兰成德之渌水亭杂识

据《宸垣识略》卷十四,渌水亭在玉泉山麓,为明珠别墅,成德尝于此著《大易集义粹言》云。按容若又有《渌水亭杂识》,其中论诗,颇有与《红楼梦》中之诗论相近处。曹寅与容若甚契,今由两人诗文集中可觇。雪芹读容若书,受其影响,亦意中事。

五五　觉罗成桂

觉罗成桂雪田,乾隆丙子举人,有《读易山房诗》,与傅凯亭、朱青雷、史宁约、乐汇川相友善。敝裘破帽,时集于慈因寺、青塔院、大慧寺、拈花寺、安化寺、极乐寺看竹赏霜叶,状甚艰苦,而天机清妙。善谈论,一座为之倾倒。老年贫病益甚,仰生活于臞仙将军。遗迹不多见。尝自书其诗为一卷,以贻臞仙。乱头粗服,具有逸趣,为莲峰居士所得,珍秘备至。法梧门谓所阅臞仙诗稿,经雪田评者,推许未免过当。新城之于商邱,前辈已有行之者矣。(以上见《雪桥诗话》卷七)余曾睹雪田致臞仙书真迹一通,文曰:"久不为诗,不但手生荆棘,并目有眯蒙。伏读尊稿,见苍秀之气,盎然满纸,以手扪之,疑有污隆,健羡之至。但□明赏,恐如盲者不足语于色耳。偶议一二处,以备采择,区区之诚,不敢自隐,诗爱故也。惟谅恕不一。成桂拜读。"又其评臞仙诗云:"七绝于诸体尤难:婉转者每病其薄,而质朴之作,又往往不足于神。昌龄、太白所以独步千古。其咏物诗乃得此不率不刻者,嘻妙矣。"可见法时帆所云不诬。据永忠自言:"余幼出就学师,学清文读《四书》、三经而已。十三岁学作诗于先君,故无汉师傅。忽检出十九岁此卷,从无一人改补,其评点则觉罗雪田也。"则成桂亦永忠启蒙师也。

五六　嵩山序永忠诗手迹

杨锺羲《雪桥诗话》谓嵩山笔迹不多见,获之者视为珍异。余曾见其永忠诗序,手迹也。序云:"臞仙盖吾宗之异人也。同余游二十余年,余未能梗概其生平为何如人。何则?痴时极痴,慧时极慧。当其痴慧两忘之际,彼亦不自知其身为何物。然其事亲也,蔼然有赤子之风;其平居也,澹然好与禅客羽流俱;其行文也,飒然如列子之御风:往往口不能言者,笔反能出之。是彼殆以手为口者也。丙申(裕按:乾隆四十一年,一七七六)六月,检九年来旧稿,凡得七卷,手自缮写,示余。余读之太息曰:此可以作《孝经》读,又可以作《语录》读;起人孺慕心,空人烦恼心,笔墨何物而能感人如是耶?予爱之敬之,故赘以数语。其中间有艳词绮语,比之科头露坐者,抑山谷老人之习气未除耶?或至人不妨游戏耶?岁乾隆丙申,立秋前一日拜书。嵩山永恚。"裕按读嵩山此序,亦可以略知永忠之为人。

五七　永忠嘲寅圃诗

余草《曹雪芹的故事》一书,其《宗黉夜话》一篇,于人物刻画,虽多出意想,然亦并非无据。如对寅圃(即敏诚),谓其夜话时亟思早归与其夫人赏月云云,则系据由永忠及他人诗中所得之印象。永忠乾隆己丑(三十四年,一七六九)诗《寅圃纳姬敬亭有诗嘲之倩余继声(四首)》,其一:"三五春早晓未收,杨柳婀娜倚风柔;一樽新得纤纤捧,何必重登卖酒楼。"其二:"轻暖轻寒是好春,名花醇酒夜宜新;晓来窗下看梳发,不觉帘前已有人。"其三:"疑红骇绿过春三,星眼风腮媚定谙;莫学清娱亲笔砚,教他窗下种宜男(写至此可一大笑)。"其四:"风子成双蜂作团,惜花人不怕春寒;来年利市分犀果,试问宵来可梦兰。"按敦诚戏赠寅圃诗,《四松堂集》未收。

五八　神清室在石景山一带

嵩山有神清室,据永忠下引诗及诗注,其地当在石景山附近。永忠丙申(乾隆四十一年,一七七六)四十二岁诗,有《三月十六游石径山过嵩山山庄而家人云主人当即至不能俟走笔留题(时牡丹才开)》一诗云:"山居昼多暇,策杖南山行。石河三四里,嵢峒路不平。指顾新绿中,有室名神清。闻多牡丹花,冶态三春呈。任花自开落,主人在市城。我来瞻松柏,墓道拜致诚(嫂夫人墓)。(下略)"

五九　墨香之抱瓮山庄

永忠同年诗有《过墨翁抱瓮山庄》一首云:"荆扉多野趣,满眼菜畦青;近水因穿沼,连林别趣亭;主人容啸咏,过客漫居停。黄菊全开日,还来倒醁醽。"上有霁园眉批云:"无一妄语。"读此可见墨香生活之一面。

六〇　西直门外三元里

一九六一年十二月廿七日下午与黄觉非先生同赴琉璃厂荣宝斋,晤田宜生君。偶谈及曹雪芹,田君谈兴遽高。当告余:彼曾闻其友人言,曹败落时曾与《红楼梦》中之史湘云在西直门外三元里(或三元栈)胡同开设酒馆,状至艰窘,并亲为接待往来客人云。按此说固不必确实,余姑妄听之;然敦诚诗"扬州旧梦久已觉,且著临邛犊鼻裈",其第二句亦未必为泛指雪芹之贫困生活。又田君云:上海文史馆陈病树先生知有关曹雪芹之传说颇多。据陈云,曹有好友在热河,每返北京,则邀雪芹于朝阳门外一酒馆饮酒云。裕按:好友当系敦氏兄弟,而朝阳门外则近潞河,雪芹死后,甲申年春敦敏有《河干集饮兼吊雪芹》一诗。则上述传说,似亦不诬。相传之热河,则为喜峰口。敦诚于二十二三年时固曾为其父瑚玠司松亭关分榷事。

六一 永忠行乐图

约在一九五九年,不记何月,得睹永忠画像于前门外某画店。像为"行乐图":永忠坐于堂内,舍外有二僮以扇扇火煮茶。永忠貌清癯,符"臞仙"之号。有益斋永璥题诗,诗云:"从来名士皆参道,未有仙人不读书。此语传留难遽信,久交才品洵非虚。挂琴惟取柴桑意,蓄鹤聊同莲社居。梧竹阴浓闲持卷,觉尘深处自真如。"款云:"俚句谨题延芬贤弟小照,兼呈教正。"钤曰"训钦主人",又曰"永璥之章"。又崧山题诗云:"搜图又喜接丰姿,宛似花阴晤对时。白鹤青松来画槛,红莲绿沼傍幽池。潇湘云水留清影,濠洒风情更可期。想见朝回心洒落,琴书相伴咏新诗。永奎谨题。"印曰"崧山",又曰"雀举"。成桂有诗云:"记得梁园里,高堂引玉卮。□□□□,□□照清池。图画传幽境,诗书寄远思。似因迟客到,独坐已移时。"款云:"俚言谨题臞仙主人小照,即乞教正,成桂。"有印曰"爱新觉罗",又曰"成桂印信"。又有题识云:"臞仙宗室将军三十五岁尊照,肃然山小史桂馥书。"印云"桂馥之印",又一曰"净门复民"。小照末署"吉臣冷枚敬绘",有印曰"冷枚"。

六二 赵常恂谈曹雪芹迁郊

赵常恂谓:雪芹居西山健锐营不惟由于贫乏,或另有政治上关系;盖清朝旧制,对犯罪八旗人,有强制管辖之惩罚,如历代发遣编管之办法然。其来函云:"倘若雪芹入狱(脂批)及击柝之说不虚,将有助于我的假想。"按赵此说固可备一解,然实将宝玉与雪芹混而为一,则复蹈自传说之故辙矣。

六三　林四娘诗中句

敦诚《鹪鹩庵笔麈》一则云:"吾宗紫幢居士《丽人诗》中有'脂香随语过'之句,较之'夜深私语口脂香'尤觉艳媚无痕。"按《红楼梦》第七十八回,宝玉《林四娘》诗中有"叱咤声闻口舌香,霜矛雪剑娇难举"句。

六四　树倒猢狲散

《红楼梦》早期抄本之批语,迷离惝恍,不易捉摸。或有事实可稽而不具名,或虽具名而内容空泛;且名皆别号,不知为谁何。求其确凿可据者,全批不过若干条而已。第十三回"若应了那句'树倒猢狲散'的俗语……",庚辰本眉批云:"'树倒猢狲散'之语,今犹在耳,屈指三十五年矣,哀哉,伤哉,宁不痛杀!"批者未署名。施瑮《病中杂赋》第八首云:"楝子花开满院香,幽魂夜夜楝亭旁;廿年树倒西堂闭,不待西州泪万行。"自注云:"曹楝亭公时拈佛语对座客云:'树倒猢狲散',今忆斯言,车轮腹转,以瑮受公知最深也。楝亭、西堂皆署中斋名。"此诗自系寅死后所写。今按批者必及见曹寅。假定寅死时(一七一二年)批者十五岁(只能假定再大,不能再小,若再小即不能领会上语之意义矣),逾三十五年之后至一七四七年,批者已五十岁。时为乾隆丁卯年,然则《红楼梦》斯时即有初稿耶?又此批系见于庚辰本之批语,然固不必为庚辰年所批。假定系批于庚辰,即一七六〇年,则上溯三十年为雍正丙午一七二六年,时正曹氏籍家之前夕,则批者当时所闻应系家人重述曹寅在时之语。假定批者听重述寅语时年龄亦为十五岁,则至批时为五十岁。倘系直接闻诸曹寅,则至庚辰批者即已六十四岁矣。及见曹寅,而又深知曹家底里,疑非雪芹之叔某莫属。此而能定,则进一步推求脂砚斋为谁,较易为功。

六五　敦敏之典裘诗

《懋斋诗钞》癸未年有《典裘》一诗，在《小诗代简寄曹雪芹》之前。该诗是否与雪芹有关，颇值推敲。诗中有云："……有客来翩翩，相呼复大叫。"则是客也，其狂放令人忆及雪芹之"高谈声"（见敦敏《庚辰遇雪芹隔院闻高谈声》一诗）。又云："三杯岂云圣，一斗何足仙；金樽须常满，不必拘十千。"则客之于酒也，令人忆及壬午秋晓敦诚遇雪芹于槐园时之诗句："相逢况是淳于辈，令此肝肺生角芒；曹子大笑称快哉，击石作歌声琅琅。"然则，客其雪芹耶？ 又，敦诚《鹪鹩庵杂诗》中亦有《和子明兄典裘置酒赏桃花之作》，疑即和癸未《典裘》一诗者。和诗中有云："……静补堂前桃正发，红衣灿烂迷房栊。"倘《典裘》中之客即雪芹，则此和诗中之桃花，当系指开花较早而不结大实之毛桃花。盖《代简》中之杏花与此种毛桃花，可以同时开；而结可食之实之桃花，其花开则尚迟于此时。静补堂原为敦氏先人读书之所，其堂前所植之桃花，必为宜于观赏之毛桃花，而非期其结实供食之桃。由是言之，若《典裘》诗中之客即雪芹，则敦敏之召饮，实系以典裘制新服之余资，而雪芹卒于癸未，似又获一佐证。

六六　羹调未羡青莲宠

张宜泉《题芹溪居士》一诗，有"羹调未羡青莲宠，苑召难忘立本羞"之句，余既由下句推测雪芹或有因王冈辗转介绍而被召入画苑之拟议；今细味上句，疑宜泉此处亦非泛泛言之。雪芹固未尝"面君"，与青莲情况有殊；然宜园，皇子也，既为雪芹题像矣，何遽不可召饮？平邸，王府也，既属姻戚，自可偶有宴集。至其他题像诸人，如观保、钱载、谢墉、蔡以台、钱大昕、倪承宽等，据今日可考之资料，至乾隆二十七年（王冈绘曹小像之年），大都已任京官，且出身亦大都为进士。然则，雪芹虽贫困落拓，著书西郊，与当时上层社会亦自有关系。

六七　西郊南辛庄杏石口

一九六一年七月与戴克光先生小住魏家村。村在阅武楼及实胜寺之南，再南则为北辛庄、南辛庄。一日与戴饭后闲步，先赴阅武楼返而南向北辛庄。行至北辛庄一带，觉其地一面有疏落小村，一面则靠近西山，不禁语戴曰："若说曹雪芹住在这里还有点道理。"戴顾我而笑曰："你散步还想这些？"余亦自笑。当时思之，该地东望极空旷，有赵信卿所言"骑驴奔驰"之可能。回京之日，静兰往迎同返，入阜成门，默辨其地，适在阜外，与余一九五四年刊于《新观察》文中所提出雪芹故居在阜成门外偏北靠近西山一带之推测相合。因颇兴奋，亟思再度前往，一觇究竟；而役于他事卒不果。一九六一年秋，北京文化部门从事调查，承其先后见告进行情况，知已于南辛庄之杏石口，获得雪芹故居即在其地之传说。今按南辛庄、杏石口与北辛庄之自然环境正同，距北辛庄不过二三里。

六八　齐白石题红楼梦断图

一九六二年五月得张次溪先生书，附其旧作《曹雪芹故居》七绝二首嘱和，余苦未能诗也。其第一首云："都护坟园草半漫，红楼梦断寺门寒；千秋绝艳冰霜笔，留与人间带泪看。"按一九三一年齐白石曾与次溪访雪芹故居，齐有诗并序。序云："辛未秋，与次溪仁弟同访曹雪芹故居于京师广渠门内卧佛寺。次溪有句云：'都护坟园草半漫，红楼梦断寺门寒。'余取其意，为绘《红楼梦断图》，并题一绝。"诗云："风枝露叶向疏栏（原注：卧佛寺之东，为明督师袁崇焕墓堂），梦断红楼月半残；举火称奇居冷巷（原注：雪芹晚岁处境蹭蹬，寄居萧寺，恒难举火），寺门萧瑟短檠寒。"白石一代大家，所绘《红楼梦断图》，颇足珍视；惜为次溪遗失，今但存该图题诗若干首耳。

六九　水屋子即悼红轩说

有人谓雪芹在北京时，曾住什刹海大翔凤北口之水屋子，并谓其地即当初之悼红轩。

七〇　张政烺谈槐里胡同一号

北京西单商场北槐里胡同一号，清朝时为某王公第。张政烺先生曩曾见告，相传该地即《红楼梦》甲戌本附跋"青士、椿馀同观于半亩园"之半亩园。张先生谓其中原有园亭，并曾闻人言：民国二十几年时，曲栏之上，尚保留《红楼梦》中之题诗，且绝类小儿女子手笔；故有人目之为昔日之大观园云云。余十余年前曾因事一入其地，其中建筑今已不复记忆，然无论就院落之狭隘言，或就景物之简陋言，殊不类大观园。且钗、黛等题诗于栏杆之上，似无近二百年不坏之理。

七一　清初满人生活

由某些"上谕"中，可以窥见入关后满人官吏生活之逐渐腐化。如云："……至于尔等家世，业在骑射。近多慕为文职，渐至武备废弛；而由文职进身者，又只侥幸成名，不能苦心向学，玩日愒时，迄无所就，平居积习，尤以奢侈相尚。居室器用，衣服饮馔，无不备极纷华，争夸靡丽；甚且沉湎梨园，遨游博肆，不念从前积累之维艰，不顾向后日用之难继；任意糜费，取快目前，彼此效尤，其害莫甚。"裕按：当时一般汉人入旗籍之官僚家庭，亦多感染此种风气，曹家盖亦其中之一耳。

七二　讷尔苏

康熙四十五年曹寅嫁其女于平郡王讷尔苏。按讷尔苏又称讷尔素,清太祖子礼烈亲王代善孙,康熙四十年袭平郡王,五十七年从抚远大将军允禵收西藏,六十年摄大将军事。雍正元年还京,四年坐贪婪削爵,子福彭袭平敏郡王。据《清实录》雍正四年宗人府议奏:"平郡王讷尔素在西宁军前,贪婪受贿,应永停俸禄。"得旨:"讷尔素行止卑污,在军前贪劣素著;及署大将军印务,更肆婪赃,索诈地方官钱两,朕向即闻之。因讷尔素与允禵不和,朕意与允禵相善之人,故为播扬,欲倾陷讷尔素,所以未即深究治罪;且加恩令办理上驷院事务。乃伊不追悔前愆,仍犯法妄行,情属可恶。若仍在王列,则于诸王有玷。着将讷尔素多罗郡王革退,在家圈禁,其王爵令伊子福彭承袭。"所谓"仍犯法妄行"云云,即宗人府议奏之内容。福彭自袭王爵后,乾隆十三年薨于位。

七三　珍儿

《红楼梦》中之宝玉,近多谓雪芹以其叔某为模特儿,其说是否,固尚有待确证,然由若干小点衡之,则颇能减少抵牾。如据《楝亭诗钞别集》中《辛卯三月闻珍儿殇书此志恸兼示四侄寄东轩诸友》一诗,则曹寅幼子名珍。有人谓曹頫即贾政,宝玉即雪芹。若然,则珍当系雪芹之叔;而《红楼梦》中竟以贾珍为宝玉之兄,岂有行辈颠倒如是者哉。且雪芹甚避长者讳。庚辰本第五十二回写晴雯补裘完时,"只听自鸣钟已敲了四下"云云,其下有双行小注云:"四下乃寅正初刻,'寅'此样〔写〕法避讳也。"此避曹寅讳也。既慎之于此,何竟忽之于彼耶?

七四　四松堂印谱

一九三二年余家北京宣武门内头发胡同,其地距太平湖甚近,湖侧则二百年前敦敏所寓之槐园也。头发胡同东口内有小肆,售旧书字画等项,余假日每流连其间。一日得《四本堂印谱》四册。据书贾告尚有《四松堂印谱》一册,于日前售出,颇疑贾人之妄。殆一九五四年于《懋斋诗钞》稿本中获"主敬存诚"一章后,始信其不诬。然则敬亭亦娴治印。

七五　甲戌本文字并非均早

《石头记》脂批本论者向谓甲戌本最早(一七五四),己卯本次之(一七五九),庚辰本又次之(一七六〇)。近之研究脂批版本者,如吴世昌先生,颇疑甲戌本并不若是其早者。余固未尝及此,然细玩甲戌本及庚辰本之若干回,亦觉所谓甲戌本最早之说,似尚不无疑问。如二十六回庚辰本眉批:"红玉一腔委曲怨愤,系身在怡红不能遂志,看官勿错认为芸儿害相思也。己卯冬。"又:"《狱神庙》回有茜雪红玉一大回文字,惜迷失无稿,叹叹。丁亥夏,畸笏叟。"按甲戌本固有此二批语,然于前一批则无"己卯冬"三字。(俞氏《辑评》于此条下注"甲戌同",非是。不能恃俞辑研究脂批,此等处即为一例。)后一批则少一"回"字,又作"红玉茜雪",又少"叹叹、丁亥夏、畸笏叟"诸字。就此回而言,颇疑庚辰本所据之底本较早,而甲戌本所据之底本则较晚。何则?盖"己卯冬"、"丁亥夏、畸笏叟"均应系原批而后删却者。此外,"凤尾森森,龙吟细细……"、"二玉这回文字……"、"若无如此文字收什二玉,写颦无非至再哭……"在庚辰本均系眉批,而在甲戌本则为总评。颇疑只有眉批可改为总评,无总评变为眉批者。若然,则其先后次序甚显。又庚辰本眉批"写倪二〔紫〕(原无'紫'字,俞辑加而未申明)英湘莲玉菡侠文皆各得传真写照之笔。丁亥夏,畸笏叟",接另一批"惜卫若兰射圃文字迷失无稿,叹叹。丁亥夏,畸笏叟",此分明两次两批,但在甲戌本则不但均移作本回后之总评,而且并为一批,作:"前回倪二紫英湘莲玉菡四样侠文,皆得传真写照之笔,惜卫若兰射圃文字,迷失无稿,叹叹。"文字既较洁,并将"紫"字补上,显系改文。因作总评,复将"丁亥夏,畸笏叟"诸字删去。回目则高鹗作"蜂腰桥设言传心事"与庚辰本同,而甲戌则作"蜂腰桥设言传蜜意"。此不足证庚辰之为较晚,盖高所据以"厘剔"补足者,固不必为最早本。然则,就此回而言,甲戌未必为最早本也甚明。

七六　脂砚斋所用砚

一九六三年二月十日访张伯驹先生于其什刹后海李广桥寓舍,承其见示近日以重金购得之脂砚斋所用砚一方。砚极小,长约二寸五,宽二寸许,厚约三分;端石,粗边,不甚精。背有行草题诗曰:"调研浮清影,咀毫玉露滋;芳心在一点,余润拂兰芝。"边署"素卿脂砚,王穉登题"。正面边题隶书字曰"脂研斋所珍之研其永保"。朱漆盒,背有"万历癸酉姑苏吴万有造"十字楷书。盒盖正面无字,盖内有刻划极细半身仕女图一,其一方题"红颜素心"四字篆文,另一方有篆文"江陵内史"四字。按明名妓薛素素名素,一字素卿,吴郡人,一说北京人。素素聪颖,有诗、画、乐、射、骑等项"十能"之誉。著有《南游草》,当时太原名士王穉登为之序。此砚盖即素素之故物。王穉登题砚诗中,上款"素卿"既系素素之字,而诗中"余润拂兰芝",似亦涉马湘兰,湘兰固称"润娘",故为素素砚无疑。入清,此砚为脂砚斋所获。裕意"脂研斋所珍之研其永保"十字,亦可有三解。一,脂砚斋所自镌者;二,脂砚斋在世而他人代镌者;三,脂砚斋已逝世他人所镌者。若第三解是,则当时藏者已非脂砚斋本人矣。

七七　陆绘雪芹先生像

一九六三年上海方行同志在郑州河南博物馆发现陆厚信绘"雪芹先

生"像,系对开两叶,余于同年曾一见之。其右方之一页为陆所绘像。"雪芹"坐,无配景,面微向左,下身亦在左侧,长衣无领,草履;双手皆露于袖外,有指甲,颇长。面圆而胖,色黑,盖画时著铅粉,年既久,遂暗黑至不可辨识。眉目平正,鼻下端较阔。左上方有画者题词云:"雪芹先生洪才河泻,逸藻云翔。尹公望山时督两江,以通家之谊,罗致幕府。案牍之暇,诗酒赓和,铿锵隽永。余私忱钦慕,爰作小照,绘其风流儒雅之致,以志雪鸿之迹云尔。云间艮生陆厚信并识。"下有"艮生"阳文,"陆印厚信"阴文二印,均篆文。左方之一叶有尹继善诗二首,诗云:"万里天空气沉寥,白门云树望中遥;风流谁似题诗客,坐对青山想六朝。"又云:"久住江城别亦难,秋风送我整归鞍;他时光景如相忆,好把新图一借看。"下款署"望山尹继善",再下阴文"继善"、阳文"敬事慎言"二章。尹诗无上款,但此诗见于《尹文端公诗集》卷九,作"题俞楚江照",故又有人疑画像系楚江。此像究为曹耶俞耶?莫之能定。倘谓为俞也,至今无人知俞号雪芹。倘谓为曹也,何以尹诗见于集中竟为"题俞楚江照"?此外尚有疑莫能决之处,兹不具论。余于一九七六年八月初因事赴郑州。十四日去河南省博物馆,由傅月华、林治泰两同志,出示陆绘"雪芹先生"像。则见衣色为花青、淡青、淡蓝,裤及鞋均赭石,面色系用赭石为底,敷以胡粉。头部周围,有水渍。面色较余于一九六三年见该像时为淡,左手颜色亦淡,似有洗痕,右手全变为黑色。画面有二圆斑点,似油渍。该像系用有矾之熟宣所绘。余此次细察,审知画叶后面边沿有糨糊粘的四处点痕,可证此对开之两页,原为一大册许多开中之一开耳。又,此一开之正面有一粉色新虎皮宣签,题曰"清代学者曹雪芹先生小照",下署"藏园珍藏"。藏园即傅增湘,此题签非傅字,估计在此新虎皮宣签下被掩盖之旧笺,或即为藏园之自题签耳。余对此像殊不敢赞一词,唯在诸可疑之点未获完满解释之前,遽以之为曹雪芹像,恐亦未安。

七八 高鹗后人

高鹗有后人名高俊峯,一九六五年一月逝世,年六十余。闻高俊峯系气功专家,无甚文化,身后萧条,并无子嗣。言慧珠之母高逸安,即俊峯之堂侄女。

七九　庄子因

《红楼梦》庚辰本第二十一回,黛玉看宝玉所续《庄子》后,留诗云:"无端弄笔是何人?作践南华《庄子因》;不悔自家无见识,却将丑语诋他人!"脂批亦及"庄子因"一词,有正本同。俞平伯云"庄子因"当作"庄子文",实误。按"庄子因"书名,清初三山林云铭西仲撰。有康熙癸卯、戊辰两版。在癸卯版中,作者有对该书何以名"庄子'因'"之诠释。

八〇　灵坤与曹雪芹

据传乾隆时有满洲人名灵坤者,善书画,居香山正红旗。闻雪芹名而造其居,一见相契。其后并为雪芹借住玉皇顶庙内。

八一　史湘云海棠诗之脂批

史湘云居孀而非早逝,后又似与另一人偕老。《石头记》第三十七回湘云《海棠诗》中第一首"自是素娥偏爱冷"句下,脂批云"不脱自己将来形影",可证湘云居孀,意甚明显。余以为第二首中之"蘅芷阶通萝薜门,也宜墙角也宜盆"句下所批之"更妙"二字,尤足证湘云再嫁后,景况已非,亦终"随遇而安"生活下去耳。作者有成竹在胸,故能于诗中泄漏未来之遭遇。此即《红楼梦》中许多诗之所以被目为谶语之故,亦即脂批之所谓此"二首〔诗〕是奇怪之文,总令人想不到"之故也。倘非如是,读者试查阅此二诗,亦有何"奇"哉!据近年发现之夕葵书屋抄本批语,知此回保留一条较早之批语云:"观湘云作《海棠诗》如见其娇憨之态,是乃实有其事,非作者杜撰也。"然则书中之湘云实有一人为其原型,而书外之"湘云"亦不必名湘云耳。

八二　袁涤葊藏写本石头记

孔祥泽君见告：袁浙江剡溪人，张作霖时，任东北北票煤矿董事长，一九五四年病逝于北京。据云，该写本前八十回尚完整，字极佳，但大小不一律，且或写于账本之上。每一二回分订一册，有眉批、夹批，朱文、墨迹，亦不一律。正文中涂改之迹甚多。八十回后虽无完好之正文，但有备忘性质之纲要，有时用数语说明内容，或记某人与某人有何对话，等等。写本中多册均系竹纸，已呈黄褐色。孔君又言：该项写本虽颇破旧，然书套则系织锦所制，可见藏者之珍视。孔君在余处得睹甲戌、庚辰本之影印本后，告余云：彼所见之写本字迹，较甲戌、庚辰两本之字迹为佳，且无匠气。袁涤葊有一女在北京任职，其幼子在某中医医院工作。裕按：张永海及其他传说，亦有曹雪芹当日写《红楼梦》时以"账本"为稿纸之说。袁藏本无"匠气""字迹大小不一"诸点，皆袁藏可能为雪芹原稿之特征。至于"每一二回分订为一册"云者，则似为作者回顾已完之稿翻阅之便；而"正文中涂改之迹甚多"、"八十回后虽无完好之正文，但有备忘性质之简单纲要，有时用数语说明〔拟写之〕内容，或记某人与某人有何对话"诸端，则更非作者莫办矣。此外，收藏者之所以珍异视之，亦可供参考，唯不知此写本尚存于天壤间否耳。

八三　曹雪芹题自画石诗

一九六五年二月三日为旧历正月初二，刘培华偕沈信夫来访。据沈君言，其友人孔祥泽已故外祖父富竹泉字稚川，作画时署"金台三畏"，生平写有札记多种，均系手稿。其中之一即《考槃室札记》，记中载曹雪芹诗画轶闻数条。其一条云：某年曾于某贝子家中见曹雪芹诗画笔记多种，其中有曹所绘巨石一幅，并自题诗云："爱此一拳石，玲珑出自然。溯源应太古,堕世又何年?有志归完璞,无才去补天。不求邀众赏,潇洒做顽仙。"按富竹泉之"富"即富察氏,《子不语·遇鬼》篇中之盛紫川,即竹泉之先人。竹泉生前与某贝子有往还。所谓"某贝子"或云即礼亲王。竹泉所撰之各种札记,由其次子富亚铎带往哈尔滨,事隔二十年,恐已散失。竹泉又有《一岁货声》一稿,记北京四季担担叫卖所呼之词,亦佚。竹泉长女富瑾瑜字楚珩,即孔君之生母,著有未刊本之《楚珩诗草》,其中有《和大观园菊花诗原韵》十一首,余曾一度借观。

八四 籍痴霭疯之目

《晋书》载,阮籍"当其得意,忽忘形骸,时人多谓之痴"。据张永海所述有关曹雪芹之传说,雪芹晚年因困居香山,着福字履,衣敝衣,容发不修;每因构思,尝徘徊于行人道上,欣然自得,旁若无人,人故以"疯子"目之。然则,雪芹亦几何非步兵耶?

八五 雪芹在蔚县授徒

有人谓曹雪芹困时,曾在河北省之蔚县设馆授徒。

八六 邓之诚见告有关雪芹书

邓文如(之诚)先生见告:燕京大学图书馆有一书,四字题名,乾隆时人撰,有谈及雪芹事迹之处,惜已忘其书名。燕京大学图书馆,今归北京大学,考曹之士,盍往一查!

八七 沈雁老谓王绘雪芹像不真

茅盾先生一九六二年函余:"……蒙惠赠大著《有关曹雪芹十种》一

册，拜领谢谢。各篇论证精审，十分佩服。惟断定曹雪芹画像（王南石作）是真，则鄙见不敢苟同。此画可疑处甚多，兹仅就一点，以证其妄：据现有文献，曹雪芹当时交游不广。而且往来者非达官显宦，当时曹诗文虽为敦敏等所推重，而不是受当道者所知（更不用说重视），故四松堂赠雪芹诗有'何人肯与猪肝食'之句（此用闵仲叔事），今观题画人名，据李祖韩抄出者，非当朝大老，即并世名士，而此数人之诗集中又不见题像诗。张宜泉诗见《春柳堂集》，而李所抄出之人名中，却没有他。以此种种，故疑此像乃好事者作伪；何况今天除了李，你我都没有见过。总之，未见原画以前，此事只好存疑，不知您以为如何？（下略）。"按一九七三年《废艺斋集稿》发现后，未知沈老仍持此论否？董邦达曾为雪芹之《南鹞北鸢考工志》撰序，董固当时"达官显宦"。又据敦敏之《瓶湖懋斋记盛》，知董对雪芹推重特甚。可知当时雪芹之社会关系，并不若设想之狭小。王南石既作客于董邦达之门，何遽不可为雪芹画像耶！

八八　伊藤漱平之红楼梦主章

日本伊藤漱平于昭和三十三年，即一九五八年许，翻译《红楼梦》三大册，曾以初版精装本寄余。其第一卷之版权页盖有篆文图章曰"红楼梦主"。伊藤于译本末页有小字附记一则，略云：读余《有关曹雪芹八种》（时《十种》尚未出版）中之《考稗小记》，知有人曾见盖有"红楼梦主"钤记之雪芹绘画一幅，实雪芹之章也。今彼亦自称"红楼梦主"，且有是章，可谓巧合之至云云。余读伊藤之附记，亦复称奇。

八九　鄂比赠雪芹一联

据张永海云，满人鄂比先雪芹居于香山正白旗，其地为四王府之所在，与雪芹移居香山时之地藏沟口旧居较近。传闻中之鄂比能诗画，并知雪芹所撰《红楼梦》中之故事情节甚悉，且时与雪芹论究其内容。鄂比同情雪芹之遭遇,欣赏雪芹之才能,而尤对雪芹之为人行事,备极钦重。曾有一联赠雪芹云:"远富近贫以礼相交天下有,疏亲谩友因财绝义世间多。"结合《废艺斋集稿》之发现,则雪芹之"远富近贫",诚为不诬。

九〇　曹雪芹在右翼宗学之职司

余于一九五七年考出曹雪芹曾供职于右翼宗学。至雪芹在宗学所司何事,则尚无确论。张永海传说,谓雪芹为"瑟夫"实即教员。然以敦氏弟兄对雪芹之情况以及其酬唱之词气观之,殊不类师弟关系。盖两人对雪芹,实钦敬而非尊崇也。余昔于《四松堂集集外诗辑跋》中推测雪芹系任辅助教学之类事,而亦苦无佐证。周汝昌以"瑟夫"为夫役者流,而雪芹之任斯职亦与其被籍家有关云云。今观董邦达于乾隆二十三年参与瓶湖之会及其为雪芹《南鹞北鸢考工志》所撰之序言,钦佩推重之意,溢于言表。且其与会也,观雪芹所放风筝之技术,食雪芹所做之佳肴,兴会之高,竟至谓"今日之集,固乃千载一遇,虽兰亭之会未足奇也"云云,此岂一当朝显宦与"夫役"者流之所宜出耶?故"夫役"之说似亦未妥。吴世昌据敦诚诗中之"司业青钱留客醉,步兵白眼向人斜"句,谓雪芹任宗学"司业"。按"司业"当时是国子监二等角色,殊与宗学无关;故不可能谓雪芹系任右翼宗学之"司业"。若此诗句中之"司业"与杜甫诗中之郑广文联系,亦难推出雪芹曾任右翼宗学"司业"之论断。

九一　宗学中之宗派与政治

《随园诗话》卷九有云:"嘉禾征士曹廷枢古谦,与葛卜元同教习宗学。葛北方人,长于考据,自负博雅,而曹专工词章,二人不相能。虞山蒋公,满洲世公,各有所庇,遂相参劾。古人洛、蜀之分,皆由门下士起也。"余昔草《曹雪芹的故事》续编(约在一九六三年秋)之"寄居萧寺"一篇时,曾假定雪芹之离宗学与右翼宗学中教习间之矛盾有关。今读此条,益增前此假定近实之感。

九二　曹棠村

《红楼梦》中有"棠村"一名，吴世昌据书中"雪芹旧有《风月宝鉴》一书，乃其弟棠村序也"一语，谓"棠村"实系雪芹之弟。棠村一名，除此一条外，即不再现。今据夕葵书屋所藏《石头记》中之批语，有"九个字写尽天香楼事，是不写之写。常村"一批，系在"彼时阖家皆知，无不纳闷，都有些疑心"句下。按《诗》"棠棣"亦作"常棣"，故"常村"即"棠村"。则棠村实有其人，又多一证。

九三　宝玉与可卿

第五回云："却说秦氏……忽听宝玉在梦中唤他的小名，因纳闷道，我的小名这里从无人知道，他如何知道的，在梦里叫将出来？"按宝玉梦中呼："可卿救我！"然而可卿小名固名兼美，何得谓之曰呼其小名耶？岂原本作"兼美救我"耶？又甲戌本批云："此梦文情固佳，然必用秦氏引梦。又用秦氏出梦，竟不知立意何属？惟批书人知之！"可供读者猜想。又宝玉于第十三回中闻可卿之死，庚辰本眉批"只觉心中似戳了一刀的，不忍哇的一声，直奔出一口血来"，此已足异矣，而又自解云"不相干，这是急火攻心，血不归经"，则更奇。然而批者解之曰："总是淡描轻写，全无痕迹，方见得有生以来天分中自然所赋之性如此，非因色所感也。"云云，实亦"此地无银"之类。甲戌本夹批："如何自己说出来了？"盖谓"急火攻心"乃是自供耳。然则，宝玉与可卿之关系，果如何哉！

九四　石头记中之弘忍

《红楼梦》第二十二回宝钗说"闻五祖弘忍在黄梅（下略）"，有正、庚辰本弘忍均作"弘忍",而所谓乾隆抄本《百廿回红楼梦稿》,弘忍则作"宏忍"。按"弘"作"宏"避乾隆讳也。此亦可证庚辰本有正本所据原本为乾隆抄本;而号称"乾隆抄本之《百廿回红楼梦稿》"则作"宏",虽弘、宏可通,终疑非当时之惯常写法。

九五　夕葵书屋抄本石头记

一九六五年六月中旬忽接南京毛国瑶先生来书,告以所见夕葵书屋抄本《石头记》及其中之脂批事。按夕葵书屋,清乾隆间全椒吴鼒山尊之堂名。鼒晚岁居扬州之西园。该抄本最后收藏者靖应鹍与毛国瑶相善,靖先人曾迁寓扬州,靖藏或当为吴抄之过录。毛于一九五九年春曾借读靖抄本,书共十厚册,八十回,内缺二十八、二十九两回及卅回之末数叶。由书中之蓝纸封皮及"拙生藏书""明远堂"二篆文图章之地位觇之,知为十九小册合订者。全书未标书名,亦无序,抄写颇精。书中批语甚多,大部与有正本同。计有眉批、行间批、回前批、回后批等。批语朱墨相杂,且多颠倒错乱。毛先生曾将批语抄录百五十条寄余。据毛先生云:"明远堂"为靖氏堂名,靖抄本已于数年前值靖他出时,为其家人售与鼓担不可复得。(参阅以下有关此本处。)按此本批语虽多错乱之处,然如"甲申八月泪笔"、"西帆楼"、"不数年芹溪、脂砚、杏斋相继别去"、"遗簪、更衣"诸文字,可供探幽索隐,则不待言。闻南京图书馆亦有一抄本《石头记》,与有正本大抵相同,唯有异文。

九六　余二人亦不曾有是气

《红楼梦》第二十四回贾芸向其舅父卜世仁借钱时,脂批云"余二人亦不曾有是气",有人解作"我们两个人也没有受过这个气",恰失原意。按六十一回:"平儿笑道:'这不是正经话'",其意即:"难道这不是正经话!"亦即"这是正经话嘛"之意。因之,"余二人亦不曾有是气"似当解作:"我们两个人还不是受过这个气!"亦即"受过这个气"之意。如用新式标点,则以上两语,均应着感叹号(!),方能表出原文语义。

九七　遗簪更衣诸文字

《红楼梦》第十三回,甲戌本有回后总批云:"秦可卿淫丧天香楼,作者用史笔也。老朽因有魂托凤姐贾家后事二件,岂是安富尊荣坐享人能想得到者? 其事虽未漏,其言其意则令人悲切感服,姑赦之,因命芹溪删去",末句"因命芹溪删去",意似未完。今据南京毛国瑶先生为余抄寄之夕葵书屋抄本《石头记》残批,此批是回前长批,作"因命芹溪删去'遗簪''更衣'诸文,是以此回只十页删去天香楼一节少去四五页也"。盖"遗簪"、"更衣"当系描绘可卿淫丧天香楼实况之文字,此批当系初文,而夕葵书屋抄本《石头记》当亦为较早之批本也。

九八　英莲抑菊英

《石头记》第四回初见香菱时,甲戌、有正各本均作"小名英莲",独庚辰本作"名唤菊英",殊不能得其解。岂庚辰本是初文耶? 然据第五回宝玉看副册时,"只见画着一株桂花,下面有一池沼,其中水涸泥干,莲枯藕败,画后书云,'根并荷花一茎香(原注:却是咏菱妙句),平生遭际实堪伤;自从两地生孤木,致使香魂返故乡'"。按此诗明明咏香菱之一生遭遇,字里行间已暗示"香菱"一名;而其小名,则结合"莲枯藕败"推之,亦以"英莲"为是,不当作"菊英"也。

九九　俞平伯谈瓶湖懋斋记盛

敦敏之《瓶湖懋斋记盛》一文,俞平伯先生见之,函余曰:"懋斋一文,详尽生动,诚为佳作,若芹圃其人呼之欲出矣。"又对雪芹《题自画石》诗曰:"……题画石诗,颈腹两联与《石头记》互相映发,且为雪芹仅存完整之作。"又对风筝歌诀云:"歌诀词意并茂,惜用韵庞杂耳!"余亦以为然,惟歌诀非诗,未可以诗韵衡之。

一〇〇　曹寅之复社姓氏记

余曩于《考稗小记》中曾有记曹寅之《东皋草堂记》一条,又曾录其《咏红述事》一诗。今再摘录其《复社姓氏记》中句云:"合复社姓氏共二千二百五十人为一卷。竹垞太史曰:'是得之于檇李士人家知而记之者如此;其后附会增益与脱落者,不知凡几也。'丁亥十月退院考阅姓氏,知者什不能一,求其所以合立社之本意者,什一之中,又无几焉。呜呼,即二千二百五十人而明亡矣!"末一语出诸曹寅之口,且慨乎言之,果何谓耶?此类资料与寅及其子侄辈之效忠清帝,密报舆情相比观,又当作何解?亦大可剖析之问题也。

一〇一　曹寅与施世纶

据陈鹏年康熙六十年奏折,施世纶于六十年五月初三日病逝。施为楝亭夜话三人中之一。叶恭绰云,施即小说中之施不全。明亡后,红帮秘密结社复明,而施世纶为青帮之创始者,则助清镇压反清运动者也。又云,小说中之窦尔墩初为洪承畴部将,承畴降清,尔墩遂去之,之连环套,其地毗近热河。余因忆章炳麟在《华严庵记书后》一文中以为曾国藩"憔悴深颦,无所逃于天地间"。余则以为,若施世纶者,其亦斯之谓欤!今观曹寅之与施则曰:"(上略)晚识施君通纻缟。多闻直谅复奚疑,此乐不殊鱼在藻。(下略)"倘谓曹寅有民族思想,又如何解释寅与施之密切关系?

一〇二　永瑢之诗及画

有人谓《红楼梦》中之北靖王水溶影乾隆第六子质亲王永瑢,其说实不经；然雪芹之所"用意搜"（永忠语）者，固不排斥其所闻所见之永瑢其人其事也。按永瑢能诗画，其诗集曰《质庄郡王诗稿》，抄本。永瑢与永忠有过从，见两人诗集。一九五四年某君获一永瑢山水图卷，谓为西郊公园图云。余曾审视，以为非也。该卷卷首有"欣于所遇"四大字，末有"皇六子质郡王"阴文寸半方章。下有篆文章一。又下为画本身。开首下端有阴文"西园翰墨"印一方。画中有林丛、藤榭、小溪、木桥、竹、石、舟、亭、屋，并有游人，小山起伏，远塔耸立，且有围垣，一如今之西郊公园之墙垣焉。近尾有"信手拈来"阴文章，下有题云："西郊二里许，有园一区，方广百余亩，灌木丛翳，间以修竹；亭馆悉已颓圮，而柱礎则犹有可辨者。暇日偶过其地，即嘿识其景象，归而为图以纪之。"末署"乾隆戊子嘉平皇六子"，下"皇六子印"（阴文）又"晕田"，又下阳文"辞翰升堂汤君埭"一方。某君谓此即乾隆时西郊公园之情状，并谓傅惜华亦谓为然。余按：以书、印、纸、印泥等项衡之，此图为永瑢所作，字亦为其所书，固无问题，然必非今之西郊公园。何则，今之公园，乾隆时初名隣善园，后名环溪别墅。永忠《延芬室集手稿》诗题及注云："环溪别墅……旧名隣善园。按'隣善'者敬一贝子园名也。后与其外孙明义字我斋者，更今名。"永瑢与明义甚熟，过从亦多，尝邀永忠伴游该园。则题词中所谓"暇日偶过其地"并"嘿识其景象"者，其固非隣善园明矣。又其地在"西郊二里许"绝非环溪别墅，而应较别墅为远之某园。又其所绘景象，亦与永忠诗中所描绘者不同。今据永忠诗集：永瑢似曾绘《隣善园图》，永忠且为之记，则彼图非此图甚明。此无名园图果谁氏之废园耶？余意永忠有过《王氏废园有感诗》，亦似与质王相偕。然则，斯园也，其王氏废园乎？永瑢字学米，颇有肖处。手卷签署"惺斋"。永忠题诗下注云："按即西园主人皇六子质王殿下号也。"

一〇三　香山正白旗之老屋壁上诗

一九七一年时因事居皖北，得京中友人函，谓最近北京西郊某处于修房拆墙时，发现题壁文句及诗句。函中所述甚简，故未能知其详况。一九七二年四月底,余回北京,他友亦时复道及。一九七三年五月胡文彬及周雷两同志初次相访,告以彼等在该地调查之经过及初步看法。五月六日又邀余同往香山卧佛寺沟口外之正白旗营三十八号,访该屋现在住户舒成勋君,并与附近住户七八人聚谈数小时。其详已由胡、周两同志另文记之。兹所记者一事,即昔年张永海传说鄂比赠曹雪芹之对联,竟见于舒君之西屋壁上,其词句与张永海所传,略有出入:"远富近贫以礼相交天下少,疏亲慢友因财而散世间多,真不错"。"少",张传作"有","而散",张传作"绝义";"真不错"三字,张传无之。余以为"少"及"而散"两处异文,均较胜于张传。"真不错",张传无。余意书鄂比诗于壁上,又系二百年前之古屋,其地或为鄂比正白旗之故居欤?

一〇四　影印戚蓼生本之原抄本

一九七三年四月十九日,毛国瑶同志由南京赐书,言南京图书馆藏一抄本《石头记》并述其情况颇详。亟著录之,以供治版本者之参考。据云:此本与有正本相近。经毛国瑶校勘,知有如下特点。抄本卷首有戚蓼生序,各回前后有总评,正文句下有双行小字批,款式悉如有正本。每页行数及起讫之处,均与有正本同。第五、六、七、八回末"正是"以下一联,第六十四、六十七两回文字亦与有正本同。十七、十八回分回亦均同。六十八回有正本在凤姐与尤三姐说话一段,先写作文言,后涂改为白话;抄本则全作文言,并无变动。有正本眉批,抄本全缺。第五十回末总评,抄本误在第四十九回前。第十三回末有正本将十五回的回末总评误入一页,抄本无此情况。抄本中有一标签云:"泽存书库藏书,《石头记》,子部,小说家类,平话之属,清曹雪芹撰,八十回,二十册抄本。"由所抄笔迹觇之,抄者约有四五人,涂改甚少,书法工整。正文,有此抄本对而有正本错,另些,则反之。可注意者厥为第十三回、十四回秦可卿死,灵牌、榜文、铭旌,抄本三处都作"恭人",第二十五回抄本作"如来佛",第二十七回抄本作"并巧姐大姐香菱"。此诸处抄本与脂本同,而与有正本不同。又第五回:

"恐哭损残年"抄本作"怨哭损残年"。第五回之"擅风情",抄本作"擅风",少一"情"字。第六回之"侍宝玉"抄本则作"待宝玉"等等。毛国瑶所志两本之异同,大略如此。

一〇五　白家疃之允祥祠

一九七三年五月同侯仁之、金涛、彭旭同志往访雪芹晚年故居遗址于北京西郊白家疃。其地有贤王祠,今做白家疃小学校址。院有残碑,弃置于地上。碑为"敕建白家疃和硕怡亲王祠碑记"。碑文残缺颇甚,此碑原立祠堂院内西侧,闻东侧尚有一碑,修建该校体育场时,埋藏地下。按允祥为康熙第十三子,康熙二十五年丙寅二月初一日生,母敬敏贵妃章佳氏,参领海宽女。康熙六十一年十一月封和硕怡亲王,总理事务。是年十二月管理户部事务。三年闰四月总管圆明园八旗兵丁。十一月管理四译馆事务,同月管理汉军侍卫。三年二月擢任议政。同年十二月管理水利、营田事务。八年庚戌五月初四日病逝,年四十五岁,谥曰"贤"。允祥曾于雍正初年,兴修水利。据上碑碑文,则允祥尝来往白家疃,喜其地"泉甘木茂,于是诛茅筑馆,置为别□(原残,裕按:当是"业"字)","以为憩息之所"。但"工土未毕",允祥即病逝,于是为其改建祠堂,即贤王祠也。白家疃有城子山亘连西山,北向蜿蜒,风景颇佳。允祥在时,尝因打猎,往来其地。乾隆二十三年,春夏之交,曹雪芹筑舍于村外小溪之西,去当时村舍半里许,张宜泉称雪芹"庐结西郊别样幽",非虚语也。余于一九七三年春曾与贺敬之、袁鹰、李希凡、周汝昌等同志再访其地。

一〇六　陈病树谈红楼梦掌故

一九六二年余曾函烦徐恭时同志,两访上海陈病树。时陈年七十四岁,江西黎川人,上海文史馆馆员。徐与陈所谈问题有二:一、曹雪芹创作《红楼梦》人物取材的传说;二、恭王府与小说中大观园的关系问题。兹略录徐函内容如下:"(一)关于曹雪芹创造《红楼梦》人物取材的传说。陈早年在北京,对当时的红学家大都认识,酒后茶余,经常听他们谈《红楼梦》,但当时这些人谈话的兴趣,集中在小说人物与故事上,没人注意对作者曹雪芹的考证。现在仅记得一事。当时北京有好几位红学家曾讲到(但记不起谁讲)曹雪芹写贾府中几百个女子,如何能对年少的姑娘、丫鬟,年老的太太、老妈子等人物的个性活动、声音笑貌,以及大家庭中这些人物平时的生活情况,写得那样具体深刻。据老一辈传说,当时曹雪芹在北京写这部小说时,常常去找曾在贵族大家做过事的老妈子,或访问亲戚中的一些女孩子,要她们谈这些人家中老的或少的种种生活情况。他听了就记下来,经年累月地积累材料,所以笔底下的女子,人人性格不同,描写得真实细腻。(二)恭王府与小说中大观园的关系问题。陈说,他早年在宗室兵部大臣铁良的家里教过他的两个儿子。与恭王后人也很熟悉,常常到恭王府去,恭王府的花园,也游览过十几次。有几次去赏海棠。他说当时(清末民初)去恭王府,叫车子去时,就叫到李广桥。恭王府的四周是河,府里的花园当时已是很破敝荒芜的了。园里有池塘、小河,河原是从园后通着外面的河道。他在恭王府花园时,池水及河水,已近干枯,但原迹尚存。他又说,恭王府花园在进门处并没有大假山,与大观园进门描写的不同,园子里面的假山,并不很高。又说恭王府园里有竹子,这在北方是比较少见,但稀稀疏疏,并没有《红楼梦》中描写潇湘馆那样的景色。园中海棠很有名,有一品种名'西府海棠',但这是品种名,并非指恭王府的那种海棠。我没听人称恭王府为'西府'。也没有人说过恭王府与曹家的关系。恭王府花园不是大观园。陈在南京住过一时,袁子才说随园即大观园,这是瞎说。袁枚得此园时,仅是一块荒园。大行宫地方曾走过,早变为道路,已无从辨认何处是织造府了。"一九七二年春,余由杭北返,中途小滞沪滨。与恭时初次相晤,则知陈已逝世。

一〇七 瓶湖懋斋记盛阙文钩沉

敦敏之《瓶湖懋斋记盛》原稿缺后半部,赖有孔祥泽君之《懋斋记盛的故事》一稿,得保存敦敏若干原意原文。在"□□□□之□,□舅钮公,自闽返京"句上,原有眉批云:"十月赐第钮公,命余就过公求书。"批者当是敦敏。在"二十四日晨曦甫〔上〕"句前之"〔是〕以得快读〔其〕书"句上,有一眉批云:"子明,余意前段可略去!"所谓"前段"盖指敦敏历访雪芹不遇事。批者非雪芹即敦诚。雪芹鉴别"宋李龙眠"《如意平安图》,断为元人伪托之作,董邦达十分折服。雪芹云:"李公麟以白描人物著称,下笔挥毫,如铁线迂回,后人无其笔力。公麟不善写生花卉,且画中之胆瓶,是元代式样,宋人何能预知其式?"评画时雪芹又语敦敏云,只此商祚一幅,足资珍藏。其余几幅,惜皆伪作,此风明人实作俑于前。席间董邦达对雪芹之草《南鹞北鸢考工志》一稿,谓有济世活人之心,知芹圃者,能有几人云云。雪芹为董邦达释风筝之名云:风筝之名,由来已久,并非新称;惟旧时系因缚响器于纸鸢之背,迎风而发清商之音,有类筝鸣,故名"风筝"。今则京师悉名未带响器之纸鸢为风筝矣。董告雪芹云:数日前在东城曾听锣鼓之声来自天际,仰视之,则一风筝在焉。雪芹曰:此即愚为叔度所做之新样"半瘦燕"也,以其背缚锣鼓,故能作响。董对雪芹之烹调技术,备极赞扬。至云:"雪芹诚天下奇人,所娴绝技既多,又能举一反三,闻一知十。余南人也,其所做南菜亦千变万化,独出心裁。真是天下之才一石,子建独获八斗,其亦雪芹之谓乎!"雪芹又谈腊月二十四日瓶湖之会当日之风向云:"今日略察,早间刮东北风,卯时过,风止。中午如此清爽无风,则未时末,必有和风自西而东。申时左右,则能转为西南风,刮向东北,势将变为清风。则先放软翅,后放硬膀即可,君等不必以此时无风而焦心也。"又曰:"今晨劲风起于丑时,转于寅时,见和风,由西北转北,天明刮东北风。此京师风向之常律也。"至是,董邦达叹曰:"杜少陵《赠曹将军》诗云:'试看古来盛名下,终日坎壈缠其身。'令人嗟叹!"敦敏看雪芹放风筝之绝技后云:"余意风筝之事由雪芹苦心经营,此业(指扎、售风筝)必兴,但此艺(指放风筝)难传。能有几人可学到雪芹处?"董邦达云:"若非目睹其技,其谁信之?今日之集,固千载一遇,虽兰亭之会,未足奇也!"雪芹又曾制"串鹭",端隽赞之曰:"雪芹以天为纸,真成'一行白鹭上青天'矣。"但风筝中尚有金鱼、螃蟹等水族,故董邦达云:"以天为纸,已经绝妙;将云拟水,尤难设想。雪芹底是妙人!"董翻阅至《宓妃图》时,誉雪芹用色奇绝,其鲜明如曝照于阳光之下。雪芹答云:"历代画家均以纯色为主,如需深浅,无非以白粉冲淡而已,其法虽繁实简。唐时王维曾有复色明暗之法,但真迹传世者极少,至难推求。实则物物有色,以其映于目中,受光所照,故有五色之多。余睹家中旧藏之《织造色谱》,略窥西洋染色之大要。夫人察万物之美,无光则晦而不鲜,有光则怡情悦目。旋悟:色自光来,若画色而忌光,岂非因噎而废食?故试以他色代主色,分阴阳,别深浅,画成'宓妃'脸庞之形象。此不成功之技法,实贻笑方家,幸即教之!"董邦达谓敦敏曰:"懋斋,今日之盛会,诚恐千载一遇矣。余以为风筝虽属艺之小者,而其实极难。试思,若不通扎糊之理,即无由放起。不能绘而成形,又何以使人辨识。故必知塑形技法与夫脱胎工艺,并须精通机轴转动之巧,智巧并用,心手兼施,岂仅一能书能画者即能望其项背?余思之已久,雪芹所以如此苦心孤诣、惨淡经营者,实为有废疾而无告者,谋求自食其力之道也。雪芹自序,余已拜读,实嫌过谦。余拟将此卷书,借归舍下细读,并当为撰一序文,未知雪芹以为如何?"雪芹称谢允之。董邦达又嘱敦敏宜为文以纪当日之盛况,复勉于叔度以发扬光大雪芹之艺,不可使之失传,而于亦以雪芹之杰作《宓妃》赠之。董谦逊至再,称谢而受之。又谓叔度云:"君诚有心人,但若达雪芹之造诣,仍须下番功夫耳。"

一〇八　茅盾朱光潜论曹雪芹传记故事写法

十年余前余所撰《曹雪芹的故事》,实为一尝试性的初稿。而师友知好,其所见亦各异。茅盾同志谓余:"(上略)下笔审慎,事事有来历。窃以为写历史小说,理应如此。鲁迅《故事新编》,非历史小说,都取材于传说,故虚构处可以不拘泥于史实。今人明明写历史小说,而欲以《故事新编》为例,骋其幻想,愚见以为未可也。"(一九六三年九月来书)朱光潜先生则谓:"(上略)《曹雪芹的故事》,叙述生动而简洁,虽是小说体,毕竟有原始资料佐证，所以难能可贵。近代西方有些传记家，也采用小说体裁。例如法国 André Maurois 写拜伦和雪莱，德国 Emile Ludwig 写贝多芬等人，都风行一时，可以参考。对于曹雪芹，我们现在掌握的资料究竟有限，想把他写活，恐怕非靠对于他的精神面貌的深刻理解，运用艺术的创作想象，把'应该如此'的形象刻画出来不行。'实际如此'是历史家的事，'应该如此'却是艺术家的事。如果改写长篇，是否还宜一方面结合《红楼梦》本身，另方面结合当时的社会背景，多加一些渲染？（下略）"（一九六四年三月二日来书）

一〇九　右翼宗学总管内亨图

王宏钧同志见告，乾隆二十年（乙亥，一七五五）右翼宗学副管为宗室内亨图，八品官。按此实一重要线索，可以考知右翼宗学之情况。内亨图必见于《爱新觉罗宗谱》，倘能由《宗谱》查出其供职年代，如可上溯至乾隆十五六年，则正值曹雪芹任职于右翼宗学之时，其有裨于考订曹雪芹之生平，固不待言。

一一〇　曹、高写封肃之异趣

曹雪芹写《红楼梦》多用出人意料之笔，第二回写贾雨村"遣人送了两封银子，四匹锦缎，答谢甄家娘子，又寄一封密书与封肃，托他向甄家娘子，要那姣杏作二房。封肃喜的屁滚尿流，巴不得去奉承，便在女儿前一力撺掇成了"。此等处显系作者甚鄙封肃之为人，故作斯语。然高鹗续书，并此等处而亦改之，作"那封肃喜得眉开眼笑"，则悖雪芹原意远甚。曹与高之高下，亦可于此觇之。

一一一　阮籍、雪芹高傲之政治内容

曩读敦氏兄弟诗，知雪芹亦狂亦傲，善画好饮，高谈雄辩。且喜为青白眼,故屡以阮籍喻之。余初以为狂也傲也,个性耳,何与于政治?迨深思之,则知嗣宗之所为无不与政治有关。《晋书》称籍"能为青白眼,见礼法之士以白眼,(中略)由是礼法之士,疾之若仇",则籍之狂、傲,实有反抗旧礼教之意义焉。盖所谓"礼法之士"者,旧礼教之主张者也。又籍好饮,《晋书》载:"文帝(司马昭)欲为武帝(司马炎)求婚,籍醉六十日,不得言而止。"盖籍雅不欲与司马氏媾婚,此"醉"也,讵可谓之无政治意义哉!故籍虽表则狂、傲、嗜饮,"傲然独得,任情不羁",实则凡此种种,均在当时政治斗争中起积极或消极反抗作用。雪芹亦狂、傲、好饮,又字"梦阮";其狂,其傲皆所以对汲汲于仕进之"禄蠹",所以对"非其人"之人也(《记盛》记白媪之言曰:"雪芹郊居鬻画维生,虽'饔飧有时不继,然非其人虽重酬不应也。'")。夫如是,则岂不傲然独得,如"野鹤"之"在鸡群"(敦敏赠雪芹诗中句)哉!

一一二 雪芹论纸鸢起源

《南鹞北鸢考工志》中讲风筝历史处,承孔君见告其残叶有云:"观夫史籍所载,风鸢之由来久矣,可征者实寡,非所详也;惟墨子作木鸢三年而飞之说,或无疑焉。盖将用之负人载物,超险阻而飞达,越川泽而空递;所以辅舆马之不能,补舟楫之不逮者也。揆其初衷,殆欲利人,非以助暴;夫子非攻,故其法卒无所传(下缺)。"余于一九五六年顷曾在《曹雪芹的故事》注(见该书九四页二八注)中,即认为雪芹在《红楼梦》中对儒、释、道三者,均有微词;此处独称墨翟为"夫子",美其"非攻",并揆其制木鸢之初衷,谓为"非以助暴","殆欲利人",其扬墨而抑孔,亦有说乎?曰:墨翟非攻,但非无原则地反战,观其救宋之举可知。木鸢之失传,以雪芹之意度之,盖亦恐暴君用以伐人之国,取人之城耳。然则,雪芹之多翟,岂无故哉!

一一三　曹雪芹之风筝歌诀

曹雪芹之风筝歌诀，论者所见不一。俞平伯先生函余时有云："歌诀词意并茂，惜用韵庞杂"，余亦云然。然亦有疑之者。湖南宋谋玚同志七三年十二月二日函余云："（上略）昨得周振甫先生来书，言及中华书局中有人谓《集稿》歌诀，不词之甚，决非曹作。此……实有所见。歌诀不惟不词，且用韵夹杂，以入声押平声，虽《汤头歌诀》，亦不如此，而谓雪芹如此乎？然振甫先生据此定《集稿》为伪，则尚不谓然。窃意《集稿》盖雪芹'集前人之成'编纂者，歌诀固非雪芹作，以其为风筝行约定俗成之诀，不可复改，故遂因而不改耳。（下略）"余以为宋君之说甚是，且与余闻诸孔君所述之意略同。盖风筝有谱有歌诀，由来已久，非自雪芹始。《考工志》雪芹自序固已自云："旁搜远绍，以集前人之成。"董邦达序虽谓雪芹之作"意重发扬"，旨在开"辟新途"，然亦知其为"集前人之成"，雪芹"不欲攘他人之功"也。故知雪芹之于风筝图式、风筝歌诀，既有创发，亦有因袭。其于风筝歌诀，尤重沿袭习用之格式及俗韵，而少所更张，盖其意在便于艺人之传习。歌诀本非诗，奈何以诗衡之？为使易懂，雪芹又有《此中人语》之作，其书以口语阐述风筝之作法及画法。此更可证雪芹之用心乃在利于无文化之"穷民"矣。雪芹晚年之思想境界，岂一般知识分子所能望其项背者！

一一四　武陵溪

曹雪芹在风筝歌诀中有句云："卜居武陵溪，仙源靡赋役，（中略）锦衣纨袴者，尽是轻薄儿；耻与侪辈伍，联袂去云霓。"（《比翼燕歌诀》）又云："邀集新雨觅仙境，会同故友访武陵。"（《半瘦燕歌诀》）可觇曹对靖节之景慕。今按《红楼梦》第三十八回黛玉《咏菊》诗云："一从陶令平章后，千古高风说到今。"亦借陶以美菊，足见陶之地位甚高；而黛玉思想实为雪芹所首肯者。"武陵溪"可以代表作者之理想境界,《南鹞北鸢考工志》自序中所谓"古之世"者,庶几近之。免赋去役,鳏寡孤独有废疾而无告者皆有所"养"等等,即此理想境界之制度也。其亦几何不为一种之乌托邦耶?

一一五　贾宝玉说银钱吃穿都不是我的

《红楼梦》有正本第二十六回:"宝玉道:'我可有什么可送的,若论银钱吃穿等类的东西,究竟还不是我的;惟有我写一张字,画一张画,才算是我的。"又第四十七回宝玉对柳湘莲云:"我只恨我天天圈在家里,一点儿作不得主,行动有人知道,不是这个拦,就是那个劝的,能说不能行;虽然有钱,又不能由我使!"有正本第四十五回林黛玉云:"(上略)我是一无所有,吃穿用度,一草一纸,皆是和他们家(指贾家)姑娘一样(下略)。"一则生于富贵家庭而经济尚未独立之真情,另一则寄人篱下一切仰给于人之实感也。然而即在封建社会中,处于黛玉地位者,易于有其实感,而处于宝玉地位者,则不易有此真情也。盖富家子弟,继承乃父乃兄之余荫,谁不安之若素耶? 然贾宝玉乃能有上述感觉,此其所以能产生进步思想之故欤?

一一六　俞平伯点读甲戌本凡例之误

《红楼梦》甲戌本"凡例"俞平伯《辑评》点读云:"《红楼梦》旨义。是书题名极多,《□□红楼梦》,是总其全部之名也。又曰《风月宝鉴》,是戒妄动风月之情。又曰《石头记》,是自譬石头所记之事也。此三名皆书中曾已点睛矣。如宝玉作梦,梦中有曲,名曰《红楼梦十二支》,此则《红楼梦》之点睛。又如贾瑞病,跛道人持一镜来,上面即錾'风月宝鉴'四字,此则《风月宝鉴》之点睛。又如道人亲眼见石上大书一篇故事,则系石头所记之由来,此则《石头记》之点睛处。然此书又名曰《金陵十二钗》,审其名则必系金陵十二女子也。(下略)"按"是书题名极多,《□□红楼梦》"句中之

"多"字、"红楼"二字,均系胡适所加,而"□□"则与下文"又曰"、"又曰"相比观,实当作"如曰"或"一曰"两字,即"如曰《红楼梦》"五字。俞氏《辑评》之标读,盖误。

一一七　蒙古王府本批语中之女子口吻

《红楼梦》有蒙古王府抄本,全一百二十回,今藏北京图书馆。此抄本有许多批语,观其词意文笔,绝类一女子所批。兹举一二显例如下。《石头记》庚辰本第三回,"黛玉(中略)方欲拜见时,早被他外祖母一把搂入怀中,心肝儿肉叫着,大哭起来!当下地下侍立之人,无不掩面涕泣",蒙古王府本在此句上有批云:"此段文字是天性中流出,我该时不觉泪盈双袖!"又在同回稍后"(上略)你我怎不伤心,说着搂了黛玉在怀呜咽起来"句下批云:"不禁我也跟他哭起来。"读此两批,殊觉不类一男人口吻。盖"我该时不觉泪盈双袖"固已酷似一女人,而"该时"者事情发生之当时也,则此批者为当时参加其场合者之一,殊为明显。再则此事发生于宝玉回来之前,彼时贾母房中尚无任何一男人在场也。

一一八　蒙古王府本批语中之个中人

《红楼梦》第三回谈至宝玉之玉的来历时,蒙古王府本有一批语云:"他天生带来的美玉。他自己不爱惜,遇知己替他爱惜,连我看书的人,也着实心疼不了,不觉背人一哭,以谢作者!""一哭"已奇矣,而又"背人",则其自己惭恨,不欲人知也,甚明。又以一哭"以谢作者",则更可见批者之为"个中人"矣。甲戌本夹批云:"不知谁是个中人。宝玉即个中人乎?然则石头亦个中人乎?"凡此皆批者脂砚故作迷离惝恍之语耳。实则此批者当即裕瑞《枣窗闲笔》所言雪芹之叔,亦即敦敏《瓶湖懋斋记盛》中之"寄居寺宇"雪芹之叔,恐亦即蒙古王府本在第一回所批"庙中安身,卖字为生"之同一人也。

一一九　曹雪芹之佚著

据孔祥泽君一九七三年四月间为余言,曹雪芹之遗著今尚可踪迹求之者,有以下诸项。一、《瓶湖懋斋记盛》后半部。二、风筝图式扎法约二百种,每种均有图例。三、风筝歌诀约二百种。四、沙燕部分绘诀。五、风筝沿革。六、金石图章样式、边款拓本。七、《鸳鸯戏水锦》及其他几种编织图案。八、脱胎(《考工志》中有句云:"仿真借助脱胎法,薄用纸浆肖容颜",句下有注文论及脱胎工艺程序)。九、菜谱抄件若干条。十、印染部分谈及多种颜色,其中数种至今不确知为何色,如玉色、沉香色等。十一、又《废艺斋集稿》八种每种前均有序,他人之序文在前,曹之自序在后。十二、其外祖父之《考槃室札记》关于曹雪芹之记载。

一二〇　赵雨山抄摹考工志

余草《曹雪芹佚著及其传记材料的发现》一文,其材料皆由孔祥泽君提供,然余对孔君等于一九四四年许摹抄《南鹞北鸢考工志》时之情况及背景,均不详悉,遂于行文时予人以当初描摹《考工志》时以孔君为主要抄录者之印象。拙文发表后,经孔君于一九七三年二月十五日函告实况,始知当日抄摹时,实以赵雨山同志为主,而孔君为襄赞其事者之一。赵于一九六三年参观曹雪芹逝世二百周年纪念展览会后,慨然约孔君作追忆《考工志》及《废艺斋集稿》中其他部分之工作;并于一九六四年着手进行,一九六七年赵已病逝。据孔君函,赵家中尚存有《南鹞北鸢考工志》中歌诀之注解本,即《此中人语》一书。按《此中人语》乃雪芹以白话文说明风筝制法及画法者。赵名锡需,满族人,父奎绵号鹤延道人,在清末画家中,颇为知名。赵家世喜扎糊风筝,其家原藏之扎糊歌诀、尺寸注、《此中人语》等,至获见日人所购之《考工志》后,乃以之与后者互勘。赵语孔君,其原藏抄本之尺寸,较日人购得之《考工志》为详尽明确云。

一二一　曹雪芹谈风与风筝

孔祥泽君告以在《考工志》中,曹雪芹论风与风筝之关系云:北地多烈风,不似南方之多和风;北地干燥,南方阴湿。故在"架子"扎糊方法上,不能完全采用南方之"软翅法"。盖以其不禁烈风狂吹也。在曹雪芹助于叔度创造各类扎糊方法之前,北方只有几种简单扎糊方法,如硬拍子、软拍子等,或在风筝尾下坠穗子,其理仍同软拍子法。曹雪芹《考工志》中有云:北方"半日之间,风势时变,忽强忽缓,拍子之尾穗,亦必因之而易其轻重"。不便殊甚。雪芹有鉴于此,故据北方风势强弱变化之情况,创为"三停三泄"之硬膀扎法。由是知在乾隆中雪芹创此法前,北京无硬膀风筝。《考工志》说此法之便曰:"以上下两主条对扎,存其形而变其格,使受风泄风三停之法,三分以衡之,所以保稳于急剧之变,不为风力所限,而轻巧远胜拍子。虽突遇急风,亦不致倾斜颠覆也。"熟知风筝业者,谓此为一大改革。

一二二　哈魁明

孔祥泽君见告:哈魁明从事斯业已有三世之久。其祖父始以风筝为业,兼做勤行;至其父而以风筝见称。洎乎其本人,则仍兼做勤行。哈弟兄五人,皆能做一般风筝,惟魁明能制精致风筝。哈魁明原有其祖父传下之抄本曹雪芹风筝谱,闻其祖父系得之于陈氏。其本虽无雪芹稿本之全,但歌诀、尺寸注以及图式,则均与原样无殊。哈氏风筝于辛亥革命后一九二〇年至一九三〇年间,曾获巴拿马博览会之奖状。其所制瘦扎燕及一部分软翅,完全保存雪芹原样。孔君又告:曩者彼曾将赵雨山摹本,与哈氏所用之竹条的"制子"核对,其事在一九六四年。哈氏本因年久纸脆,已不完整,而一说已于一九六六年迷失云。

一二三　曹氏风筝传人

孔君又谈,在曹氏风筝之传人中,应以于氏(即于叔度后人)为主。于氏所制各种风筝从不走板,画法亦从不走样。然于氏固早已改行矣。北京制风筝者均以"扎燕"、"硬膀"为主,此正为雪芹所亲自创制一反前此之缀穗风筝者也。其有基本上为"扎燕"及"硬膀",但为各种变形,则亦皆为一源之支流。王四、王二弟兄之"瘦燕"与"细活",宋四之"小硬膀",善老台之"花风筝",其较著者也。

一二四　杨凤亭曾见废艺斋集稿

孔祥泽云:日人所购之《废艺斋集稿》曾在敌伪时期之《武德报》报社存放过。杨凤亭曾于一九四四年在该社见此八册书。余于一九六五年许曾为此事访杨于其半壁街住所,证实此说。顷闻杨已迁乡多年。

一二五　范健君曾见石头记抄本

据毛国瑶同志一九七三年十月十一日函告,其友人王春芳谓安徽来安县有人藏旧本《红楼梦》。又其戚范健君早年亦曾见一抄本,据悉此本尚存于安徽水家湖。惜范年事已高,不克亲往访求。

一二六　白家疃之历史地理

余之《曹雪芹佚著及其传记材料的发现》一文发表后,承侯仁之同志函告白家疃之历史地理情况,可以补充拙文。一、余文中曾言"山下有人工修整的一道长河(下略)",侯函云:此即密云水库修建后所凿的京、密引水渠,为现在北京市主要水源。二、又据六十年前旧图,贤王祠在白家疃村西头,东距村边尚有〔空地〕百余米。裕按:今之贤王祠旧址则东西皆有民居。曹雪芹之故居尚在贤王祠以西约百余米之石桥西南地带。然则其当时为"人到罕"(张宜泉诗句:"寂寞西郊人到罕")之地甚明。

一二七　曹雪芹在瓜洲

一九七三年五月六日,镇江江慰庐同志来书,告以读余之《曹雪芹佚著及其传记材料的发现》一文后,曾在镇江市探访耆旧,获知与曹雪芹有关传闻一则。据云,其友人某告以有沈君者,现年五十余岁,幼年读书于扬州,其先人则世居瓜洲镇。沈于两年前曾告其朋好,谓其家人存有世代珍藏《红楼梦》作者曹雪芹所绘之《天官图》一幅。据沈君云,乾隆某年,曹雪芹因事由北京去江宁,取道扬州、镇江。行至瓜洲,天气突变,封江停航。因之,曹被阻于北岸,滞留于瓜洲镇上。沈家当时为瓜洲之大姓,慕曹之名,延为上宾,热情款待。因宾主相得,雪芹遂留居一月有余,始渡江去江宁。行前,雪芹感主人盛情,遂作当时习见之《天官图》以贻之。沈家累世珍藏,视为瑰宝,并嘱后人妥为保存。沈幼年习闻此事,亲睹此图;年长仍不时取出展观。据云此画或尚在,惟不肯示人。按靖藏本《石头记》第四十一回有一眉批云:"妙玉偏僻处此所谓过洁世同嫌也瓜洲渡口劝惩不哀哉屈从红颜因不能枯骨□□□。"周汝昌同志校读此批后半为:"他日瓜洲渡口,各示劝惩,红颜固不能不屈从枯骨,岂不哀哉!"又《石头记》第五十四回庚辰本批语云:"细腻之极。一部大观园之文皆若食肥蟹,至此一句,则又三月于镇江上啖出网之鲜鲥矣。"然则,"瓜洲"、"镇江"固均见于批语。同年五月二十二日又得江慰庐同志函,谓沈君闻其先人历世口传,雪芹阻于瓜洲之年,系在曹北京老家"被抄"之后,"大火烧光"之前。又云:"封江"系因"秋霖连续"而非由于"风雪冰冻"。裕按:"北京老家被抄之后"云云,如指所谓"二次抄家",则其说迄今尚无实据。如指雍正年之抄家,则北京老家之被抄必在南京曹家被抄之同时,其时雪芹尚在稚年,何能有南京之行?至于所谓"大火烧光之前"云云,甲戌本《石头记》在甄士隐屋舍被焚之处有眉批云"写出南直召祸之实病"一语。"南直"者，南直隶也，实谓南京。然则"大火烧光"，其意谓南京有大火焚屋之事乎？惜又无从稽考。余谓雪芹南京之行，当在乾隆二十四年（一七五九年）。盖敦敏《芹圃曹君（霑）别来已一载余矣偶过明君（琳）养石轩隔院闻高谈声疑是曹君急就相访惊喜意外因呼酒话旧事感成长句》一诗，写于乾隆二十五年重九后，倘雪芹于二十四年夏末秋初去南京，恰为一年余，与瓜洲渡口因"秋霖连续"封江而不得渡之情况正相符合。又雪芹参与敦敏瓶湖懋斋之会，系在乾隆二十三年年尾。其时由香山迁往白家疃未及一载，而鬻画维生，饔飧已有时不继。虽尝协助其友人于叔度扎糊风筝于菜市口，然此实助人谋生，非救一己之窘况也。至翌年，经春、夏至秋，"困惫已久"；南京之行，或亦生计所迫耶？雪芹南行之目的，尚难断言。余以为，即使陆厚信"雪芹先生"之小像，一时不能确辨其为俞、为曹，然而雪芹之往晤尹继善固亦自有可能。盖尹继善、怡亲王允祥、弘晓既皆为雪芹先人遗留与彼之社会关系，而林孝箕、胡寿萱亦久有雪芹曾"巢幕侯门"之说。

一二八　曹雪芹富非所望不忧贫七字风筝

一九七四年十一月北京人民银行费同志以曹雪芹手书之"富非所望不忧贫"七字风筝摹本相示，余曾倩友拍照，存诸箧笥。按七字亦系《南鹞北鸢考工志》抄存者当日所描摹，盖《考工志》中物也。字迹风格与曹雪芹所书《考工志》自序略同。十余年前闻诸香山正红旗居民张永海传说，近年见于香山正白旗舒成勋壁上之一联云："远富近贫以礼相交天下少（张传作'有'），疏亲慢友因财而散（张传作'绝义'）世间多"，相传为鄂比赠雪芹者。其义与此七字风筝，适可互相发明。由此七字风筝之发现，可知董邦达《考工志》序所谓"以天为纸，书画琳琅于青笺"内中之"书"字，固非泛泛言之，乃真在天上写字也。曹雪芹以此种语句制为风筝，放诸天际，实表明其不求功名富贵、甘于贫困而不肯为封建统治者服务之政治态度。故此一风筝，实研究雪芹思想之有用材料，未可以其为"玩物"而忽之。

一二九　端方藏抄本石头记

王南石所绘曹雪芹小像,除乾隆时八人题句外,尚有近人褚德彝、叶恭绰等之题跋。近承魏绍昌同志抄示褚、叶及原像收藏者李祖韩所题三则。其中以褚跋较有助于考订《石头记》原本之故实。兹转录于后。"宣统纪元,余客京师,在端陶斋(方)处,见《红楼梦》手抄本,与近世印本颇不同。叙湘云与宝玉有染及碧痕同浴处,多媟亵语。八十回以后,黛玉逝世,宝、钗完婚,情节亦同,此后皆不相类矣。宝玉完婚后,家计日落,流荡益甚。逾年宝钗以娩难亡。宝玉更放纵,至贫不能自存。欲谋为拜堂阿,以年长格于例;至充拨什库以糊口。适湘云新寡,穷无所归,遂为宝玉胶续。时蒋玉菡已脱乐籍,拥巨资,在外城设质库。宝玉屡往称贷;旋不满,欲使铺兵往哄,为袭人所斥而罢。一日天雪,市苦酒羊胪,与湘云纵饮赋诗,强为欢乐。适九门提督经其地,以失仪为从者所执。视之,盖北靖王也。骇问颠末,慨然念旧,赒赠有加。越日,送入鸾仪卫,充云麾使,迄潦倒以终云。其大略如此。沧桑之后,不知此本尚在人间否?癸亥六月褚德彝。"按"癸亥"即一九二三年,所谓"沧桑之后",则指民国以后。脂批中早已明言:宝玉婚后弃宝钗之妻、麝月之婢而为僧。此本盖亦所谓"旧时真本"之属,其非雪芹原文之旧,甚为明显。然此本结末,以宝玉潦倒而终,非如高鹗续书之使宝玉考试中举,亦有足多者。

一三〇　孔梅溪实有其人

一九七五年六月得《文物》杂志社转来江苏盐城周梦庄先生函,承告以《红楼梦》第一回之东鲁孔梅溪实有其人。闻之殊为惊异。盖历来读者均以"孔梅溪"为雪芹假托之人物,并无其人。据周先生函称,其亡友李鹤仙旧藏孔继涵所书一联,上款书"南冈",下款署"梅溪孔继涵"。此联系周曾亲睹,虽未拍照,然随即记下,藏之箧笥,历有年所。余意既有目睹者当时之笔记,则殊少记忆错误之可能。周先生现年七十有五,少时即喜书画文物,其识别真伪,当亦可信。孔继涵字体生,号誧孟,又号荭谷,山东曲阜人,生于乾隆四年,死于四十八年,孔子六十九代孙,孔广森之叔。乾隆辛巳(二十六年)进士,官至户部郎中。孔深于三《礼》,尤精于天文算术及古文字之学。著有《红桐书屋诗集》四卷,《斲冰词》三卷,《微波榭遗书》六种,《算经十书》等。翁方纲曾撰孔继涵之墓志铭,见所著《复初斋文集》第十四;卢文弨有《孔荭谷户部哀辞(并序)》,见其《抱经堂文集》卷三十四。《国朝耆献类征》有传。周梦庄函云,李鹤仙藏孔所书一联上款之"南冈",即盐城徐铎。徐字令民,号南冈,乾隆元年(丙辰)进士。曾任山东按察使署布政使,提刑按察使。卒于乾隆二十三年。《济南府志》、《盐城县志》均载其事迹。邓石如有《徐南冈墓志》。徐之继妻薛氏所生之第三女许嫁孔继涵,未嫁而卒。孔继涵称徐南冈为外舅,故虽徐女早卒,而徐孔固翁婿之谊,李鹤仙所藏孔书一联似不伪。继涵号"梅溪",顷尚未见于他书,兹经粗检有关材料,有可资佐证者数事。一曰,孔继涵之别号不止"誧孟"及"荭谷"。卢文弨《答孔荭谷书》(壬寅,乾隆四十七年)首句称"日望"足下,是知此亦孔之别号,然非人所熟知。徐南冈既死于乾隆二十三年,其时继涵年二十岁,故"梅溪"当是其早年所用之别号,其后未必常用耳。其所以取此二字者,疑与其家山环境有关,盖"荭谷"、"梅溪"均可能为曲阜孔居之自然景物。二曰,"东鲁"一语,继涵亦尝用之。《斲冰词》中《怀人词》十四首《稻广文蒪溪䑽》有云:"乌篷白发寒江渡,陡牵惹归与赋;廿年东鲁惜相于,冷落酒瓢诗库。红亭阑外,乱山衰柳,是送君归路。(下略)"又曾用"齐鲁"一词。其《外舅徐方伯南冈铎》中有云:"(上略)年来齐鲁建旌旟,剩我伤心消息。(下略)"由是可知:"东鲁孔梅溪"之"东鲁"云云,其来有自。三曰,孔集中之杂文有与曹氏有关涉者。曹寅曾刻洪氏《隶续》。孔在其《杂体文稿》中,有《隶续跋》一文。又熊锡履于告后,居江宁,康熙曾屡嘱曹寅察其动静,并于其死后,命寅赠金。孔继涵为熊之外孙,曾撰《熊文端公年谱》。四曰,孔之相识,亦有与曹雪芹有关者,孔集中所提之周立崖,由敦诚之《寄大兄》书可知其与雪芹相识;钱大昕、钱载,则均曾为雪芹题像(王冈绘)。五曰,封建文人多持地主阶级人性论之观点读《红楼梦》,而喜其有关"风月"之描绘。此固不足以言知《红楼梦》,然事实则固如此。兹就孔之为人及其对某些事物之看法,证明梅溪可能即为继涵。(一)《斲冰词》有《忆昔(点绛唇)》二首,系继涵追忆少时事,句云:"忆昔儿时,相看都带相怜意。人前蓦地,悄悄肩偷倚。到得而今,多少嫌疑避!隔帘觑,佯装没意,强捺盈盈泪。""绿暗平桥,个人家住垂杨下。双逢未知,曾绾秋罗帊。携手偎肩,姊妹都无价。今休也,姮娥新寡,怕记当年话。"此言情也。又有《蛩》云:"问王孙,有愁多少,向人狠叫何益!兼之断续迷离久,还有低低叹息。真不必,惹滴尽多情红泪相思汁。夜凉人寂,对箪影如秋,月轮似水,魂梦愁山驿。(下略)"此善感也。如此多情善感之孔继涵,其在十三回秦可卿赠凤姐"三春去后诸芳尽,各自须寻各自门"两句上端,眉批:"不必看完,见此二句,即欲堕泪!"(下署"梅溪",见庚辰本),又何可疑!余固曰,批此语之"梅溪"即东鲁孔梅溪,亦即孔继涵也。(二)孔继涵笃于友谊。《国朝耆献类征》称其"与人交,缓急补助无矜色"。卢文弨《孔㨾谷户部哀辞》序云:"其厚于朋友也,不以死生易节。东原戴君既殁,为版行其遗书,无有散失,士林尤高其义。"(见《抱经堂文集》卷三十四)《哀辞》中有云:"美交道之不渝兮,信臭味之相投。"(同上)如此笃于友谊之孔继涵,其结识贫困落拓之曹雪芹,似无足异。(三)孔继涵论诗见解,亦与雪芹相近。《红楼梦》中黛玉论诗重"意趣真",宝钗谈诗亦主发抒性情,皆反对写诗为格律所束缚。此虽出诸书中人物之口,然皆雪芹之诗论也。孔继涵之《红榈书屋诗集》中有《论诗十首》,其第九首云:"风雅歌诗试再赓,何曾俳字复谐声?戏拈三百篇中句,不过讴吟见性情!"此与雪芹论诗,如出一辙。如此见解之孔继涵,其与雪芹"交道",讵能不"臭味相投"哉!或谓继涵年龄较雪芹小,何得为友乎?曰:继涵游京师甚早,且集中有十五岁时句,颇可观。其与雪芹结识,则当在乾隆十八年(癸酉,一七五三)至二十八年之间。孔继涵较明义大一岁,明义尚可结识雪芹,继涵有何不可?至于继涵如何与雪芹相识,则有二点,可资参考。一、陈迩冬先生昔年考得《红楼梦》五十三回书"贾氏宗祠"四字及"肝脑涂地兆姓赖保育之恩,功名贯天百代仰蒸尝之盛"一联之"衍圣公孔继宗"(见庚辰等早期抄本,程、高本改为"翰林院掌院事王希献书"),即继涵之兄孔继涑。(见一九六二年九月八日《光明日报》)周梦庄先生致余函中,亦及此意。则雪芹与孔氏弟兄,似皆相识。继涑字体实,一字信夫,号谷园,又号葭谷,雪芦子,为当时名书法家张照之婿。继涑亦工书法,据周先生函称:"雪芹写《红楼梦》时,孔继涑的书法已经誉满齐鲁,声动京华。"乾隆二十年,继涑年约三十岁,雪芹四十一岁(照另一说,则三十二岁)。雪芹既与彼相识,则以"孔继宗"之假名,援之入书,亦意中事。而继涵之识雪芹,或即以其兄之故乎？二、孔继涵集中与其唱和者有吴揖峯其人,颇疑揖峯即"吴玉峯"。据孔集,揖峯能诗文、嗜酒,生活落拓,不拘形迹,又尝客居东鲁,与继涵为邻。试观继涵集中诗词可知。其《访吴揖峯》有云:"街头露雨泥滑滑,东舍西邻塌茆屋。冒雨敲门破清晓,来索先生新诗读。先生拥被门不开,苍苔一地无人来。阿谁搅乱蓬蓬梦,履齿丁丁上石阶？"《次韵答吴揖峯(一落索)》云:"莎根絮絮蚤声众,石棱砖缝。古今谁记酒人踪？城外双翁仲。荷插陶家可供。一生断送。同他厮趁蝶和蜂,作半窗、花中梦。"《答吴揖峯》云:"草杀秋芜百卉萎,旧怀新句脆玻璃。凉生客馆单衾下,梦到梁溪藕叶西。碧玉细倾杯底月,金虫编缀木中犀。同君共唱清秋曲,酒罢扶床一再稽。"又《中秋戏柬吴揖峯》云:"月明如水浸秋城,别馆新歌入破声。堂上卷帘弦索闹,筵前烧烛酒船行。不知夜急星河转,可似论文口舌争？怪煞闭门高独寐,西斋壶矢自铮铮。"吴揖峯"题曰'红楼梦'句",观其词气,盖系作者不便直书其名而以"玉峯"代"揖峯",则继涵因吴揖峯而识雪芹,固较揖峯因继涵而识雪芹之可能性为大。余以为第一回正文中之孔梅溪、吴玉峯、脂砚斋(吴、脂二人只见于甲戌本)、空空道人,批语中之棠村(见于甲戌本及靖藏本十三回批),皆实有其人。由此可知曹雪芹固有较多交游。此外,尤当重新考虑者为:甲戌本第一回"出则(此'则'字当是'处'字,因草书相似,为抄者误抄为'则'字)既明"以上之一大段文字,究系何人所写之问题。盖该段文字语气皆为第三身,谓为雪芹、为脂砚所写,似均未妥。且也,一则曰"至吴玉峯题曰",继又曰"至脂砚斋甲戌再评",时间线索殊为混乱,颇疑"至脂砚斋甲戌再评"为时较早,而"至吴玉峯题曰"、"东鲁孔梅溪题曰"、"后因曹雪芹于悼红轩中披阅十载"等语均在后。否则,若据字面计算,则雪芹之撰《红楼梦》当在甲戌之前十年,此法固甚易易;然终疑乾隆八年雪芹即初草《红楼梦》(俞平伯说),为时过早耳。

一三一　雪芹早年在苏州之见闻

余于一九七四年五月去沪,初识陈从周同志。从周告以吴中故老传说,谓曹雪芹曾游拙政、狮子林诸名园。未几余去苏作三日游,得参观苏州第十中学,盖该校址旧为苏州织造府。其地旧时庭院,固已无存,然院中有小池,池中立高丈余之花石纲,虽高大而玲珑,相传为宋代遗物。清初李煦居此时,此物应即在斯池。又有碑亭一,内有碑二,惟因十中以修建剩余之木板、木椽,填满该亭,以致一时无法得读其碑文。按清康熙间吴县孙珮曾编《苏州织造局志》一书,记该局之沿革、职员、官署、机张、工料、缎匹、宦绩、人役、祠庙等甚详。书尾殿以"杂记"。此书不惟与研究曹寅、李煦时之织造府有关,抑亦《红楼梦》一书之社会经济背景史料。其中载工人之分工、织品之精粗甚详。尤其"杂记"一项中所载工人因受重重剥削压迫,无所趁食,集众二千余人,推昆山之葛成为首,有组织地暴动,捶毙奸商污吏,实清初资本主义生产关系萌芽时期之市民运动材料也。又同年八月陈从周同志寄余顺治四年之《苏州织造局图》拓片一幅,其房屋图上端有题记,谓该局址原系明周戚畹所有,后改建为织造局衙宇及机房,由是知织造局亦附设机织工场之车间。余意苏州如此,南京亦必同之。然则,雪芹幼年有接触纺织、印染工业之机会,又何可疑?

一三二　辽东曹氏宗谱

数年以来多有以曹雪芹之家谱相询者。余所见曹氏家谱有二,然实为一谱。其一为一九六三年八月十九日在故宫博物院文华殿获见之《辽东曹氏宗谱》,乃曹氏家族送交有关部门者。其二为一九七二年余归自皖北,曹氏后人曹仪策同志见假者。前一谱即仪策之弟所献,此谱即前谱之底本也。余曾借阅此谱近月余,与一九六三年所见之本,大致相同。(裕按:该谱载曹氏数房世系,远溯宋代。曹寅一支为第四房,寅"生二子,长颙,次頫"。此则殊与由故宫发现之康熙手谕获知頫为"过继"之材料适相乖违。又颙子为"天佑",下注云:"官州同。")该谱至曹天佑而止,为十四世。谱中并无雪芹消息也。兹将底本自九世至十四世之世系抄录如下,以供参考:"九世:锡远。从龙入关,分入内务府正白旗,子贵。诰封中宪大夫,孙贵。晋赠光禄大夫,生子振彦。十世:振彦。锡远子,浙江盐法道。诰授中宪大夫,子贵晋赠光禄大夫,生二子,长玺,次尔正(原注:'一谱作鼎。')十一世:玺。振彦长子。康熙二年任江南织造,晋工部尚书,诰授光禄大夫。崇祀江南名宦祠,生二子,长寅,次荃。尔正(原注:'另谱名鼎')振彦次子,原任佐领,诰授武义都尉,生子宜。十二世:寅。玺长子,字子清,又字楝亭。康熙三十一年督理江宁织造。四十二年巡视两淮盐政,累官通政使司,通政使。诰授通政大夫。(裕按:中记曹寅著作从略)崇祀江南名宦祠,生二子,长颙,次頫。荃,玺次子,原任内务府司库,诰授奉直大夫。宜:尔正子,原任护军参领兼佐领。诰授武功将军,生子颀。十三世:颙。寅长子,内务府郎中,督理江南织造,诰授朝议大夫。颀:宜子。原任二等侍卫兼佐领,诰授武议都尉。十四世:天佑,颙子,官州同。"曹氏家谱,至是而止。曹仪策之先人与曹寅一支不同房,据云,此谱之外,尚有一类似表格之谱,其中某些加注,反较正谱之内容为多。惜已于一九六六年遗失。仪策精于工艺美术,所制面人,小者不盈寸,脸庞、衣着、姿态,栩栩如生。又长于制铁画,亦见巧思。历届全国工艺美术展览,均展出其作品。

一三三　东观阁新增批评绣像红楼梦

一粟《红楼梦书录》所著录之《红楼梦》东观阁刊本,始于《新镌全部绣像红楼梦》。其扉页背面题曰:"《新镌全部绣像红楼梦》,东观阁梓行。"时在嘉庆何年,一粟未详。后又于嘉庆十六年重印,扉页题:"嘉庆辛未重镌,文畬堂藏板,东观阁梓行,《新增批评绣像红楼梦》。"裕按:道光壬午东观阁又曾重镌此书,扉页云:"道光壬午重镌,东观阁梓行,《新增批评绣像红楼梦》。"此则一粟之所未睹。余自皖北归来后,晤某旧友于其寓舍,乃以此书见贻,盖彼之友人某同志于一九五三年十一月五日购于朝鲜开城市军次者也。细审全书,错镌之字句甚多。然倘将错字改过,则大致为一程甲本,故亦可贵。

一三四　雪芹题程邃画

一九六三年至一九六四年间,北京荣宝斋举行画展,展出明清作品颇多。其中有署名"垢道人"所作画一幅。垢道人姓程名邃字穆倩,康熙时人。画为石,石上有一枯枝。题句者亦不少,有一单行题字,末署"曹霑",朱文印一,亦如之。胡文彬同志获知此项消息于韩度权同志。当时韩同志正任职于荣宝斋,并曾参与展出事。据韩云:彼不知曹霑为何人,当时询诸顷已忘其谁氏之某人,其人以"曹霑乃曹雪芹之叔"相告。迨事过已久,韩君乃知霑即雪芹。据悉该画收藏者为章孝滨,曾在清末任大理寺平章,民国时任驻俄伊尔库斯克领事。回国后居北京,广搜古董古画,所得颇有珍品。曾自名其居曰"志仁博物馆",以供参观。闻章已于前数年逝世,无嗣。据云,其所藏已于其生前捐赠国家,则雪芹所题此画应尚存于天壤间也。又闻人民美术出版社之萧君于上述展出时曾将其中作品选择摄影,特不知雪芹所题此画被拍照否耳。

一三五　崇外卧佛寺续闻

崇文门外卧佛寺在花市附近。卧佛长一丈二尺,又有十二小佛环立其背后。据传寺无碑记,仅有一廊一铁钟,明正德戊辰(三年,一五〇八年)铸,称妙音寺。其地虽稍偏僻,然究属闹市。雪芹居此未久即迁往香山,以其生活情况逐渐下降,无力城居故耳。

一三六　刚丙庙续闻

余于一九五四年许闻邓之诚先生言,刚丙庙在燕京大学东大地。兹据《北京指南》,明刚丙庙及其墓在颐和园东宫门南偏,古庙巍峨。殿二重,后殿三楹,中有尖顶圆封墓一座,周数十武。相传为明司礼监刚丙瘗骨之所。殿前悬墨迹"清水传真燕王遗像"广颡丰颐,髭长尺余。裕按:刚丙庙若在此地,则脂批中之批者畸笏住香山一带,似有可能。盖据批语中之"近闻刚丙庙(下略)"一语,殊不类近在咫尺之口吻。

一三七　传雪芹曾数度去苏州

徐恭时同志所撰《芹红新语》载,闻诸姑苏故老相传,曹寅、李煦先后任苏州织造时,正值拙政园散为民居。该园曾一度归曹寅,后为李煦家属居住。当时园中除少数"主人"外,尚有"仆妇、丫环"甚众。曹雪芹十岁前后,曾由南京随其家属数度去苏州,住拙政园。裕按:若此说果确,则雪芹屡去苏州之年纪,当在十二、十三岁时。然则,大观园之蓝图,如其求诸北京之恭王府,何如求之于苏州诸名园哉!

一三八　香山之一拳石与石上松

一九七五年一月画家张正宇与其友人冯其庸等去香山及白家疃访曹雪芹西郊之故居遗址,邀余偕往。至卧佛寺沟口之正白旗,晤舒成勋君,遂请其同往樱桃沟。舒君告余,沟之高处有"石上松",据传曹雪芹之写"木石前盟"与此有关云。余初闻未甚置意。迨亲睹之,亦以为异。石高四米许,阔约两米许,略成圆形。石之中部有裂缝,由下至上,缝之宽处约半尺，窄处二三寸耳。有柏一株，视之似生于石上，实则其根贯通此石深植于石下土中。树虽为柏，而人呼之为"石上松"。松之切面直径约尺余。当地熟悉《红楼梦》故事者谓雪芹当时因睹此"石上松"而得启发，遂创为"木石前盟"之说云。余则以为此"石上松"始生于何年，顷尚不知；倘非二百余年前物，则此说固不经。即令其产生于雪芹迁居香山之前，而雪芹目睹此"石上松"否，亦无法获知。即曾睹之，然受否其"启发"，亦难臆断。三月间，吴德安同志来告，香山饭店之上，去森玉笏途中，有一石镌曰"一拳石"，并以为此词或与曹雪芹《题自画石》诗之首二句"爱此一拳石，玲珑出自然"有关。遂于三月二十五日与德安同志同赴香山。至半山，乃见此石，则"一拳石"三字，赫然在目。邻近诸石如"春雪秋鸿"等等，皆乾隆所题，或在甲子即九年，或在丙寅即十一年不一。惟"一拳石"三字既无题者，亦无年代；其字则颇肖弘历笔迹。或曰：若此三字果镌于乾隆九至十一年，无论其为弘历所书与否，亦均有可能成为雪芹写作之资料。余亦以为永忠所谓"都来眼底复心头，辛苦才人用意搜"，盖雪芹所"用意搜"者，固不限于社会事实而已；自然景物，亦必在其搜求之列。若青埂峰虽系设想之景物，然吾谓其"设想"亦自有真实景物为素材。由此推论，有人认为雪芹"木石前盟"之说与"石上松"有关，亦非绝无可能。至"一拳石"之称，则初非专指某石，故殊不易与《题自画石》诗相联系。余所闻所见如是，姑志于此。

一三九　席振瀛谈曹雪芹故居

一九七五年四月二日与吴德安同志往访香山正黄旗之席振瀛君。席年六十余，少时在香山读中学，毕业后，值白家疃之小学创始，彼即任教该校。据席君言，曹雪芹并非"拨营归旗"之人。又因抄家，亦绝无旗人例米例银之收入。此种人往居香山亦无公家之房屋可住，而须自己赁居。席君又云，雪芹初居镶黄旗西营上之公主坟一带。其地为通往玉皇顶庙必经之路。公主坟在各营之外，为一般居民所住之地。其后有可能移居正白旗。又云曹在香山屡次迁移,所以然者,即缘无自己之房屋。至二十三年雪芹始获白媪等人之助,在白家疃自己"结庐"。据席君所知:以前各旗均有小街道,小生意。雪芹初来时,识人不多,后因时去茶坊酒肆,相识始多。迁正白旗后常与其友人相聚于峒峪村关帝庙前之酒肆。席对近年传出正白旗舒成勋壁上诗中之"抗风轩"一词,则云其地确有一来自地藏沟之风口;但题诗不必即为曹手笔。盖当时不满之人,固非曹一人而已。且鄂比赠曹之联语"远富近贫以礼相交天下少,疏亲慢友因财而散世间多"写成棱形,固不足怪;而末加"真不错"三字,则可证其绝非曹之手笔。故谓舒屋为雪芹所居,似未可信。如谓雪芹住正白旗时,其居处毗近舒居,则有可能。舒之先人于乾隆间曾为瑟夫,或与曹等相识,故书鄂比赠雪芹联于其壁上,亦意中事。席与张永海亦熟,张逝世后,其子迁往门头村。

一四〇　清乾隆时国子监有助教

清代乾隆时国子监有助教之设。《清实录》乾隆四十三年夏四月:"国子监助教吴省兰,助教张义年,学问尚优,且在四库馆校刊群书,颇为得力。俱着加恩,准其与本科中试举人,一体殿试。"

一四一　曹寅女之生年

据康熙四十五年八月初四日、十二月初五日、四十七年七月初五日曹寅奏折,知曹寅之女嫁与镶红旗王子为福金。按此王子即纳尔苏。纳尔苏生于康熙二十九年九月十一日,死于乾隆五年九月,年五十一岁。康熙四十年袭多罗平郡王,时年十二岁。曹寅四十五年十二月折称:"前月二十六日,王子已经迎娶福金过门",则纳尔苏婚时为十七岁。论者每谓曹寅女年龄不易考,今以纳尔苏之婚年衡之,则曹女嫁时至多十七岁,不可能再多,少则十六、十五岁。再以福彭之生年证之,福彭生于康熙四十七年六月十六日,为寅女所生第一子,亦纳尔苏第一子也。曹寅于康熙四十七年七月初五日奏折云："臣接家信,知镶红旗王子已育世子",年份亦相符。至于六月、七月之差,则北京与江宁通信周转较慢之故;且寅之京家对生世子事未必立函,寅得家书后亦未必即奏耳。纳尔苏之第三子福秀,雍正八年,为三等侍卫。第六子福靖,乾隆二年封奉国将军。第七子福瑞,均为寅女所生。福秀死于乾隆二十年,福靖死于乾隆二十四年。则曹雪芹与其姑丈家之关系,尚不能谓乾隆十三年福彭死后即断也。以上情节均符,故寅女之生年之推测,当无大误。

一四二 曹颙子生于苏州说

曹颙之遗腹子生于苏州之传说,系余于一九七四年在沪得闻于陈从周同志者,从周则闻之于吴中故老。今细读故宫博物院所刊之曹寅、曹颙、曹𫖯及李煦奏折,觉此传说,亦殊有据。曹颙于康熙五十四年死于北京,时曹𫖯、李煦均在京,并拟"将曹颙灵柩出城暂厝祖茔之侧"(据李煦康熙五十四年正月十八日及三月初十日折)。颙妻马氏则在江宁,已怀妊七月,恐长途劳顿,未能北上奔丧(据曹𫖯康熙五十四年三月初七日折)。李煦折中亦及此事,并称马氏亦"望阙叩头谢恩"云。按曹颙,李煦甥也,马氏倘生子,则其外孙也,关系极近。江宁织造府主人,既已非马氏之夫而为曹𫖯,则马氏以新遭夫丧,亦有所不欲居其故地耳。若此,则李煦接马氏去苏州织造府,亦意中事。

一四三 松枝茂夫教授晤高见嘉十

日本《读卖新闻》于一九七五年四月二十九日载:早稻田大学教育系教授松枝茂夫曾于一九七三年冬晤一九四四年在北平主持抄摹《废艺斋集稿》中《南鹞北鸢考工志》之高见嘉十教授。高见住富山县上新川郡大泽野镇,年已八旬。据高见云,彼记得在北平时曾嘱一中国学生摹写该稿,并亲为修改其不准确处云。余于一九七三年冬,得《红楼梦》之日文译者伊藤漱平先生函,告以高见嘉十之住址。其后知高见已于一九七四年五月十五日逝世,年八十余岁。松枝茂夫访高见之消息,《参考资料》亦译载其事。即此一端,已足证明《集稿》之不伪。一九七八年余两次南行至南京、扬州、瓜洲、三汊河、镇江、无锡、苏州、上海、杭州各地,所获之口碑、文献及文物颇多,足证《废艺斋集稿》之为曹雪芹所著。此意大略见于余之《曹雪芹丛考》(上海古籍出版社)中,其详则均见于现正属稿之"南行访求曹氏逸事随记"。

一四四　野心应被白云留句所本

张宜泉有《题芹溪居士》一诗,诗云:"爱将笔墨逞风流,庐结西郊别样幽;门外山川供绘画,堂前花鸟入吟讴。羹调未羡青莲宠,苑召难忘立本羞。借问古来谁得似?野心应被白云留。"评《红》以来,解此诗者颇多,惟末句"野心应被白云留"迄今无人指其出处,仅从字面诠释。按五代时之陈抟,入宋至太宗时,一再召之。抟隐居华山,终不肯仕。其再辞表中有云:"九重仙诏休教丹凤衔来,一片野心已被白云留住。"张诗即源于此,义至明显。周汝昌谓"野心"之"野",系指魏野,未安。宜泉终视雪芹为隐逸者流,此诚不足以言知雪芹:盖雪芹固非出世,观其晚岁与手工艺人相与,何尝有消极之想耶?

一四五　雪芹所见之如意平安图

一九七五年十月为友人董理古籍,见《大公报艺林副刊》数十份。偶于一九六五年二月十四日第三版之《艺林》获睹《元人如意平安》一幅,细审该刊并无文字涉及此画。"编者白"中,亦无一语及之。画为一胆瓶,瓶内插荷花两枝,含苞未放者一,衬以荷叶三。叶下有小竹数枝,亦插于瓶内。瓶旁有盆,盆内盛一灵芝。盆下一托盘,盛佛手等果。至"如意平安"小字则系编者所加,原画印迹模糊,不能辨其有无题字。右上方阳文印一小方,左上方圆形阴文印一方,左侧中阴文印一方,又下似有一椭圆阴文印一方,均不能辨识其文字。按此与曹雪芹于乾隆二十三年腊月二十四日在敦敏之懋斋所见署李龙眠绘之《如意平安》全同。当日雪芹与董邦达衡论时,已断为非李龙眠作,而为明人效元人之作。然则,此《元人如意平安图》也,其雪芹所见敦敏所藏《如意平安》之原画耶?若然,则此画亦可旁证抄存者所述之《瓶湖懋斋记盛》大致不妄。

一四六　孙悟空与贾宝玉

《西游记》第七回"八卦炉中逃大圣,五行山下定心猿"中述悟空对如来云:"他(按指玉帝)虽年幼修长,也不应久占在此地。常言道:'皇帝轮流做,明年到我家。'只教他搬出去,将天宫让与我,便罢了。若还不让,定要搅攘,永不清平!"按此实反映作者反对"君权神授"、皇帝世袭之思想。书中主要人物之悟空,其大闹天宫为行动,此则其政治思想也。悟空之行动为暴力的,其言论则为明朗的。《红楼梦》中之主角贾宝玉则不然。宝玉之言行不惟反对封建考试制度、婚姻制度,且亦反封建皇权,此则诸家言之甚详。然其行动固极委婉周旋,其言论亦隐晦曲折,粗心读者,未能一读即了然耳。

一四七　雪芹此中人语一书之用意

曹雪芹之《南鹞北鸢考工志》中有风筝歌诀,系以韵文为之。雪芹为便于"废疾无告"之"穷民"学习,尚有口语说明之书曰《此中人语》,闻此书顷尚藏于赵雨山后人处。据孔祥泽君言,《废艺斋集稿》八种中,除图章及烹调两种外,其余均有《此中人语》。今按"此中人语"一词,亦有所本。陶渊明之《桃花源记》中有云:"(上略)停数日辞去。此中人语云不足为外人道也。(下略)"意者雪芹亦以流寓荒村贫困无告之人为"此中人"乎?

一四八　上元县志中之曹玺传

一九七六年尾,冯其庸同志来访,以两《曹玺传》见示,意至可感。其一为唐开陶等修纂之《上元县志》。该志刊于康熙六十年。《传》云:"曹玺字完璧,其先出自宋枢密武惠王彬后,著籍襄平。大父世选,令沈阳,有声。世选生振彦,初扈从入关,累迁浙江盐法参议使,遂生玺。玺少好学,沉深有大志;及补侍卫,随王师征山右有功。康熙二年,特简督理江宁织造。织局繁剧,玺至积弊一清;干略为上所重。丁巳、戊午两年陛见,陈江南吏治,备极详剀,赐蟒服,加正一品。御书'敬慎'匾额。甲子卒于署,祀名宦。子寅字于(裕按:当作'子'字)清,号荔轩。七岁能辨四声。长偕弟子猷讲性命之学,尤工于诗,伯仲相济美。玺在殡,诏晋内少司寇,仍督织江宁,特敕加通政使持节,兼巡视两淮盐政。期年,疏贷内府金百万,有不能偿者,请豁免,商立祠以祀。奉命纂辑《全唐诗》、《佩文韵府》,著《练(裕按:当作'楝')亭诗文集》行世。孙颙,字孚若,嗣任三载,因赴都染疾,上日遣太医调治,寻卒。上叹惜不置,因命仲孙頫复继织造使。頫字昂友,好古嗜学,绍闻衣德。识者以为曹氏世有其人云。"

一四九　江宁府志所载雪芹家世

曹玺之另一传见于康熙二十三年于成龙修纂成书之《江宁府志》抄本。《传》云:"曹玺字完璧,其先出自宋枢密武惠王裔也。及王父宦沈阳,遂家焉。父振彦,从入关,仕至浙江盐法道,著惠政。公承其家学,读书洞彻古今,负经济才,兼艺能射,必贯札。补侍卫之秩,随王师征山右,建绩,世祖章皇帝拔入内廷二等侍卫,管銮仪事,升内工部。康熙二年,特简督理江宁织造。江宁局务重大,黼黻朝祭之章出焉,视苏、杭特为繁剧。往例收丝,则凭行佮,颜料则取铺户,至工匠缺则佥送在城机户,有帮贴之累,众奸丛巧,莫可端倪,公大为厘剔。买丝必于所出地平价以市,应用物料,官自和买,市无追胥,列肆案(安)堵,刱立储养幼匠法,训练程作,遇缺即遴以补,不金民户,而又朝夕循拊稍食,上下有经,赏赉以时,故工乐且奋。天府之供,不戒而办。岁比侵,公捐俸以赈,倡导协济,全活无算,郡人立生祠碑颂焉。丁巳、戊午两督运,陛见,天子面访江南吏治,乐其详剀,赐御筵,蟒服,加正一品,更赐御书匾额手卷。甲子六月,又督运,濒行,以积劳成疾,卒于署寝。遗诫训诸子图报国恩,毫不及私。江宁人氏,思公不忘,公请各台崇祀名宦。是年冬,天子东巡。抵江宁,特遣致祭。又奉旨以长子寅仍协理江宁织造事务,以缵公绪。寅敦敏渊博,工诗古文词。仲子宣,官荫生,殖学具异才,人谓盛德昌后,自公益验云。"此两稿系近日所发现,余以为其中有新材料可供考曹氏家乘者:一曰曹玺次子名宣;二曰曹颙字孚若,卒于京师,康熙日遣太医调治;三曰曹頫字昂友,"好古嗜学,绍闻衣德"。

一五〇　雪芹在宗学之一解

一九七六年三月初四日,石昕生同志由无锡来京,与谈《红楼梦》,彼对敦诚由喜峰口《寄怀曹雪芹》诗中之"且著临邛犊鼻裈"一词,别有新解曰:曹在右翼宗学系任厨师之类工作。余意以词义言,长卿当日固与文君操此业,然终觉不类雪芹之所司。姑志此一解,以供参考。

一五一　康熙自谈南巡

近见《康熙御制文集》第三集所载关于南巡事,颇有足资考订史实者。文曰:"朕每至南方,览景物雅趣,川泽秀丽者,靡不赏玩移时也。虽身居九五,乐佳山水之情与众何异。但不致旷日持久,有累居民耳。所以一日即过者,亦恐后人错借口实,而不知所以然也。至于荣荫湾之行宫,乃系盐商百姓感恩之诚而建起,虽不与地方官吏,但工价不下数千。尝览《汉书》,文帝惜露台百金,后世称之,况为三宿所费十倍于此乎!故作述怀近体诗一首以自警,又黏之壁间,以示维扬之众。"按此行宫在扬州江天寺,虽名为盐商捐资所建,实江南地方官集资为之。盖曹寅、李煦即各出两万金。然其向康熙上报则曰建费为数千金而已。张符骧有竹枝词言及此事云:"三汊河干筑帝家,金钱滥用比泥沙",可为写照。

一五二　薛素素自绘照

一九七六年夏,余获睹一薛素素自写小像。长不盈尺,阔六寸许,宣纸虽旧,而保存整洁。画中一长案,案上笔筒,内插笔三支,砚一,其旁有小笔山,亦置一笔,小水盂一,书卷三轴,有锦面。笔筒之旁一瓶,内插孔雀尾二只。素素坐于桌旁之瓷礅上,双手展一白卷,似构思拟即着笔制画者。其左方有"戊戌春日薛素素自写"九字极纤细之小楷。其下一阳文篆章曰"素心人"。"素心"二字与"人"字,各占印之半。画之上下有约二分之浅蓝淡红组纹之绢边。淡青色素绢裱。左右下三端均有题诗。有甲子六月丹徒丁传靖、甲子伏日汉阳周贞亮、甲子七月毕节路朝銮、甲子夏五萧方骏及甲子长夏张□□等诗。诗均封建文人题名妓照之老套,无关稽考史实。按各诗均写于甲子,即民国十三年(一九二四),盖此像收藏者于是岁出图乞题者也。邓之诚之《骨董琐记》亦载有"薛素素小像"一则,谓系绢本,高一尺八寸七分,宽七寸二分,画阑边,石竹下有钩叶兰,自题小楷云"玉箫堪弄处,人在凤凰楼"云云,显非此像。然则素素自绘小像非一,余所睹者,或其别本欤?抑好事者之戏笔耶?素素本一妓人,特其所用之脂砚与《红楼梦》作者有关,故草此则,以志故实耳。

一五三　出则既明

甲戌本《石头记》第一回,在"满纸荒唐言"一诗后,"至脂砚斋甲戌抄阅再评仍用'石头记'"句下云:"出则既明,且看石上是何故事。"按"出则既明"应作"出处既明"。盖上文交代一下《石头记》出处,以下即入正文,意极明显。即以书法证之,"则"字与"处"字草书形近,故抄者误"处"为"则",其后过录,遂相沿此误耳。近之校本或谓"出则既明"可通,余殊以为不然。

一五四　题王冈绘雪芹像诸人

近检乾隆时人杂记,知蔡以台与董邦达熟。《藤荫杂记》卷十页十载:己卯(裕按:乾隆二十四年)重阳前一日,董邦达曾邀蔡同游陶然亭。又清人笔记言:蔡微时"赤贫至孝,无以为养,将鬻妻。其夫人不忍拂,请行。抵富家白其故,乞改执爨役。主人感动,遂如请。一日,召墨客人书斋,适遇夫人,相对泣。主人骇诘之,知客即蔡也,乃送还夫人。未几,蔡联捷会状,屡典文衡。激励寒酸,现身说法,初不以此事为讳"。《国朝先正事略》称陈兆崙:"观政海疆,非其好也;益发为诗歌以自洒濯。及召试入词林,荐登卿寺,官至通政使,入直上书房,兼尹顺天,而意致萧散,有山泽间仪。"钱大昕"官侍读学士,特命入直上书房,授皇十二子书。(中略)上深知其学,行将大用。而先生淡于荣利,以识分知足为怀;慕邴曼容之为人,(中略)奉讳归里后,即引疾不出。嘉庆四年,仁宗亲政,垂询先生里居状,廷臣寓书劝还朝,皆婉言报谢"。(亦见上书)倪承宽有《赠方俊官》诗云:"落拓江湖鬓欲丝,红牙按曲记当时;庄生蝴蝶归何处?惆怅残花剩一枝!"俊官名兰如,吴人,为庄本淳所狎,有"状元夫人"之号。己卯入都,学士已殁;憔悴自伤,门前冷落。载此事之《藤荫杂记》谓:"承宽诗语无泛设云。"裕按:以蔡之少微,陈之萧散,钱之淡泊,倪之"解风月",其为曹雪芹画像题诗,为极自然之事;况即非与曹相识,亦可由董邦达之介而题曹像。御用文人胡适,妄自尊大,平时高据要津,罕与泉林之士相接,其所存之甲戌本《石头记》,尚须售者一再往洽,始行购置。至于深入民间,广搜雪芹佚著、遗墨及有关史料,则更非所望于胡者矣。故余谓:胡适当时未能广征与《红楼梦》及其作者有关之文献,以致此种重要材料,湮没无闻,彼不得辞其咎。王冈绘像出,胡适首唱反调,谓为赝品。其所持之理由则以为

"钱大昕、钱载、陈兆崙几位大名士"绝不会为"晚年过那'蓬牖茅椽,绳床瓦灶'生活的《红楼梦》作者"题照。信乎崔东壁之言曰:"人之情好以今度古,以己度人。"若使胡适置身乾隆时诸"大名士"之列,其不能为雪芹题照固矣;惜上述之蔡、陈、钱、倪等在此等处,与胡适有殊耳。余意题像者共十人,有志研究此问题者,何妨遍查其余诸人之材料,以辟胡说。晚近治《红》学者仍有既无视新材料中所见曹雪芹之社会关系,又转从胡说而疑王绘之雪芹小像,其所持之理由则曰:"至于王绘,据传题跋者陈兆崙等十人,其大多数是上书房诸师傅,雪芹如作小照,何以找这些'翰林公'题诗,岂不令人诧异?"(见周汝昌《红楼梦新证》,一九七六年版七九四页)按此所谓"'找'这些'翰林公'"之"找"字,其实无据。余意自乾隆二十三年腊月二十四日董邦达与曹雪芹于懋斋会后,画像即可由董建议,题像亦可由彼代倩。盖董固与雪芹有旧,且伤其遭遇;而题像诸人,或与雪芹相识或不相识,钦其才调即可为其小像题句耳。

一五五　裕瑞之枣香轩文稿

裕瑞之《枣香轩文稿》近年由潘君重规得之,并影印于香港,其中附余昔年所睹瑛宝为裕瑞绘之《风雨游图》及《枣窗闲笔》原稿各一页。卷首有潘撰之《影印枣香轩文稿序》,序中颇及余之《考稗小记》。细审全书,觉有数端,可资商榷。一、潘君谓:"文学古籍社影印《枣窗闲笔》原稿,字体颇拙,且有怪谬笔误,如'服毒以狥'之'狥'误为'狗',显出于抄胥之手,谓为原稿,似尚可疑。读者试取二稿比对观之,当可得其真际也。余以为裕瑞文辞,出一时满人文士之上,今得其手稿(裕按:指《枣香轩文稿》),未忍任其湮没不彰,遂付影印(下略)。"然余之所见,适与潘君相反:盖《枣窗闲笔》实裕瑞之手稿,而《枣香轩文稿》则非其手迹。试言其故如下。(一)余于一九五四年获睹瑛宝为裕瑞所绘之《风雨游图》手卷时,图后即有裕瑞自书之《风雨游记》(亦见《文稿》),余当时即与《游图》一并拍照,今仍存于行箧。兹取而比观,辄觇《游记》与《闲笔》之字迹,虽稍有楷书与行书之不同,然显出一人之手。《游记》中不惟末署"思元裕瑞初稿",可证其为自书;即以常理言之,跋于《游图》之后之《游记》,亦似不可能倩人代书。(二)余于一九五四年受郑西谛之嘱,洽购恩华氏之藏书时,得睹裕瑞装订成册成套之手稿甚夥,其笔迹均与《闲笔》相同。此诸手稿现均藏于北京图书馆,可取鉴别印证。(三)至于误"狥"为"狗",似若可疑;然既有以上两则为确证,此误出之于作者本人,亦非不可能。故《枣窗闲笔》系裕瑞之亲笔手写本,绝无可疑。潘君重规因未获睹余所见之材料,其有前说,固意中事。余因亲睹裕瑞手稿甚多,又藏其跋《风雨游图》之《风雨游记》手迹照片,故谊当一辨,诚恐后之研讨裕瑞著述者无以明其真相也。二、《文钞》刊布前,一般但知裕瑞所谈曹雪芹及其《红楼梦》之见颇多;至其本人之思想,则所知甚少。恩华藏书中之裕瑞手稿,经余发现后,役于琐事,迄无暇得阅。二十年来,恐亦无人过目。《文钞》虽系史论,亦颇有足觇裕瑞之思想处。一曰:裕瑞有反对"华夷之辨"的思想。《文钞》中有《驳范氏胡氏通鉴纲目华夷论》一篇,以为持此义者,盖小儒"误解孔子尊周攘夷之意:横亘胸中,牢不可化。舜东夷,文王西夷,虽非绝域,究不外乎'夷'。天生圣人,何尝沾沾限以地哉!"彼斥华夷之论为狂妄,其言曰:"呜呼!中国之人视夷如鬼魅,自亦(裕按:当作'亦自')尊之至矣!"抑亦不智,其言曰:"必也叛而不征,顺而不抚,画疆为界,坚壁清野,日日屯兵而防御之,始无忝圣人华夷之辨;吾恐八方之夷,既不畏威,又不怀德,觊觎腹心,四面为敌,中原自此无宁日矣!"其结果必致"夷强则侵割中原郡县,夷弱则并入中原版图"。盖裕瑞满洲天潢,其在乾嘉之际,欲泯华夷之界,固无可疑。其又驳异风殊俗之论曰:"若谓风俗各殊,难于齐化,则九州风俗,又何尝一致?而必独以左衽文身者流为异属哉!"最后裕瑞认为:"自汉、唐以降,诸儒严华夷之辨者,乃至汗牛",但皆属"空言,实无补于当世";"而历代之明君良相,皆不能取空言以资实政"。故常"限于时势","而皆安于和好"。二曰:《文钞》中有关碍之论。雍正与诸弟兄争,以术得帝位,忌讳甚多。弘历即位,此风不歇。《文钞》中之《苻坚论》,斥"书生往往以成败论人,(中略)但鼓唇于事后"为最可鄙。此已与《石头记》中之"胜则王侯败则贼"之足触忌相埒；而《唐太宗论》中责世民杀兄为"不仁"，尤可致祸也。三曰：裕瑞对名节、食色、男女的看法。《文钞》中又有《苏子卿纳妇异域论》，其中有云："食色性也，设非有关名教者，亦不可须臾离也。"苏武"奉使敌国，不幸被羁，雪窖握节，不辱君命"，可谓已全名节。既有生还之意，则不当死，"死伤勇"（《孟子》语，裕瑞引）。既生，则"匈奴之酥酪可餐，大漠之牛羊可牧"，对其娶胡妇也，"穹庐之妾妇，亦可御也"。且谓武娶胡妇，非为无后，乃适性之常。裕瑞之言曰："假令当时或问之（裕按：指武）曰'兹非为去家久，以风怀而行其常乎'？伊必笑而颔之也。如曰：'兹非为子孙计，以大义行其权乎？'伊必反默然不应也。"然其论男女则曰："人伦之中，女无再适之行，男有再娶之道"，而张问陶评此篇则曰："菩萨语"。可见当时士大夫思想之一斑，张固高鹗之姻兄，亦"艳情人自说《红楼》"诗句之作者也。裕瑞遭受惩责，最后被送至沈阳永远圈禁时，有强逼居民徐某鬻妻与彼为妾事。此种人之侈谈《红楼梦》盖从封建地主阶级之人性论观点，喜其中之爱恋故事，乌足以知雪芹、亦何能解《红楼梦》哉！

一五六　弘晓过白家疃诗

弘晓于乾隆二十九年春日过其白家疃家祠（裕按：即允祥之贤王祠）有七律一首。诗云："笋舆停处雨潇潇，暝色苍茫路正遥。野鸟向人寻晚树，山僧劝我驻行镳。神凭秘殿思遗绪，字抚丰碑志两朝。只恐云深蹊径黑，马蹄蹴踏过山桥。"其时距曹雪芹死于白家疃之二十八年除夕，不过两三个月耳。

一五七　永瑢之重谒龙潭遂游大觉寺诗

永瑢《重谒龙潭遂游大觉寺》诗，五言，长数十韵。其中有云："高馆借榻仍，游踪数（原注：上声）络绎；草草一餐饭，驾言举轻策。朝光下层峰，初日照我脊。丛祠访泉温（原注：温泉），圆沙走滩白（原注：白家滩）。豁临广甸阡,溪雨将穗麦。(下略)"可见温泉、黑龙潭等处为诸皇子居常游赏之地,而白家滩即白家疃去温泉必经之路。雪芹所居,虽僻处溪旁山下,然距当时通行之大路不远。永瑢谓"泉温",则温泉可上溯二百余年;又曰"滩白",则知彼时白家滩已乏水矣。今温泉尚温,白滩仍白,而雪芹故居不可复睹矣。

一五八　麻廷惠传说之红楼梦夯歌

一九七六年六月七日余与吴德安同志去蓝淀厂、火器营访问八十一岁老人麻廷惠。麻廷惠,回民,早岁与其胞兄叔亮(已逝)共操打夯业。打夯之处所及,几遍于蓝淀厂及香山一带。今各村老人知麻叔亮其人者甚多。叔亮力大声宏,又领袖夯行,故易为人所知。打夯工人,为减轻疲劳,例唱夯歌。歌之内容颇多,有《红楼梦》一种,流行于蓝淀厂一带。麻叔亮、麻廷惠当日为人打夯时,均唱此夯歌。每值村中修建房屋,必首奠地基,辄打夯焉。唱夯歌由麻叔亮起唱,其余工人十余或二十余,应之,遂成一种之民间音乐。工人边劳动边唱夯歌,兴致勃勃,虽炎日汗流浃背,不以为苦,居民围观倾听,亦有乐趣。据麻廷惠老人谈,《红楼梦夯歌》由来已久,其长兄叔亮亦系学自世代相传之老人者。结合传说谓曹雪芹迁出北京,初居火器营所在地之蓝淀厂(参阅《曹雪芹丛考》中之《曹雪芹在北京西郊的居处》),则此歌或即出自蓝淀厂一带。盖雪芹曾居其地,当地劳动人民以《红楼梦》内容编制夯歌,固意中事;亦犹之雪芹之居香山,而香山之有《红楼梦莲花落》也。廷惠以八十余之高龄,尚能手自缝衣,曾以其自制之棉、夹衣示余等,颇为工细。尤可异者,彼只字不识,竟能记忆《红楼梦夯歌》数十句。歌云:"数九隆冬冷飕冰,滴水檐前挂冰凌。百草花开败树叶落地,松树开花万年青。有才子留下半本《红楼梦》,列位不知尊耳是听。贾公子正在此处观花逛景,忽听耳旁一里有了人声。贾公子扭过脸来抬头看,看见了紫鹃、雪雁丫鬟二名。开口便把丫鬟来叫,叫声紫鹃、雪雁你是听:你家姑娘在与不在?丫鬟说:我家的姑娘现在房中。姑娘连夜身乏要睡午觉,二爷进房莫高声。贾公子点头说我知道,不必你们细叮咛。贾公子一拉门帘走进去,一阵阵的清香是鼻孔里冲。又只见硬木八仙迎门摆放,(中略)紫条案上也有胆瓶、帽镜、玻璃灯。(中缺)果盘里面把木瓜、佛手、香橼盛,桌子上有座钟,墙上有挂钟。(中缺)那墙上挂的倒有屏儿八扇,有一张桃山立在当中。八扇屏四张山水,四张人物,上写着落款是□□公。(中缺)又只见床上躺着是得了病的林黛玉,(中缺)身上盖着半新半旧的红羊皮斗篷。发鬓儿一边儿蓬松一边儿紧,(中缺)眼似闭来又似睁(中缺)……贾公子坐在了床沿上,听了听天将午正十二点钟。那钟响惊醒了林姑娘的觉,揉了揉眉毛才把眼睛睁。开言又把丫鬟叫,叫声紫鹃、雪雁你是听:'快给你二爷放下了坐褥,酽酽的沏点浓茶放在当中。二哥哥贵客远来到我贱地,(中略)哪阵风把你刮到我病房中?''二妹妹午后发烧可曾见好?夜晚咳嗽轻未轻?我送来的人参吃了多少,捎来的燕窝用了几封?''那汤药丸药我都吃过,求来的神方也不灵。过午发烧是阵阵的汗,夜晚的咳嗽是直到天明。昨夜晚我是做了个梦,梦见了旷野荒郊黄沙土冢。并非是你二妹妹要辞了潇湘馆,二妹妹的小命是要归阴城。我死后你将我搭在荒郊野外,买上一口棺材你深挖一坑。有朝一日想起你至亲骨肉,手拍坟头你大哭几声'!"此歌似不全,中间节略处,皆词意不明之字句。或谓余曰:"此歌文不雅驯,何以录之?"应之曰:"为存史料耳,何有于士大夫之'雅驯'哉!"

一五九　红楼梦中之民主思想

《红楼梦》中有民主思想,即关于自由、平等之主张。此诸思想实为封建社会晚期资本主义生产关系萌芽在社会思想中之反映。揆诸西方社会,亦莫不如此。此种思想之局限性,东西方亦大致相似。法国卢梭,其在西方资产阶级革命中为激进之思想家,然其思想所代表之社会阶级不过为小资产者。《红楼梦》作者曹雪芹之在清朝乾隆时代,亦激进之民主思想家也,然亦自有其局限性。如言正邪两赋之人,或生而为帝王,如唐明皇、宋徽宗;或生而为文人学士,如秦少游、温飞卿;或生而为名艺人,如李龟年;或生而为名娼,如薛涛,然皆"一路而来之人","易地则同"。此不但否定社会、政治、阶级等级之差别,抑亦泯灭男女之差异矣。在封建社会中,竟谓学士文人与皇帝同,优人与皇帝同,甚至社会、经济、政治上地位卑微之妇女、之名娼,亦与皇帝同,何其激进之甚也!然而,雪芹又言曰:两赋之人"纵然生于薄祚寒门(中略),亦断不至为走卒健仆,甘遭庸夫驱制"。是则卒也、仆也,不足齿数明矣。岂得谓之彻底平等哉!又以其流露之嗜好言之,亦复可证雪芹之思想感情仍有其受局限之一面。《红楼梦》中黛玉喜"雅",宝玉亦如之。探春函邀宝玉起诗社,宝玉誉之曰"雅"。宝玉之于大众化之锣鼓音乐、娱乐,与夫《孙行者大闹天宫》之类"个个都赞好热闹戏"之戏剧,则认为"繁华热闹到如此不堪的田地",故"只略坐了坐便走开"了。此种思想感情实不能谓之为"彻底"民主的甚明。以新发现之材料证之,雪芹即在论画风筝时,亦主"力求淡雅,不宜过艳"(《比翼燕歌诀》见自注画法);又曰:"必使艳而不厌,繁而不烦。"(《瘦燕歌诀》)盖无论声也、色也,喜好与厌恶之差异,其嗜好皆有阶级性,丝毫不爽也。"雅"的嗜好,虽有其为民主思想局限性一面,然另方面亦自有其反封建的意义。盖"高"也、"雅"也,皆表明不与腐朽之封建政治同流合污,此则为进步的一面耳。"不求邀众赏,潇洒做顽仙"亦应做此解。

一六〇 曹雪芹的启蒙思想

《红楼梦》中有许多思想接近西方资产阶级革命前夕之思潮。一曰:趋乐避苦之快乐论(Hedonism)思想。第二十回宝玉箴贾环云:"大正月里哭什么,这里不好,你别处玩去。你天天念书,倒念糊涂了:比如这件东西不好,横竖那一件好,就弃了这件取那个。难道你守着这个东西哭一会子就好了不成?你原是来乐的,既不能取乐,就往别处去寻乐,玩一会子。你如今自招烦恼,难道就算取乐玩了不成?"此亦几何非边沁"趋乐避苦"之论耶?二曰:自然与人性观点。《红楼梦》作者崇尚自然,而薄雕饰。

《红楼梦》第十七回论"天然"时,宝玉亦推重"自然"而反对"穿凿扭捏而成"之山水园林设计。黛玉论诗谓"若意趣真了,自是好诗"而主可以不顾韵律;宝钗论诗,亦曰:"我平生最不喜限韵,分明有好诗,何苦为韵所缚!"(第三十七回)此皆重个人感情之自然表达者也。总之,以自然概念为冲破各种"樊篱"之武器,固中西反封建时期思潮之特征。三曰此自然之概念与"人性"相混淆,而以所谓"人性"即自然。夫人诚为自然之一部分,然而大自然之自然与所谓"人性"之自然,固不可一例绳之。盖人性社会性也,唯然,故必有阶级性,而大自然则无之,义实有别。然西方资产阶级即以所谓"自然法"、"自然权利"、"人性"等概念,囫囵吞枣推出自由、平等之要求。虽其要求在当时为反封建的,但其借以推论之"理论武器"(如自然法等)实唯心的主张也。吾于曹雪芹之论人们间之平等(如第二回正邪两赋说)亦云然,盖正气、邪气,正邪两赋云云,究亦不经之谈。

一六一　曹雪芹谈飞鸢之起源

《南鹞北鸢考工志》通论部分有云:"(上略)墨子作木鸢,三年而飞之说,或无疑焉。"则雪芹实未尝作肯定语也。今按《墨子·鲁问》篇云:"(上略)公输子削竹木以为鹊,成而飞之,三日不下;公输子自以为至巧。子墨子谓公输子曰:子之为鹊也,不如匠之为车辖。须臾刘三寸之木,而任五十石之重,故所为功,利于人谓之巧,不利于人谓之拙。"此言公输般作竹木之鹊,未言其用;而墨子则作车辖运输之器,与雪芹之说有异。考雪芹盖据《韩非子·外储》篇云:"墨子为木鸢,三年而成;蜚一日而弟子曰:'先生之巧,至能使木鸢飞!'墨子曰:'不如为车輗之巧也:用咫尺之木,不费一朝之事,而引三十石之任。致远力多,久于岁数。今我为鸢,三年成,蜚一日而败。'惠子闻之曰:'墨子太巧:巧为輗,拙于鸢。'"则此说与公输般作鸢之说有异矣。又《列子·汤问》篇云:"墨翟之飞鸢,张注云:'墨子作木鸢,飞三日不集'。"《淮南子·齐俗训》云:"鲁般、墨子以木为鸢而飞之,三日不集。"据此,则曹雪芹谓墨子作木鸢旨在"辅舆马之不能,补舟楫之不逮"云者,盖雪芹"揆"墨子之"初衷",实在于利人,一如其作车辖然;而非如公输般之助人攻城夺地耳。雪芹又云:"夫子非攻,故其法卒无所传。"则更推崇墨翟矣。

一六二　杏斋非松斋

靖本《石头记》二十二回批语有云:"不数年芹溪、脂砚、杏斋诸子皆相继别去,今丁亥夏只剩朽物一枚,宁不痛杀!"周汝昌《脂靖本石头记残批选辑》中"周校"云:"我曾疑'杏'是'枩'('松'的异体)字抄误(别本批语中曾见松斋一名)。"又谓杨霁云、日本伊藤漱平两先生均有此看法。然据吾人所知,批语中之松斋乃敦诚《潞河游记》中之松斋。此松斋也,至乾隆四十余年仍在,而杏斋则死于乾隆二十九年至三十二年之间。故知杏斋绝非松斋。

一六三　斯园膏脂摘录

近知雪芹《废艺斋集稿》中讲烹调一册,原名"斯园膏脂摘录"。膏脂,民脂民膏也。斯园,思源也,饮水思源也。雪芹盖于此名中寓:饫甘餍肥之徒,当知其为民脂民膏,饮水思源也。由是知雪芹之撰此册,实亦授人以艺以自活,固非为豪奢之徒而作。又其所谓"摘录",亦系实情。现在仅存之香露、糖糕、腌菜数条,多系略改文字,录自冒辟疆《影梅庵忆语》者;其技皆为小宛董氏所娴。

一六四　曹雪芹论光与画

雪芹有论光与画残文,其中,一、绘画以法自然为主,前人名作固可临摹,究属其次。此论甚佳,然前人已早有及之者。二、论光与画之关系,最为精到。言绘画中之山水人物,无不与光有关,有光无光,背光向光,在传统画中，甚少区别。雪芹殊不以为然。其理甚是，其言甚辩，余已于另文论之矣。

一六五　曹雪芹之两书箱

一九七七年余曾见雪芹之遗物两书箱。木质红松，两箱开合之一面，各刻兰一小丛，成对称状。第一箱兰下有石一块，兰上刻有以下文字："题芹溪处士句：并蒂花呈瑞，同心友谊真。一拳顽石下，时得露华新。"第二书箱刻有"拙笔写兰"，其上方有小字两行："清香沁诗脾，花国第一芳。"小字旁仍为较大之字，曰："乾隆二十五年岁在庚辰上巳"。此第二书箱背面，有墨色较浓之楷书墨迹五条，云："为芳卿编织纹样所拟诀语稿本；为芳卿所绘彩图稿本；芳卿自绘编织纹样草图稿本之一；芳卿自绘编织纹样草图稿本之二；芳卿自绘织锦纹样草图稿本。"在此墨迹之后，有娟秀且有涂改之行书七律一首，云："不怨糟糠怨杜康，乩诼玄羊重克伤。（此句原作'丧明子夏又逝伤，地坼天崩人未亡'，已涂抹。）睹物思情理陈箧，停君待殓鬻嫁裳。（此句下面原有'才非班女书难续，义重冒'十个字，已涂抹。）织锦意睥苏女（意字下跨加一'深'字），续书才浅愧班嬛。谁识戏语终成谶，窀穸何处葬刘郎。"书箱收藏者姓张名行。据其早年藏书，多有"春柳堂藏书"字样，可能为雪芹好友张宜泉之六代玄孙。

一六六　曹雪芹题琵琶行传奇一折之全诗

曹雪芹题敦诚之《琵琶行传奇一折》诗，敦诚于其《鹪鹩庵笔麈》中谓为"新奇可诵"，惜敦诚未引全诗，今只剩"白傅诗灵应喜甚，定教蛮、素鬼排场"两句耳。一九七五年上海人民出版社所印之《红楼梦研究资料》，载有补足此诗前六句之"全"诗。诗云："唾壶崩剥慨当慷，月荻江枫满画堂。红粉真堪传栩栩，渌樽那靳感茫茫！西轩鼓板心犹壮，北浦琵琶韵未荒。白傅诗灵应喜甚，定教蛮、素鬼排场！""全"诗既出，士林竞相传诵，

《红楼梦》资料书,几无不翻印、注解,且复为文考释。近日颇有谓前六句为伪补者,又有谓为确系曹作者,一时视听颇乱。余以曾先睹此"全诗"为快,故仅就所知,以告读者。一九七一年冬,余在皖北濉溪之五铺镇,得周汝昌同志函示全诗,并云:"此诗来历欠明,可靠与否,俱不可知。"(一九七一年十二月二十六日由北京所寄函)得周函后,余又函询该诗之所自来,据汝昌于一九七二年一月十四日复函云:"(上略)至其来源,系人投赠,原录一纸,无头无尾,转托人送到。弟不在寓,亦未留他语。使弟一直闷闷,设法探访奇人。事实如此,原诗已奉目,弟绝无珍秘'来路'之意,当荷见信。此与蜡石笔山照片之远投颁惠,同为异事,可为前后辉暎(裕按:原即作'暎')。(下略)"据此两函,则汝昌虽获此诗,固不知其来源也。一九七二年春,余自皖去沪转杭,由杭返京后,与汝昌相晤时,仍谓不知投诗者为谁氏。殆上海印布该"全"诗后,余始闻人言,汝昌曾告人,谓该诗系时人所补。斯时也,谈《红楼梦》者多以为异:盖以既知为时人所补,必知其为何人,何不明言其人耶?又颇有人认为,前六句即出汝昌之手。他友之关心此问题者,知余与汝昌相善,时来相问,亦有外地不识之同志,投书见询。遂再度致函汝昌。得复云:"(上略)场韵七律,前六句确系时人之作,此诗当年唯写与二人,一为家兄,一即兄也。家兄一见,亦甚惊奇。后设法探询,知为时人试补。其人原非作伪之意;不过因苦爱芹诗,恨不得其全,聊复自试,看能补到何等水平耳。其诗笔尚可,但内容甚空泛,此其破绽矣(芹真诗必不如此!)(下略)"观此书词气,则前六句为汝昌所补之说,似非无据。盖其所云"其人原非作伪之意"、"苦爱芹诗"、"恨不得其全,聊复自试"诸语,已足使人疑为补者自解之词。然近见彼于新版《红楼梦新证》七五〇页已刊入"全"诗;据汝昌之附记所云:"按雪芹遗诗零落,仅存断句十四字。有拟补之者,去真远矣,附录于此,聊资想象。"则又并非自承。似此迷离惝恍之言,实令人难于判断此"拟补之者"之为谁。然余之所最不解者则为,倘系汝昌自补,何以一九七三年汝昌刊于《文物》第二期《红楼梦及曹雪芹有关文物叙录一束》一文之提纲初稿(该文系余代《文物》所约,提纲初稿均先交余处,后转《文物》)中,竟有解释该"全"诗一节?

以故余彼时认为,此六句诗当然非彼所补。虽其后汝昌又函余将该节取消(该提纲《文物》编辑部未看到),倘非出自曹氏而系彼自己所补,即提纲初稿亦不应写入也。余意汝昌考证《红》、曹,历有年所,辨伪析疑之不暇,讵可含糊其词,以滋世人之惑!时至今日,何靳一言,以释众疑?(一九七二年余归自皖北,一日文学研究所三同志来访,见余案头册中录有"全"诗,要求抄去。余允则失汝昌"暂勿外传"之约,不允则有"自秘"之嫌。无已,允之。但请其亦暂勿外传,以无负汝昌之嘱。上人所刊,不知何来。)

一六七　书諴诗瓢之发现

书諴诗稿名《诗瓢》,永忠曾有文记其于北京琉璃厂巧遇该稿失而复得之经过,然其后《诗瓢》之所在即无所闻。余于一九七八年十月由杭州去上海后,徐恭时先生告以:余《考稗小记》中所载之《诗瓢》,有人谓在杭州大学图书馆善本室。时余既由杭至沪,且因事不能再赴杭州,遂函杭大刘操南先生代查该稿。承刘先生将余倩彼代录其中与永忠有关诗,悉为录下,唱和之多,居然成册。窥其内容,虽与考史无大关系,然可借知雍、乾之际失意天潢生活之一斑。余尚未获睹全稿,《诗瓢》价值如何,未能估定。

一六八　曹雪芹笔下之阊门

一九七八年十月,余在苏州访求与《红楼梦》作者及曹家有关之传说、文字及实物材料,颇有所获;对《红楼梦》及其作者之了解亦稍有进境。时余居于阊门饭店,距阊门甚近,故时漫步毗近各地。按《红楼梦》作者似对乾隆时阊门一带之景象,知之甚悉。其第一回曰:"(上略)阊门最是红尘中一二等富贵风流之地。这阊门外有个仁清巷,巷内有个古庙,因地方窄狭,皆呼作'葫芦庙'。"他姑不论,只就"阊门最是红尘中一二等富贵风流之地"及所谓"十里街"等语,似亦有两点可言。一曰:雪芹对阊门附近之景物，必有感性知识。所谓"富贵风流之地"、"十里街"云云，显系与由阊门至虎丘之七里山塘有关。盖由阊门至虎丘之城河，亘连七里，两岸巨商、货栈、酒楼、茶肆、剧馆、手工艺作坊林立，可称"富贵"。河内画舫相逐，笙歌不歇，有似江宁之秦淮，岂非"风流"？故《红楼梦》中所谓"富贵风流"，实非泛泛言之。二曰：雪芹十三岁前，时往苏州，住织造府或拙政园，上引云云，盖其少年时有深刻印象之观感，故于撰《红楼梦》时，盛赞苏州之繁华若是。不然，即在当时，苏州阊门亦何得谓之为"最是红尘中一二等富贵风流之地"耶？

一六九　钱牧斋词中之十二金钗

余于一九七八年十月去杭州，居于西子湖畔之柏庐。一日偶于书肆杂志中，得睹陈寅恪先生遗稿《柳如是别传缘起》一文，知寅恪先生此书为最后遗作，长达五十万言。《缘起》中引牧斋《移居诗集永遇乐》词(崇祯十三年)《八月十六夜有感》中有句云："(上略)莫愁未老，嫦娥孤零，相向共嗟圆阙。长叹凭栏，低吟拥髻，暗与阴蛩切。单栖海燕，东流河水，十二金钗敲折。何日里，并肩携手，双双拜月？"意者《红楼梦》作者所"用意搜"（永忠语）之范围，固不限于人物之形象，景物之实况，抑亦有命名遣词之采择欤？余于三十年代初，曾从学于寅恪先生。先生讲中国中古哲学史时，除面向黑板写字外，当其面对学生讲课时，恒闭双目。先生非善于口才者，然其授课，不惟博洽，亦多创见。余承先生指导探究唐代儒家与佛教之关系，撰《韩愈李翱与佛教之关系》一文。先生函示，应以梁肃之《止观统例》为主要资料，故余该文，始得要旨，而获优等。时余年甫廿余，今先生已做古人，而余亦届耆年，追思前事，不禁怆然！忆当时先生尝于文中自谓：思想在于三唐两宋间，又读其挽王静安诗，亦令人觉先生有"发思古之幽情"之感。其后，虽有隋唐制度之论著，然亦每及诗人生活细节及小说家言之考证。而《柳如是别传》，竟达五十万言。噫，余实不足以窥先生思想之究竟也。

一七〇　曹雪芹与苏州之泥人工艺

《红楼梦》中曾及"惠泉酒"。惠泉酒今名二泉酒，无锡特产。雪芹曾去无锡否，不可知。然其居苏州，则似无可疑。按苏、锡两地，均有泥塑人物工艺，且由来已久。余在两地均曾见有清康熙时之泥塑人物保存至今者。戚本《石头记》第六十七回，写薛蟠归自南方带回"在虎丘山上作的薛蟠的像，泥捏成的，与薛蟠毫无相差。（下略）"此可说明雪芹少年在苏州时，曾目睹与生人毕肖之泥塑像。又四十三回写水仙庵中所供之洛神，"虽是泥塑的，却真有翩若惊鸿、婉若游龙之态。荷出绿波，日映朝霞之姿"。此则叙其当时泥塑工艺之精到。余于一九七八年十月赴苏州时，曾与谢老孝思同游虎丘，承其根据有关史乘、方志及传说，介绍虎丘情况甚详。据言：虎丘虎阜禅寺之山门内两侧，自昔即有摆设各种小手工艺品之摊贩，如风筝、泥人、竹制编织物、苏绣、占卜、食物等。雪芹既居苏州，常往来于阊门外之七里山塘，则在虎丘目睹泥塑人像，模拟而习其技艺，当系肇始于此。迨北上后，晚年之所以能撰《废艺斋集稿》中之脱胎泥塑一册，亦岂偶然？

第十二篇
曹雪芹佚著及其传记材料的发现（附录一）

从曹雪芹死直到现在，除《红楼梦》以外，我们连他一首完整的诗也没有发现。根据记载及传说，曹雪芹是会有些书画和诗文留传下来的。《红楼梦》的研究者，从书中涉及内容的广泛，如绘画、医学、建筑、烹调、小手工艺等等，也自然要推测作者是一个多才多艺的人，除了写小说，他还有其他方面的艺术才能。这次的发现证实了这种设想。

这次发现的材料，一部分是曹雪芹的佚著《废艺斋集稿》的大概内容；另一部分包括《集稿》中《南鹞北鸢考工志》的彩绘风筝图谱摹本、用类似诗的形式写的扎绘风筝的歌诀、《考工志》的自序、董邦达为《考工志》写的一篇序言，曹雪芹一首《题自画石》诗，以及敦敏的《瓶湖懋斋记盛》。这些材料都是《红楼梦》作者逝世二百多年来在国内的首次重要发现，无论对于考订曹雪芹的生平事迹，或研究他的思想变化，都有很大的帮助。

本文有如下内容：曹雪芹的佚著《废艺斋集稿》；现存曹雪芹、董邦达和敦敏三种材料的原文及校补；曹著董序和敦记考略。

第一部分　曹雪芹佚著废艺斋集稿的大概内容

这部分包括曹雪芹八种著作的孤本虽不可见，但我们得知它的大致内容，也是幸事。关于手稿怎样在抗日战争时期的沦陷区被发现，又怎样在抗战胜利以后被一个日本商人带走的经过，有亲见这部手稿的一些人知道一些情况。以下我根据部分手稿抄存者的追忆，把发现这部《集稿》的经过，略加说明。

抗日战争时期,大约在一九四三年,抄存者原在北京的北华美术学院读书,习绘画和雕塑。当时有个日本籍教雕塑的教师高见嘉十,抄存者是他的学生。他们偶然谈起中国的风筝,高见氏表示愿意与抄存者合作编印一部风筝谱,并由抄存者到各图书馆借这一类书籍。在他们研究的过程中,抄存者自己也向以制风筝著名的赵雨山、关广志、金锤年等人学习扎糊风筝。

不久,高见氏从另外一个日本商人金田氏那里,借到了一部手稿。据说,那个日本商人是从清皇族金鼎臣手里以重价买来的。这部手稿叫作《废艺斋集稿》,是《红楼梦》作者曹雪芹所著。由于抄存者当时不知道曹雪芹的遗著流传极少,故对这部遗稿也并未注意,仅仅根据高见氏的意见,把其中关于风筝的部分,描摹下来;其余的几种,都忽略过去了。

据说,那个日本商人金田氏很看重《集稿》。当他们描摹其中讲风筝的部分时,每天他都亲自把书送来,坐待描摹到一定时间,又拿回去。为了怕损伤原稿,他还限制用铅笔描。这项工作进行了一个多月。描摹的工作完了之后,金田氏就把《集稿》收回。一九四五年,日本帝国主义投降后,金田氏杳无消息,雪芹这部孤本遗稿,也就不知下落了。

《废艺斋集稿》包括八种曹雪芹的稿本,分订为八册,大小相当于现在的十六开本。据抄存者说,除讲做菜的一部分字迹是另一个人写的外,其余的七卷,都是一个人的笔迹;估计可能是雪芹的亲笔。首卷有不少旁人写的序,笔迹各不相同。他只记得并抄下了董邦达为《南鹞北鸢考工志》写的一篇序。各册书端还有不同笔迹的批语,其中也有董邦达的;旁人的,抄存者回忆不起来了。现将八册内容,略加说明。

第一册是关于金石的,讲怎样选石,怎样制纽,制印,刻边款;讲刻的技巧、章法、刀法等等。此外还有彩绘的图式,抄存者曾描下几个,惜已遗失。

第二册题笺为"南鹞北鸢考工志",是讲扎、糊、绘、放风筝的。其中有各式风筝的彩图,有用类似诗的形式写的扎、绘风筝的歌诀,还有雪芹一篇自序和董邦达一篇序。关于这一册,我将在本文第二部分中介绍。

第三册是讲编织工艺的。抄存者说，他还存有"鸳鸯戏水锦"的图案。据他的回忆，当时读了雪芹自序和其他人的序言的印象，这部手稿是曹雪芹为了盲人编写的，他还亲自教会了几个盲人，其中有的并以精于这种手艺见称于当时。

第四册讲脱胎手艺。把人物塑就，再制成阴阳模子，使盲人用纸浆做各种形态的脱胎，然后由有眼人来帮助彩绘，即为成品。现在抄存者还保存一个摹制的为做风筝用的脱胎鹰头。

以上三、四两册的工艺，都需要有正常眼睛的人帮助。

第五册是讲织补的。

第六册是讲印染的。

第七册是讲雕刻竹制器皿和扇股的。

第八册是讲烹调的。杨嶡谷曾把这部分抄下若干条。

以上这八册稿本，除抄存者描绘、抄存《南鹞北鸢考工志》的风筝图式、歌诀和曹雪芹的自序、董邦达的序外，其余的七册都已不详知其内容。《南鹞北鸢考工志》写成的年代，将在本文第三部分中略考，其余七种则无法知道。讲烹调的一册，据抄存者说，原稿的笔迹显然不同，或非雪芹自抄。讲烹调和讲金石的两册，估计应该是他早年的作品。据敦敏在《瓶湖懋斋记盛》中说，至乾隆二十三年（戊寅，一七五八），曹雪芹已经穷到"饔飧有时不继"卖画维生的地步，他似乎不会讲求"饫甘餍肥"者流的那些闲事，也不会再搞士大夫那套玩艺儿了。此外，从他的思想变化过程来看，织补、印染、雕刻竹器、脱胎工艺等册，大概是在迁居西郊后写的，很可能是写《考工志》前后完成的。

曹雪芹这八册稿本，除烹调外，如制风筝、编织、脱胎等手艺，都可以说是十分有用的工艺美术。但他之所以写《南鹞北鸢考工志》则是由帮助瘸子于叔度而扩大到其他"废疾无告"的人们。他写编织、脱胎等工艺的书，也是为了盲人谋一生路免得使他们学那些算命、占卦之类骗人的把戏。这些行为及其意义，对研究曹雪芹思想的变化，是很重要的。

关于《废艺斋集稿》，我们所知道的，就是这些。

第二部分　现存曹雪芹董邦达和敦敏三种材料的原文及校补

这里包括现存这次发现的几种新材料的原文。其中曹雪芹的自序因当初抄存者是用薄纸双钩描摹的,年久纸脆,损失了许多字和个别句。风筝歌诀和《自题画石》诗是完整的。董邦达的序文有抄脱的字。敦敏的文章缺后半部分,现存部分也因虫蛀损失了许多字、句。

为了便利读者,我加上了一些校补。已损坏的字和句的校补用六角括号〔〕表明。补不出的,用□号表明,圆括号()里面的话是我加的注。如系原注,则用[原注:……]表明。有的地方,虽知其大意却不能随便加的,也用(此处似应作:……)表明。个别地方读者都可知其大意,也就不予校补了。我校补之处,很可能有错误,希望读者们指正。

一　曹雪芹南鹞北鸢考工志自序、歌诀和自题画石诗原文校补

先把曹雪芹的遗著抄录并校补如下:
(一)《南鹞北鸢考工志》自序

"玩物丧志",先〔哲〕斯语,非仅警世之意也。〔夫〕人为物欲所蔽,大则失其操守,小则丧其廉耻,岂有志进取之士所屑为者哉!

风筝于玩物中微且贱矣:比之书画无其雅,方之器物无其用;业此者岁闲太半,人皆鄙之。今乃哓喋不休,钩画不厌,以述斯篇者,实深有所触使然也。

曩岁年关将届,腊鼓频催,故人于景廉[原注:字叔度,江宁人,从征伤足,旅居京师,家口繁多,生计艰难,鬻画为业。]迂道来访。立谈之间,泫然涕下。自称"家中不举爨者三日矣。值此严冬,告贷无门。小儿女辈,牵衣绕膝,啼饥号寒,直令人求死不得者矣!"闻之怆恻于怀,相对哽咽者久之。

〔适值〕斯时,余之困惫久矣,虽倾囊以助,何异杯水车薪,无补于事,〔势〕不得不转谋〔他〕处,济其眉急。因挽〔其〕留居〔稍待〕,以期〔谋一脱其困境之术〕。夜间偶话京城近况,于称:"某〔邸〕公子购风筝,一掷数十金,不靳其值。似此可活我家数月矣。"言〔下〕慨然。适予身边竹纸皆备,戏为〔老于〕扎风筝数事,(据抄存者近告此处有"称贷两日,搿挡所有,仅得十金"十二字。)遗其一并携去。

是岁除夕,〔老〕于冒雪而来,鸭酒鲜蔬,满载驴背,喜极而告曰:"不想三五风筝,竟获重酬,所得当共享之;可以过一肥年矣。"

方〔其〕初来告急之际,正愁无力以助;其间奔走营谋,亦殊失望;愧〔谋求〕无功,不想风筝竟能解其急耶?〔因〕思古之世,鳏寡孤独废疾者有养也,今〔则〕如〔老〕于其人,一旦伤足,不能自活,其不转乎沟壑〔也〕几〔希〕。

风筝之为业,真足以养家乎?数年来老于业此已有微名矣〔原注:识者皆昵呼之以"于瘸子"〕。岁时所得,亦足赡家〔自给〕,〔因之老于〕时时促余为之谱定新样。此实触我〔怆感〕,于是援笔述此《南鹞北鸢考工志》,意将旁搜远绍,以集前人之成;实欲举一反三,而启后学之思。乃详察起放之理,细究扎糊之法,胪列分类之旨,缕陈彩绘之要;汇集成篇,〔将〕以为今之有废疾而无告者,谋其有以自养之道也。时丁丑清明前三日芹圃曹〔霑〕识。

(二)《南鹞北鸢考工志》里画风筝的歌诀共有四十余首,现仅在我所见到的十余首中选录两首。

1. 比翼燕歌诀:

比翼双燕子,同命相依依。
雄羽映青彩,雌衣耀紫晖。
相期白首约,互证丹心誓。
展眉喜兴发,顾眄神彩奕。
喁喁多深情,绵绵无尽意。

引领瞩遐观,襟怀犹坦适。
为筑双栖室,撷取连理枝。
卜居武陵溪,仙源靡赋役。
相敬诚如宾,真情非伪饰。
偕隐岂邀名,澹泊实素志。
连夜新春雨,花开不违时。
牡丹已葳蕤,红绿交相辉。
彩蝶翩翩来,迷花不知惜。
锦衣纨袴者,尽是轻薄儿。
耻与侪辈伍,联袂去云霓。

曹雪芹原在此歌诀题目下,自注画法云:

画时左青右紫以为地。色紫者在前,青者居后。青者眉作桃红,目润水绿。紫者眉做翠绿,目润桃红。余皆依此,互易其趣,不必拘泥。两翅内羽,不论画何花样,应以不违其时,尤须力求淡雅,不宜过艳。尾下各翎,乃交错笔法,前后深浅,亦须留意,不可倒置。

2. 半瘦燕画诀云:

新燕至秋羽初丰,貌拟少年弱冠容。
黄口犹存童稚意,青衿已具成人形。
神凝两目澄秋水,气贯双眉耸剑峰。
世事未谙多棱角,胸怀坦荡喜争雄。
清晨戏蝶翻花圃,黄昏逐蝠入云层。
邀集新雨觅仙境,会同故友访武陵。
奋翼千仞冲霄汉,展翅万里乘长风。
宇内翱翔无所羁,明春北返忆归程。

曹雪芹在这首歌诀的题目下面,也有关于画法的自注云:

法以佛青为底,槐黄衬之,配以红绿、湖、紫色等,宜力求鲜明夺目。

(三)曹雪芹的《自题画石》诗:

爱此一拳石,玲珑出自然。
溯源应太古,堕世又何年?
有志归完璞,无才去补天。
不求邀众赏,潇洒做顽仙。

这是曹雪芹《红楼梦》之外的一首完整的诗。

二 董邦达为南鹞北鸢考工志写的序文校补

董邦达为《南鹞北鸢考工志》所写的序文如下:

尝闻教民养生之道,不论大术小术,均传盛德,因其旨在济世也。扶伤救死之行,不论有心无心,悉具阴功,以其志在活人也。曹子雪芹悯废疾无告之穷民,不忍坐视转乎沟壑之中,谋之以技艺自养之道;厥功之伟,曷可计量也哉!

观其名是书之为《南鹞北鸢考工志》也,不曰谱而曰志,曰考工,是则不欲攘他人之功,其自谦抑也,可谓至矣。称南北而略东西者何耶?寓纬于经也。盖扎、糊、绘、放四艺者,风筝之经。是书之作,意重发扬,故能集前人之成。撮要提纲,苦心孤诣,以辟新途,而立津梁,实欲启后学之思。诱导多方,惨淡经营,更变常法,而为意匠。所期者,举一反三,不使囿于篇章。其为人谋也,可谓忠矣。

斯书也,所论之术虽微,而格致之理颇奥。所状之形虽简,而神态之肖惟妙。观其以天为纸,书画琳琅于青笺;将云拟水,鱼蟹游行于碧波。传钲鼓丝竹之声于天外,效花雨红灯〔之趣〕于空中。其运智之巧也,可谓神矣。

愚以为济人以财,只能解其燃眉之急,济人以艺,斯足养其数口之家矣,是以知此书之必传也。与其谓之立言,何如谓之立德。己卯正月孚存董邦达序。

以上这两篇序言,大致完好,只是个别字、句残缺。

三 敦敏的瓶湖懋斋记盛残文校补

《瓶湖懋斋记盛》是敦敏的原题,署名作"懋斋敦敏记于瓶湖蔼庐"。

《南鹞北鸢考工志》一书,为余友曹子芹圃所撰,窃幸邀先睹之快。初则惊其丹青之妙,而未解其构思之难也。既见实物,更讶其技艺之精。疑假为真,方拟按图索之,乃复顾此失彼。神迷机轴之巧,思昧格致之奥矣。于是废书而叹曰:"斯术也,非余所能学而知之者也。"及观其御风施放之奇,心手相应,变化万千;风鸢听命乎百仞之上,游丝挥运于方寸之间,壁上观者,心为物役,乍惊乍喜,纯然童子之心,忘情忧乐,不复知老之将至矣。

芹圃引言曰:"玩物丧志",概(当作"盖")恐溺之者移易性情,而发此深虑之语也。

戊寅腊月廿四日,董公孚存亦莅斯会,感而为序。谓余曰:"今日之集,固乃千载一遇,虽兰亭之会,未足奇也。"嘱余制文记其盛况。〔嗟〕(左面剩一口字)余才疏学浅,谫陋无文,每有句读之失,难免鲁鱼之讹也。余尝与过〔公子〕龢曰:"若敬亭得与此会,而撰斯文,〔庶〕(剩左下角一二笔)不致挂一漏万矣。"兹勉述之于后。

接着的便是"记"的残文:

□□□□之□（残划少许，似"秋"字）先是，□（似"母"字）舅钮公自闽返京〔原注：七月会公初度，亲友多往贺者。世家子弟，〔鲜〕衣华服，与公酬酢，〔谄〕语佞色，公甚厌之；顾余曰："富贵而骄奢，未有不败者；〔反〕不如布衣之足以傲王侯也"。〕独以所得藏画出示；而真伪莫辨，嘱余择所善者，即以为〔贶〕（原残，有"贝"旁）。

　　爱思鉴别字画，当推芹圃；又且久未〔把〕晤〔原注：春间芹圃曾过舍以告，将徙居白家疃，值余赴通州迓过公，未能相遇。〕，苦念綦切，乃往访其新居。几经〔询问〕（"问"字有左下旁），始抵其家〔原注：〔其地〕有小溪阻路，隔岸望之，土屋四〔间〕，斜向西南，筑〔石〕（经我实地调查后，其地旧屋，多垒石为壁。）为壁，断枝为椽（"椽"字有"木"旁）；垣堵不齐，户牖不全，而院落整洁，编篱成锦，蔓植杞藤□□□□□，有陋巷箪瓢〔之乐〕，得醉月迷花之趣。循溪北行，越〔石〕桥〔再南折〕。（有三个字的空，余"折"字中最后右下一直）扣篱〔至再至三〕，俄顷一老媪出应曰："〔客人〕（均有微痕可辨）其〔访〕雪芹耶？"余曰："然。"媪曰："〔彼〕（有双人旁下面一直）为人邀去，多日未返家矣。"媪自称白姓，得雪芹顾恤，相处如一家人。〔原注：殷殷〔延余〕入，问所从来，余以情告。〕遂留名帖，请代致意，怅然而返。

　　又月余，芹圃〔未〕（有上端可辨）至。渴念不已，策马再访，遇白媪于门，而谓余曰："何不巧之甚耶！前数日，雪芹回，见君名帖，欣然谓老身曰：与君为知交，久拟谋面，因友人邀做臂助，未容抽身；事毕即将进城回〔拜〕也。想亦未料及君之再至。两日前又去其友人处矣。"〔稍坐后〕（"后"字有左及右下残迹可辨），假纸笔留书〔订〕（"言"旁中间二横不可见，"口"字余第一笔）邀〔原注：时白媪煨芋以饷，并缅述徙此经过。初，媪有一子，襁褓失怙。夫家无恒产，依十（只存直下一小截）指为人做嫁衣。儿已弱冠，竟染疫死。〔彼遂〕（"彼"字有第一笔及末笔，"遂"字只剩末笔之小截)佣于大姓,不复有家矣。去冬哭损双目,〔乃致〕被辞,暂依其甥。既〔无〕医药,又(有下半截)乏生资,已濒绝境。适遇雪芹过其甥处,〔助以〕药石,今春渐能视物矣。因闻雪芹又〔将远〕(此字有左边一半)徙,媪〔乃挽〕(此字有由左至右下半截)人〔告之〕:愿(此字存左侧大半及"頁"字边之末一笔)以其〔茔〕(?"土"字余末二横之尾端)侧之〔树〕,供(此字只余下半)〔雪芹〕筑〔室〕。〔其〕工(余下半)既竣,〔雪芹〕以一室(余上面之"宀")安白媪。〔媪〕且泣(余"立"字下半)且言,复云:"雪芹初移此间(余左边一半),每有人自京城来〔求〕画。以是,里中巨室,亦多求购(余左边之半)者。雪芹(余'艹'上半)固贫,饔飧有时不继;然非其人虽重酬不应也。橐有余(余右边下半)资,常〔济〕孤寡。老身若不遇雪芹,岂望存活至今也!"闻白媪言,愈思与芹圃一面,以慰渴念;〔而〕动定参商,〔缘〕会不偶],久之亦无裁答。

入冬,雨雪频仍,郊行不便。适过公惠〔赐〕墨宝,〔悬之〕懋斋,以光〔蓬荜〕。〔又〕叙及藏画事,公曰:"既不得晤雪芹,何不求〔董公孚存〕鉴之?"余曰:"琐屑细事,未便渎(有右半边)神董公。"〔过公〕曰:"为汝家惠哥学画事,岂少烦董公耶?"余曰:"为此事久拟备筵谢董公。今者即烦吾叔代为邀请,敬俟孚翁休暇〔日〕以(余左半)〔莅〕;期〔于〕先时见告,容作筹〔备也〕。"过公曰:"何必令汝破费!"余曰:"非仅为鉴别字画也。"遂允为转请。

腊(余"月"字左下段)月二十日,得过公示,已代约于二十四日□时(余下半段),着余备帖往肃董公。翌日,晴暖如春,比年此月酷冷,而今岁独燠。〔晨起〕信步出城,拟购南酒,遴选数家,均未中意,复前行至菜市口,见纸店,遂购宣纸〔数张〕,方出肆门,忽闻喧笑声甚稔。寻声眺视,竟是芹圃,为人坚要小酌(此字缺右半边,但余"勺"下一钩),力辞不得。两相争议,路人为之驻足。乃趋前呼之,其围始解。芹圃〔不〕觉喜甚,谓余曰:"两承惠顾,失迎是歉。此番入城,已拟拜晤,不意邂逅于此,何遇之巧也!"邀饮者复与〔芹〕圃〔约期〕而别。

芹圃挽余行,且告曰:"往岁戏为于景廉扎风筝,后竟〔以〕为业。嗣复时时相要,创扎新样。年来又促我逐类定式,撰而为谱,欲我以艺活人也。前者同彼借家叔所寓寺宇,扎糊风筝,〔是以〕家居时少,以(余'人'字)致(余'夊'下端少许)枉顾失迓也。"余亦以前情告之。复将此来为选购南酒(余上半端)〔以备〕宴请董公事相〔告〕,芹(缺"艹"头)圃曰:"坊间无佳酿,友人〔馈〕(此字左边余半个'食'字)〔余〕远年贮酒数坛,现存叔度处,同往取之可也!"

言已,挽(余"扌"上端)我西行,至一旧裱糊(只余"米"字)〔铺前〕,芹圃方欲启门,而叔度已挂〔杖〕出迎矣。相见〔喜甚〕。芹圃以巧逢告之。叔度烹水瀹茗,以余属(只余上半"尸")芹(只余半个"艹"之第二笔上小截)圃而去。方拟挽之,去已远矣。

叔度寒士,贫而好客,芹圃出其所〔著之〕书示余,甫〔阅〕其〔图〕(只余左上方少许),〔便〕觉(缺上端)绚丽夺目,人物栩栩,光〔明〕曝照,曾所未睹。正惊诧(缺左半边)间,叔度已购来鲜鱼肴酒,欣然谓余曰:"君与芹圃交厚有年,亦知其擅南味否?今者不成(只余最后一二笔)敬意,实拟邀君之惠,烦芹圃做鱼下酒,藉(缺'艹'头)饱口福也。"余曰:"使君〔破费〕,〔我〕('我'字只余左边下半截)心何安?诚所谓却之不恭矣。"

叔度〔复〕将芹圃为其所扎风鸢取出,罗列一室,四隅皆满,致无隙地,五光十色,蔚为大观(此四字每字皆只残存一二笔)。〔因〕问(只存左右两直和中间"口"字末笔)何时设肆于此,叔度云此铺(缺左半边)系其友所遗,今者亡友物故,家人扶榇南返,嘱其代为照看也。更招(只余"扌"的下半边)余等至〔复室〕,移桌〔就座〕,置杯箸,具肴酒,〔盥〕手剖鱼,以供芹圃烹煎。〔其〕间(缺上半段)为余缕述昔年芹圃济〔彼〕之事,言下犹且〔咽哽〕(此字只余"更"字下半),〔唏嘘〕(此二字各剩一"口"字)不能自抑。

〔复〕谓(缺左半)余曰:"当日若非芹圃救我,则('我则'二字均缺右半边)贱躯膏野犬之腹也久矣!"芹圃亟止之曰:"适逢其会(此三字均只余一二笔),无足挂齿。何况朋友本有通财之义,后万勿逢人便道此事也。"叔度曰:"受其惠者,能不怀其〔德〕乎?如我之贫,更兼废疾,难(缺右半)〔于〕谋(左右各缺下半)生(缺二、三、四笔)矣。数年〔来〕,赖〔此〕为业,一家幸无冻馁。以是欲芹圃定式著谱,庶使有废疾类(缺右半)〔余〕者,藉以存活,免遭伸手告人之难也。"芹圃曰:"叔度推己及人之见,〔余深〕然之,非过来人讵能若此深切也?"

〔余忆〕前(缺上半段)时白媪之言,今者叔度之诉,则芹圃之□□□□(大致是"义行高矣"之意)。叔度(只剩右上角)趣而言曰:"我得异味,不忍独享,愿与知友共之,是亦推〔己〕及(缺上半段)人之谓欤?"〔相与大〕笑。

移时,叔度将汤海来,芹圃启〔其〕覆碗(只余左上半),以南酒少许环浇之,顿时鲜味浓溢,惹□□□□,诚非言语所能〔形容万一〕也。鱼身鬐痕,宛似蚌〔壳〕,佐(缺上半段)以脯笋,不复识其为鱼矣。叔度更以箸轻启鱼腹,曰:"请先进(缺上半)此奇味!"则〔一〕斛(此字只存"角"旁下端)明珠,璨然在目,莹润光洁,大如桐(此三字皆缺多笔)子,疑是(缺下半)雀(缺右上)卵(缺右半)。比(缺右上)入口中,□□□□。复(缺上半)顾余曰:"芹圃做鱼,与人迥异,不知北地亦有此烹法否?"余曰:"曾所未见,亦所未闻,□□□□也。第不知芹圃何(缺左半)从(只剩右上角一笔)设(只剩右半边一、二笔)想(缺'木')?定有妙(缺半边)传(只剩右边一二笔),愿闻其名。"叔度曰:"〔此〕为(缺左右上半)'老蚌怀珠',非鳜鱼不能□其变□□□(似'殊'字,但缺左边第一笔和右边一、二、三、六各笔)□若(缺上半)有鲈鱼,又(缺右半)当更胜一筹矣。"余曰:"江南佳味,想亦以此为最?"芹圃〔曰〕:"我谓江南好,恐难尽信。余岂善烹调者,亦只略窥他人些许门〔径〕,君即赞不绝口,他日若有江南之行,遍尝(缺右半)名(上、下均缺)〔馔〕,则今日之鱼,何啻〔小〕巫(缺上大半)见大巫矣。"余方默思〔其言〕,叔度曰:"莫使菜凉味变也。"相与大嚼,言笑(缺右半)〔欢甚〕。爰将(缺上半)邀请董公鉴画〔定〕于二十四日(缺半边)□〔时〕事(只余末一笔),告〔知〕叔度,并请过舍作陪。叔度固辞曰:"余今憔悴不如贩夫,〔若〕使(缺左右上端)我列〔君家〕盛(缺上半)宴,〔毋乃〕不(缺上大半)伦。"余曰:"董公高义,素重后学,〔奖〕掖(斜缺上半边)提〔携〕,不以□□□□也。"叔度欲言,〔芹〕圃〔止之〕曰(缺左上端):"恭敬不如从命也。"

酒阑饭罢,已逾□〔时〕,〔遂〕挽芹圃〔过舍〕盘桓,携其贮酒同返。临行再邀叔度,更请以风鸢相假,欲得董公观赏之、并使家人同开眼界也。芹圃曰:"微末小技,何誉之甚耶。若以佐兴,或可博人一笑耳。"叔度曰:"芹圃所扎人物风筝,绘法奇绝,其中宓妃与双童两者,则为绝品之最,特什袭藏之,未敢轻〔出〕示人(此二字均只余一、二笔)。今已不及赶赴东城(缺左半),〔诘〕(只余右半边,似'吉'字缺左半边)朝往取,再行送上,定邀董公赞许也。"余(只剩最后一点)〔遂〕拜谢盛情,与芹圃赁舆(缺下半)载(斜缺右上半)风(余左上角)鸢(缺右上半)南酒而归。是(剩最后一笔)以得快读〔其〕书(缺上半)。

〔二十〕四日,晨曦甫(缺右下半)〔上〕,人(余下部少许)声已〔喧〕,〔忙〕(余下部几笔)于除旧迎新也。民谚曰:"二十三,赶小年;二十四,写大字",视为吉辰。万户千家,春联争奇句,桃符竞新文。此风尚自宫掖间,每岁是日,诏善书者入值,为诸官所书楹联,以迎新春。供奉事毕,御〔赐〕(余右半边)有差,给假□□□,□(当是"若干日,归"四字)家(只余边及右下)理年事矣。夜来□闻禁中□□□□(末字余左下一二笔)早预遣人奉迓董公,命(缺上端)舆去讫,欲(只余左大半右少许)将所〔借〕风鸢,陈于中庭,苦无挂处。思之再三,未得其法。乃就芹圃而问之;如其教,以长绳三列,布于檐下而悬(余左上大半右一二笔)之,恰(缺左边)可尽陈无遗。[原注:"余遇此细事,竟为所困,则芹圃〔与我〕(余左下二三笔),智愚之间,真不可以道里计矣。"]时芹圃正忙于烹鱼,家人亦从而学焉。[原注:"固知今日(此四字各余左边少许)筵间之味,无一可与相比者。芹圃云:'将以助兴,盛情未可却也。'"]

约当辰正,过公〔至,问余曰:〕"孚翁已先至否?"余曰:"尚未,已命〔轿〕(剩左缺右)车往候矣。"过公将〔书〕画付余曰:"真伪未敢妄断,宜待董公鉴之。"

言已,入中〔庭〕,遽然而问曰:"何为购(缺右大半左下半)得(缺右上方)若许风鸢?"余曰:"此皆芹圃之作,借自于叔度处,为请董公赏(缺右少半边)〔鉴〕者(者字缺中间一大块)。"语未毕,过公指(缺下边)〔宓妃〕而诧曰:"〔前立〕者谁耶?"余应曰:"吾公视其为〔真〕人(只余下二笔少许)也乎? 实亦风筝。"过公就前,审视良久,谓(缺左下少半右下多半)余(缺上半边)曰:"尝闻刍(缺上半)灵偶俑之属,与人逼(缺左半右下半)似(缺左半)者(缺下半),不可迩于寝室,防不祥也。倘系夜间,每能吓人致疾。"余曰:"敬闻命。愿俟董公审(只有上端一二笔)〔阅后〕,当(缺右上)即收之。"

过公问:"何时得晤芹圃? 今日能来否?"〔余曰〕:"前(缺左右上)日巧遇,已邀同来舍;现于后(缺左大半右下半)室(缺左右上端)做(缺'攵'旁)鱼,将以助兴也。"遂肃过公入见。

芹圃方以莲心浸醉□,过(缺左多半右少半)公曰:"芹圃多才,素所闻矣;尚不知精于烹调也!"因以前日所食异味相告,过公欣然(只存上端少许)〔曰〕:"今(缺左半右上半)日可云幸会矣!"(下缺)

这是一篇很生动的记雪芹事迹的材料，可惜我们现在能看到的，只此而已。据抄存者说，此文下面还有叙述董邦达到懋斋后，同雪芹论画、看雪芹放风筝的技巧，当雪芹判断下午必有风而应了他的话时，董叹惜地对雪芹说："杜少陵赠曹将军诗有句云：'试看古来盛名下，终日坎壈缠其身'，令人嗟叹！"他又当场为《南鹞北鸢考工志》题签，并答允归后给它写一篇序言；以及他因对雪芹赞佩之至，竟说"今日之集，固乃千载一遇，虽兰亭之会，未足奇也"等等场面的文字。

第三部分　曹著董序敦记考略

一　关于曹雪芹的几种佚著

（一）关于《南鹞北鸢考工志》。曹雪芹这个名字同扎、糊、绘、放风筝联系起来，大家一定感到愕然。其实，我们只要细读一下《红楼梦》七十回描写放风筝的一大段文字，就不会觉得奇怪了。那段文字虽然没讲到扎糊、绘画风筝，但那里所谈的风筝种类，却是可以和《南鹞北鸢考工志》里的图谱印证的。我在得到这部分材料后，访问了北京的风筝专家，据他们说，《红楼梦》讲放风筝技术的那段文字，是十分内行的。放风筝不是简单地放起就了事的。复杂的风筝固然它本身有着精巧的结构，但让那些精巧结构起作用，还有待于放风筝人的技术。"风鸢听命乎百仞之上，游丝挥运于方寸之间"（敦敏语，见他的《瓶湖懋斋记盛》），风鸢的"听命"，完全在于放风筝人的"挥运"。据看过《记盛》已佚部分的那个抄存者说，曹雪芹的这种技术，曾于乾隆二十三年腊月二十四日在宣武门里结了冰的太平湖上当着董邦达、过子龢、端隽、于叔度、敦敏、敦惠表演过。

曹雪芹不但精于扎，而且善于放。自从乾隆二十年通过于叔度以扎绘风筝为业传播他的风筝样式以后，直到解放以前，北京著名扎风筝的几家用的都是他的图式。以前那些粗糙的旧式扎法和画法，就居于次要地位了。由于过去搞这一行业的人中，有的虽知曹雪芹之名而不知道他是什么人，有的后来已根本不知道图谱的创始人，有的则以曹雪芹的图谱为家传秘本而不肯示人，所以没有人知道北京的风筝业一直流行的是曹雪芹的风筝样式。据现在初步了解，除《南鹞北鸢考工志》可能是曹雪芹自己抄的定本已被金田氏买走以外，我们现在所知道的抄本有：(1)于叔度家传下的本子；(2)哈魁明家传下的本子；(3)敦惠的后人金福忠家传的本子；(4)赵雨山家传的本子；(5)陈氏本。据抄存者说，以上几种抄本中只有一种尚可踪迹求之，其余大都散佚。我们现在只有依靠一九四四年抄存者摹绘的这一部分材料，来考见《南鹞北鸢考工志》的面貌了。

《南鹞北鸢考工志》的内容大致是：董邦达的序，曹雪芹自序，关于扎、糊、绘、放风筝的一般理论，彩绘风筝图谱，关于扎、绘风筝的歌诀，最后还有一篇附录，即敦敏的《瓶湖懋斋记盛》。详细的目录和内容，都已无从知悉。

我们先谈《南鹞北鸢考工志》的成书年代。

《南鹞北鸢考工志》何时成书？按曹雪芹的自序写于乾隆二十二年(丁丑，一七五七)清明前三日；乾隆二十三年(戊寅，一七五八)腊月二十日，敦敏在于叔度处看到的风筝书，就是《考工志》；董邦达在二十四日之会，也看到了这部手稿。可见全稿在二十二年初，当已完成。

曹雪芹何时开始写《考工志》？写的过程大约多久？自序说：

> 曩岁……故人于景廉(裕按：即于叔度)，迂道来访。
> 数年来，老于业此，已有微名矣。

敦敏乾隆二十三年的《记盛》说：

> 叔度……为余缕述昔年济彼之事。
> 叔度曰……数年来赖此为业，一家幸无冻馁。以是欲芹圃定式著谱，庶使有废疾类余者，藉以存活，免遭伸手告人之难也。

根据这些材料,可以得出下述近似的估计:

第一,雪芹初次以风筝的技术教于叔度,至迟当在乾隆十九年(甲戌,一七五四)。

理由一个是:乾隆二十二年雪芹说"曩岁",于叔度二十三年对敦敏说"昔年"。照一般用法,此二词都应该至少指两年以上。另一个理由是:雪芹二十三年所说"数年来,老于业此,已有微名矣",于叔度二十三年对敦敏说的"数年来赖此为业"。按取得"微名"的"数年",起码也得两三年。故雪芹初教于叔度以风筝的技术,至迟当在十九年或竟再早一两年。

第二,雪芹着手写《考工志》不可能是在乾隆十九年,而须在二十年(乙亥,一七五五)到二十一年(丙子,一七五六)之间。

理由一:据自序,于访雪芹是在腊月,倘是十九年腊月,则过几天后就是二十年。估计于叔度初学扎绘风筝,短期内不会要新的风筝图式。他要新的图式,当在二十年的下半年。据雪芹自序说:"老于……时时促余为之谱定新样……于是援笔述此《南鹞北鸢考工志》。"可知于叔度要图式,雪芹才开始写《考工志》。但于要时,雪芹不一定马上就写书,两者中间应当有一段时间。那么,雪芹开始写《考工志》的时间,应该是二十年下半年,甚至二十一年初。那就是说,雪芹从二十年下半年开始写《考工志》到二十二年的清明前三日完成,大约有一年到一年半的时间。从《考工志》中那许多复杂的风筝的扎糊、绘画的图式和有关的歌诀看来,这一工作是要较长时间的。董序中说雪芹"惨淡经营",不会是没有根据的。

理由二:《废艺斋集稿》中有另外七种手稿。其中除了关于金石图章和烹调的两种可能是早年所作,但也需誊清抄录到《集稿》里去之外,其余五种的编写,也完全有可能占十九年到二十二年这段时间。

我们还不要忘记,这段时间也是雪芹陆续写《石头记》的时间。十九年脂砚斋抄阅再评《石头记》,二十一年脂砚斋三评《石头记》。在庚辰本七十回末,有这样一条备忘式的记载:

乾隆二十一年五月初七日对清,缺中秋诗,俟雪芹。□□□,

□□□。开夜宴,发悲音。赏中秋,得佳谶。

是否雪芹由于插进了《考工志》的写作,以及《集稿》的工作,而耽误了写《石头记》里的中秋诗?我看不但可能,而且必须这样估计。批语中的"□□□,□□□",也显然是由于雪芹忙得没有空写足这准备用到回目中的"备忘录"。

因此说,雪芹写《考工志》所用的时间,实际上并不多。

在从十九年到二十四年(己卯,一七五九)初(董邦达写序)这段期间,雪芹的生活怎样?他和朋友们交往的情况怎样?

关于雪芹这一时间的生活情况,我们首先谈他的居处问题。

雪芹大约于乾隆十五年左右,从北京城里迁至西郊香山键锐营。到乾隆十九年,他已乡居四五年。根据传说,他初住香山四王府和峒峪村中间一带地方,后来不知哪年又迁到香山脚下镶黄旗营的北上坡。于叔度的家据敦敏的《记盛》说在北京东城,他初次去找雪芹求助,应该是到雪芹在香山的居处——峒峪村附近或北上坡。

《记盛》说雪芹于乾隆二十三年春曾去玄武门里的槐园访过敦敏,时敦敏有事去通州,雪芹可能是告诉了敦敏的家人说他将迁居白家疃。敦敏在这年八九月间,曾两访雪芹于白家疃的新居,亦均不遇。据敦敏说,雪芹的新居,是新盖斜向西南的四间茅屋。

我得到敦敏《记盛》这部分材料后,曾于一九七二年十月二十四日访问这个地方。其地距西直门约五十里,属海淀分局温泉派出所。从颐和园乘汽车沿途经红山口、黑山扈、韩家川、亮甲店、太舟坞、黑龙潭等十几个站,即抵白家疃;再过苗圃一站,就是温泉。从颐和园出发后,这条路的左侧是延绵不断的山,至白家疃便由南向北伸展下去;白家疃西口正是由南向北转折的地方。山下有人工修整的一道长河。在汽车上看,沿途风景颇为秀丽。承当地有关同志的协助,我得与三四位八九十岁的老人谈话,他们提供了有用的材料。据老人说,村西有一河滩,春夏之际有水,是从南山流下来的。这大概就是敦敏《记盛》里所说的"有小溪阻路……循溪北行,越[石]桥[乃达]"中的所谓"小溪"。"循溪北行",大概乾隆间,从北京到这里的路,紧靠山根,故敦敏骑马,就必须沿"小溪"向北行才能走到桥这里。石桥仍在,据老人说,是二百多年前的遗物。雪芹的四间茅屋故址,恰在越过石桥后再向南些的地方。从雪芹的居处,西向五里许,有一突起的高山,树木青葱密茂,其上有娘娘庙。它的北侧,还有一座突起较低的山,也有树木。这两座山的背后,还有与南面的山连接着一直伸向温泉方面去的远山。据白家疃生产队大队长说,这条山才是真正的"西山"。

以白家疃村的实地情况印证雪芹朋友给他的诗,则知敦敏诗"日望西山餐暮霞"是乾隆二十六年(辛巳,一七六一)秋往访雪芹时写的,诗中的"西山"正是指的这个山,描绘的是这里的情景。张宜泉的《题芹溪居士》中说雪芹"庐结西郊别样幽",这个"结"字,过去"不求甚解",现在才知道是"自己盖房子"的意思。正因为这样,故知张诗也是在乾隆二十三年之后写的。同样,"门外山川供绘画",是描写这里而不是描写键锐营一带的景色。敦敏、敦诚在乾隆二十六年来这里访曹雪芹留诗中的"满径蓬蒿""薜萝门巷"等词句,都不是随便说的,由《记盛》中说"垣堵不齐,户牖不全,而院落整洁,编篱成锦,蔓植杞藤"这些话可证。雪芹在这里的住的地方是在白家疃村的最西头,根据八九十岁的老人所说早年河滩西面根本没有住户的情况来看,可知乾隆二十三年雪芹在这里"结庐"的时候,这个地方的荒凉确可用张宜泉所说"寂寞西郊人到罕"来形容;而雪芹居处之西的远山之下的一带,也确有一片丛林。则可见张宜泉《和曹雪芹西郊信步憩废寺原韵》中的"有谁曳杖过烟林"句,也是写的实况。特别是敦敏乾隆二十六年所作《访曹雪芹不值》一诗:"野浦冻云深,柴扉晚烟薄,山村不见人,夕阳寒欲落。"可以说完全写尽了雪芹白家疃这个居处的自然环境。

雪芹于二十三年盖的这所茅屋,除了给那个白媪一间居住外,他的前妻所生之子也应该在这里与雪芹同住,当时大概是五六岁。雪芹续娶,也是在这里。从二十三年起到二十八年(癸未,一七六四)他的死,他一直住在白家疃这里。

下面我再谈谈这一时期雪芹的生活以及他和朋友们接触的大致

情况。

关于雪芹从乾隆十九年到二十四年的生活情况,我们所知极少。张宜泉给他的诗都不著年代,但可看出,有的显然是二十四年以后的作品。敦氏兄弟有关雪芹的诗,大都在二十五年(庚辰,一七六〇)以后。从乾隆十九年到二十四年这几年内,只有敦诚二十二年从喜峰口寄给曹雪芹的那首长诗中有些雪芹的传记材料。诗中追述他们多年前在右翼宗学里的旧事,我已在有关"虎门"的考证中叙述。这里只谈他劝勉雪芹坚持郊居著书的几句:

劝君莫弹食客铗,劝君莫叩富儿门。
残杯冷炙有德色,不如著书黄叶村。

这四句诗虽然足以说明雪芹在二十二年之前的生活是艰困的,却没有涉及具体的情况。现在赖有敦敏的《记盛》,我们才得知雪芹到了二十三年已经穷到卖画维生"饔飧有时不继"的地步。然而,他却不但坚持写《集稿》和写《石头记》,而且他还帮助白媪,给她医治失明的眼睛,让给她一间房子住,又整月地离开家帮助于叔度扎糊风筝,并帮助其他双目失明的人学习编织和脱胎的技术。他虽卖画,却是"非其人虽重酬不应"的。

又据《记盛》得知乾隆二十三年腊月二十四日有这么一次"盛会"。会上接触到的人们中,敦敏是老朋友,董邦达、过子龢、端隽等,大概都是初识的。敦敏的堂弟敦惠,应是早已见过了的。过子龢名叔平,是个老医生,大概是个常出入于权贵之门的人物。敦敏称他为"叔",他可能是瑚玑的朋友。据说他的字写得很好,曾给敦敏写"懋斋"两个大字,敦敏把它悬在堂上,颇得一些朋友的赞赏。据看到《记盛》已佚部分的人说,董邦达在二十四日的聚会里向大家说,他把过子龢给他的家人开的药方,因为字写得好,都一一保存着。端隽字颖夫,是个武人,二十四日那天的晚饭是他从外面叫的酒席在敦敏家请的客。敦惠是个瘸子,先学画,曾屡次向董邦达求教。在二十四日的聚会上,由过子龢提议董邦达赞助,让他跟雪芹和于叔度学做风筝,后来敦惠以此供奉内廷,他的后人就以风筝为业了。在北京风筝业著名的金福忠现已八十多岁,是敦惠的若干世孙,他家保存的风筝谱,就是敦惠得自曹雪芹的。

估计这些年间,同雪芹接触较多的,应该是脂砚、畸笏二人,但没有直接材料。脂砚斋己卯年有不少批语,这说明他们是有接触的。又丁丑年春,畸笏在《石头记》四十一回"妙玉送茶"一段上写了一条回忆他同雪芹在乾隆二年(丁巳,一七三七)往事的批语道:"尚记丁巳春日,谢园送茶乎?展眼二十年矣。丁丑仲春,畸笏。"此批只见于近年发现乾隆夕葵书屋抄本《石头记》(这个抄本应是靖应鹍的过录本,但为说明其来源是抄自乾隆吴鼒的夕葵书屋原抄本的,故仍称"夕本")残存的批语中,而为甲戌、己卯、庚辰诸抄本所无。它说明这年的仲春,他们为了《石头记》的手稿或誊清稿本,是有接触的。

自序中提到的于叔度,是他较常接触的人之一。因在曹雪芹的序和敦敏的《记盛》中,对他的事情,已经讲得很清楚,这里无须多说。我只根据看过《记盛》阙文的人和北京世代以风筝为业的哈魁明同志所说:于家最后一代是个女的,已死,据说于家还有于叔度传下来的《南鹞北鸢考工志》的"于氏本"。估计此本若在,必有雪芹亲自修改的笔迹。

(二)《考工志》里的风筝歌诀,约有四十多首,我看到的有十几首。我只选了比较能看出雪芹有些寓意的两首。在风筝着色的歌诀中,有一语双关的地方,例如《比翼燕歌诀》中说:

相期白首约,互证丹心誓。

是说燕子的头是白色的,心是要用红色来画的,故曰"白"首,"丹"心。此类例子很多,不一一举。值得注意的是,雪芹在这种画诀中,也还有另外一种寓意,如:

卜居武陵溪,仙源靡赋役。

之例。结合他在自序中所说的"古之世鳏寡孤独废疾者有养也",今则这类人"不转乎沟壑也几希"等语,这些话就是与雪芹的政治思想有关的了。

最后还有一点应该说明的,即雪芹之所以用"歌诀"的方式来讲风筝的扎法和画法,据业此者说,乃是因为:一则,歌诀简短比文字说明容易记;二则,雪芹既以风筝为穷人的维生技艺,歌诀的奥义就必须口授,使"行"外的人不能随便仿制。故除歌诀外,还有用口语写的说明,即"此中人语"。则雪芹之为所谓"穷民"设想,可谓至矣。

(三)他的《自题画石》诗,不知写于何年;但据诗中的词意,可断此诗必写于他迁往西郊之后。这首诗是抄存者从他的外祖父富竹泉所著《考槃室札记》手稿中抄出来的。富竹泉因其祖父盛紫川是清朝恭王府的管家,故得由某贝子家中看到此诗。原诗可能是写在扇面上画的石的上端。竹泉字稚川,作画时署"金台三畏"。"富"是满洲富察氏。竹泉女即抄录这些材料的抄存者的生母,名富瑾瑜,字楚珩,著有《楚珩诗草》,未刊,中有《和大观园菊花诗原韵》十一首。当初富的家庭,可能是爱好《红楼梦》的。

曹雪芹喜欢画石,从敦敏乾隆二十五年《题芹圃画石》中"傲骨如君世已奇,嶙峋更见此支离;醉余奋扫如椽笔,写出胸中魄礧时"看来,他是借画石以抒胸中不平之气的。

雪芹不但喜欢画石,而且他以石自拟。知道这点的是脂砚斋。在《石头记》第五回第一支《红楼梦》引子"开辟鸿蒙,谁为情种"句旁,批云:

非作者为谁?余又曰:亦非作者,乃石头耳!

甲戌本在"乃石头耳"句下,有墨笔批语道:"石头即作者耳。"此批虽是墨笔,因而当是年代较后的批,但可谓已得脂批本意。脂批又在《石头记》第一回"无才补天,幻形入世"句旁,朱批云:

八字便是作者一生惭恨。

这都是在说明《石头记》的作者是以石自拟的。在这个意义上,谈石的遭际是同作者的思想有密切关系的。正因为这样,《石头记》第一回便有许多地方"交代"这石的来历。而"溯源应太古"、"堕世又何年"、"无材

去补天"这些诗句,便都可以在下面这段话中,找到"来历":

> 原来女娲氏炼石补天之时……只用了三万六千五百块,只单单的剩了一块未用,便弃在此山青埂峰下。谁知此石……因见众石俱得补天,独自己无材,不堪入选,遂自怨自叹……
>
> ……茫茫大士,渺渺真人,携入红尘,历尽离合悲欢,炎凉世态……

由于这段话是写于较早的年代,而《自题画石》诗则写得较晚,故二者在思想内容上,有所不同。

二 关于董邦达给考工志写的序

董邦达给《考工志》写的序末署乾隆二十四年(己卯,一七五九)正月。他在二十三年的腊月二十四日同雪芹聚会时,不但看到雪芹的《考工志》并为它写了一个书签,而且还看到雪芹亲自在太平湖上放风筝,雪芹的技巧之高,使他大为惊异。雪芹论画,也有高见。雪芹又能做极好的菜,特别是烹鱼。因此,董曾兴奋地说:"今天的集会,真是千载一遇,就是兰亭之会,也没有什么了不起!"不但如此,他还让敦敏撰文以纪之,可见他对雪芹是十分钦佩的。

按董邦达乾隆二十三年正做吏部侍郎,可能已兼管皇帝画苑的事。他这时与敦敏这样的宗室们接触,并没什么奇怪。因为敦氏因其五世祖英亲王阿济格事受皇帝苛遇冷遇的时候,已经过去了。阿济格的坟墓,已于乾隆十一年(丙寅,一七四六)"特恩饬部,照亲王园寝式重修"。敦诚在二十年获笔帖式记名。据《记盛》,敦敏的堂弟敦惠为了习画,也曾多次请董指点门径。

董和雪芹当是初会,据《记盛》中记载,知董和过子龢都是闻雪芹名已久了的。

董虽是当时的显宦,过也是个走上层路线的人,但对雪芹则似乎并没摆什么架子。《记盛》中说过子䤲听到雪芹在厨房做鱼,便立即同敦敏去厨房看他。董在论画时,也很尊重雪芹的意见。由此,似可推知雪芹当时在上层官场中是颇知名的,这一点同以前有些人的设想不同。

董的这篇序言是会后过了年就写的。在封建社会时代写序,有时只是应酬。但董给《考工志》写序,据那天会上的情况以及序言的内容来看,却绝非一篇应酬文字。他把雪芹看得很高,认为雪芹"悯废疾无告之穷民,不忍坐视转乎沟壑之中,谋之以技艺自养之道。厥功之伟,曷可计量也哉"!但他当然是听过雪芹帮助于叔度的故事之后,也可能是听到敦敏所讲他自己闻诸白媪的那些话之后,他才会感到:雪芹自己穷到卖画维生,却又拿卖画得来的余钱救济旁人;而他所周济的人,不仅仅是他的朋友于叔度,还有像白媪那样以及白媪所说那些同他不相干的人们——这就不仅是同情某一个人,而是同情某一类人的问题了。董邦达久在宦途,却能看出此点,因此才用他的话来称颂雪芹这种"意在活人"的著作是"与其谓之立言,何如谓之立德"的。作为一个所谓"读圣贤书"的封建士大夫,他知道"立德"一词的分量是很重的。

但是,在我们看来,对于一个具有反封建的叛逆思想的人的行动,用儒家这种旨在维护封建社会及其政治秩序的"美德"来赞誉,是很不恰当的。儒家仁义道德这些东西,根本上都是维护封建制度的;即使是"立德",那用意和后果也是维护封建制度,而不是反对它、破坏它。这就是为什么号称"立德"的"圣人"和"贤人"受到封建最高统治者的表扬和尊崇的缘故。而曹雪芹,当然不是立这种"德"。这一点是应该注意的。

董邦达经过了二十三年腊月二十四日之会以后,对雪芹当有较深刻的了解,因而二十四年或再迟,可能有请雪芹去皇帝的画苑任职的事,但被雪芹所谢绝。所以张宜泉《题芹溪居士》一诗中,才有"苑召难忘立本羞"这句诗。过去由于不知道雪芹与董相识,不好推断,对张诗也不得其解。现在有了《记盛》的记载,此一久悬的问题,遂可告解决。

关于王冈为雪芹画的小像问题,这里多说几句。胡适曾于一九六一年一月在香港出版的《海外论坛》第二卷第一期上有一篇《所谓"曹雪芹小像"之谜》的文章,驳我在《有关曹雪芹八种》中对小像的看法。一、他认为题像的人都是阔人,不见得是曹雪芹所能交往的;二、他认为那些题像诗的语气"绝不是那位'风尘碌碌,一事无成'晚年过那'蓬牖茅椽,绳床瓦灶'生活的《红楼梦》作者"。吴世昌同志已写一篇长文《论王冈绘曹雪芹小像——驳斥胡适谬论》。让我在这里再补充两点理由。第一,据考乾隆二十七年恰是王南石旅居北京在董邦达门下作客的时候,他为董代作了许多供奉内廷的画。现在既知道曹雪芹与董相识,则由董介绍而认识王南石,而王又在二十七年春为雪芹画一小像,这就都成为意想得到的事情了。第二,题像诗在一个意义上同碑文一样,大概总是要说些好听的话的;绝不会把人家穷得吃不上饭的情况,写在这种诗里。在不很熟的人们之间,就更是这样。试看即使熟到张宜泉那种程度,他的《题芹溪居士》(我已早在《有关曹雪芹十种》中,断此诗为题雪芹画像之作)一诗,也何尝不把雪芹描绘得像个"高人"、"隐士"样?又哪里看得出丝毫"蓬牖茅椽,绳床瓦灶"、"饔飧有时不继"的景况?

三 关于敦敏的瓶湖懋斋记盛残文

《瓶湖懋斋记盛》虽是金田氏买走的《南鹞北鸢考工志》的附录,但据抄存者说,一九四四年抄录时,他并没有注意这篇附录,也并不知道"敦敏"是什么人,因此,根本没有抄下来。抄存者于一九七二年给我看的《记盛》三页残文,据他说是他在一九七二年初借自敦惠的后人金福忠的。自敦惠于乾隆二十三年开始学制风筝后,他的后人即以此为业,直至金福忠仍以此知名。关于金福忠,本文前两部分,都已谈到,不再多说。

"懋斋"是敦敏的斋名。"瓶湖"其实就是北京宣武门里西南城角的太平湖。敦敏的家"槐园"就在太平湖畔。

二十二年敦敏在锦州管税务的事,到了二十三年的夏天,他从他父亲的任所山海关回到北京。他曾在《懋斋诗钞》的小序中叙述他这个时期的生活道:

〔戊寅夏〕（裕按：此三字是原稿本后贴上去的，不见于影印本），自山海归，谢客闭门。唯时时往来东皋间。盖东皋前临潞河，潞河南去数里许，先茔在也。渔罾钓渚，时绘目前，时或乘轻舠一楫，芦花深处，遇酒帘辄喜，喜或三五杯；随风所之，得柳荫，则维舟吟啸，往往睡去，至月上乃归。偶有所得，辄写数语以适情，率以为常。……

这是他在乾隆"庚辰"即乾隆二十五年（一七六〇年。又原本作"庚辰"二字。今影印本作"癸未"是后贴上去的）追忆二十三年的情况时所记。这个早已式微了的贵族，放弃了小税吏的职务，回到北京，仍然过着优哉游哉贵介公子的生活。

二十三年春天，雪芹去访他不遇，夏天他就往来于北京和东皋之间玩山游水吟风弄月去了。到了八九月，他才为了请雪芹鉴别书画的真伪，而去白家疃访雪芹。两访不遇后，遂改请董邦达。为了招待董邦达，他在腊月二十一日出宣武门，买酒不成，又在菜市口巧遇雪芹，并在于叔度处，吃雪芹做的鱼——"老蚌怀珠"之后，雇车载了雪芹送给他的南酒两坛和于叔度借给他的风筝，同雪芹回到他家。雪芹在他家一直住到二十四日参加那个聚会。

敦敏的《记盛》非常重要，它虽已残缺不完，但它却是二百多年来关于曹雪芹的很值得注意的重要而详细的史料。敦敏的文字不怎么高明，他自己也同过子猷说："若敬亭（裕按：即敦诚）得与此会，而撰斯文，庶不致挂一漏万矣。"敦诚的古文比他写得好；但如果敦诚写此文，他就可能为了求文章"典雅"而写得十分简古，那就反而会"挂一漏万"，雪芹的许多事迹也就会"漏"掉了。

据原抄者说，在《记盛》"二十四日晨曦甫〔上〕"前面一段的末句"〔是〕以得快读〔其〕书"句上，有这样一条眉批：

子明，余意前段可略去。

这句话可能是敦诚后来看到敦敏原稿时写的。因为在他看来，前段与聚会的本身关系不大,并且有些啰嗦。但也有可能是雪芹看过原稿后所写,因为他可能认为文章的前段对他自己赞扬的地方太多了。据抄存者说,在日本商人买走的那部雪芹自己誊清过的《南鹞北鸢考工志》中,果然虽有《记盛》作为附录,却将此段删去。

关于敦敏这篇《记盛》,我有如下的看法。

第一,《记盛》记的是乾隆二十三年腊月二十四日懋斋的聚会,本来是因为没有请到雪芹而改请董邦达来鉴别书画的。参加聚会的共七人,董邦达是主客,过子龢、端隽、于叔度都是陪客,敦敏、敦惠是主人。唯有曹雪芹地位特殊,如果先请到了他,他就是主客,就不会再请董邦达了。现在董邦达是主客,雪芹应该处于陪客的地位。可是我们读了《记盛》的残文,都会有个感觉,即敦敏描写的中心人物是曹雪芹,董邦达反而处于次要地位。据抄存者说,他所看到过并用口语写出已散失的那部分文字,记雪芹的事更多。可见敦敏是有意突出雪芹这样一个人物,而他之所以这样做,是由于雪芹的言行本来就突出。"接䍦倒着容君傲,高谈雄辩虱手扪"(乾隆二十二年敦诚《寄怀曹雪芹》),"可知野鹤在鸡群"(二十五年敦敏,《芹圃曹君霑别来已一载余矣……》),这些诗句,都可证敦氏兄弟一向认为雪芹的言行是突出的。

敦敏《记盛》中所要突出的究竟是什么呢?主要是这样一点:即他认为曹雪芹不但多才多艺,而且是一位有义行的人物。无疑地,敦敏对于雪芹的绘画、做菜、糊扎绘放风筝,以至写《石头记》等等,都十分赞赏。董邦达之赞扬雪芹,主要也是由于有雪芹的那些言谈和行动。但是最使敦敏钦佩的还是他所听到的(虽然有的事情发生在多年以前)关于雪芹怎样在贫困中,既以扎糊风筝的技艺救助于叔度,又撰写《南鹞北鸢考工志》一书,把风筝的手艺教给其他"鳏寡孤独,废疾无告"的人们以便使他们有一个自活之术;关于白媪所说雪芹怎样救她于双目失明饥寒交迫的绝境;尤其是,白媪讲的雪芹已到"鬻画维生,饔飧有时不继"的境地,他还每有余钱,就"常济孤寡",而卖画却又"非其人虽重酬不应"!对于这样一个人,不仅敦敏,就是久在宦途的老官僚董邦达,也不能不肃然起敬,推重备至了!

第二，《记盛》告诉我们许多新事实。除了由乾隆二十三年到乾隆二十八年雪芹是住在白家疃外，他还告诉我们他的叔父住在寺院里。为了放置较大风筝，他还给于叔度借过他叔父庙里的住处。这一事实是重要的。裕瑞说《红楼梦》中的贾宝玉原型是雪芹之叔脂砚斋，这话可信到什么程度，当做别论；但脂砚斋的生活相当落拓，则可无疑问。这些情况对我们今天研究脂评是很有帮助的。

第三，关于雪芹的其他技艺，《记盛》中提到了烹调的实践，可以同《红楼梦》中有关的记载，印证一下。关于扎绘风筝，《南鹞北鸢考工志》里面已经言之甚悉；可惜的是《记盛》中描绘雪芹放风筝许多技巧的部分，已经残缺。据现在北京会放风筝的人们说，放复杂的风筝，技术问题是很重要的。此外，《记盛》还提到了雪芹对于风的预测，亦即关于气象的知识，但也语焉不详。

第四，还有一个值得注意的问题是，敦敏于乾隆二十三年两次去白家疃访雪芹，只看到了白媪；既未提到雪芹那个"孤儿"，也未提及所谓"新妇"。我的解释是："孤儿"死于乾隆二十八年雪芹逝世"前数月"，敦敏往访时，他还在同雪芹住在白家疃的新居。至于"新妇"就难于确切推测了。很有可能这位"新妇"是雪芹迁居白家疃村之后过了些时才娶的。那就是说，敦敏在初次二次往访时，雪芹家里还没有那位"新妇"。我们看敦诚甲申正月写的挽曹诗句——"新妇飘零目岂瞑"的口气，则雪芹之续娶，在二十五、二十六甚至二十七年，都是可能的。

在结束本文时，我说明一下：我这篇东西只是对这次发现的材料的初步介绍。鉴于这些材料关系到我们对曹雪芹的根本了解问题，我限于能力，只做了这样一些工作：介绍原稿内容，校补原文字句，以及略考曹雪芹、董邦达和敦敏写这些东西时的一些情况。对于意义较大的问题，我没有深入分析。希望在广大读者和研究者的共同努力之下，能够继续发现有关的新材料。同时也希望研究者们对已发现的材料做进一步的研究，以便对曹雪芹这个伟大的作家和《红楼梦》这部现实主义的巨著，有更深刻的了解。

一九七二年十一月，北京沙滩。

校后附记

第一,本文排好后,承抄存者又见示一项材料。即《南鹞北鸢考工志》中之关于扎、糊、绘、放风筝一般理论的残页,原文如下:

……观夫史籍所载,风鸢之由来久矣,可征者实寡,非所详也;惟墨子作木鸢,三年而飞之说,或无疑焉。盖将用之负人载物,超险阻而飞达,越川泽而空递,所以辅舆马之不能,补舟楫之不逮者也。揆其初衷,殆欲利人,非以助暴;夫子非攻,故其法卒无所传……

这些话基本上是讲风筝历史的。但它们却附在讲一般理论的部分中,而这几句话似乎还只是历史叙述的一个开头。估计下面还应该有风鸢真正起源的叙述,接着才能讲理论。那么《考工志》中讲风筝一般理论这部分,有历史的叙述,也有理论的阐释,应该是一篇相当长的文字。

由这短短的一段话,可知雪芹对先秦诸子涉猎亦广。尤其是他称墨翟为"夫子",也似可从侧面窥测他对儒家的态度。

第二,本文初稿曾打印分送一些同志请指正。许多同志希望把未经选抄在本文中的风筝歌诀全部抄出。现将我所见到的绘画歌诀(但不包括扎糊歌诀,因为不是内行人看不懂),补抄如下:

1. 瘦燕歌诀。雪芹自注画法云:"画以烟黑为底,衬以嫩黄,九幅作大红,配之以绿。腰间金环略以鹅色入黄,位于尾羽之端,和之以朱红、石绿、石青、湖蓝、浅紫等色,必使艳而不厌,繁而不烦。"

纤纤瘦燕舞临风,竟掠翩跹上九重。
天际频传钲鼓乐,云端隐闻丝竹声。
花雨阵洒仙凡路,红灯遥映碧霄宫。
为貌娇姿拟人态,须将意匠写神形。
金盘舞起羽衣飘,锦绣仙裙束细腰。

万缕情思双鬓上,一段风流两眉梢。
盈盈笑含樱口闭,脉脉情余比目意。
眉心夔纹翠点碧,眸补花颜红润玉。
鬓云覆颈衬玉颔,细指捧心愈增妍。
红巾一幅缀素锦,酥胸双凸柳腰纤。
翡翠珊瑚镶宝带,雾縠冰绡束金环。
环带锦饰三元寿,裙绦彩多蓝紫绣。
福禄连绵绕仙桃,回纹万转玲珑透。
乐奏归风送远曲,秾歌艳舞凤笙倚。
锦瑟凝歌曲似终,绛幅缤纷舞又起。
仙袂拂云蔫蔫飞,珠袖临风飘飘举。
胭脂霞帔石榴裙,红映九霄晴空里。
尘缘未尽一线牵,瑶池罢宴返人间。
谁信无方能持后,应许掌上看留仙。

2. 肥燕扎画诀。雪芹自注画法云:"百福骈臻锦,彩蝶寻芳锦。法以靛青为底,嫩黄为衬,红花绿叶,和以蓝紫。"

大地春回景色妍,燕子报喜到人间。
画拟人态形神备,笔法意匠体势全。
广额丰发腮含笑,眉梢上轩见喜颜。
红润眉心花绽蕊,绿泛眼膜叶钩连。
两目凝神须下视,一时洪福到眼前。
颔如满弓承双颊,胸似银瓶气度轩。
蓄势待发权在握,肘根腋翎必相衔。
两笔皆寻膀线起,位在中央不可偏。
腰列纹锦即尾羽,上寿福禄在两端。
二尺一节尤须记,尾翎似盆节下悬。
立尾展开八字势,四翎适为一个宽。

两膀画作菱角形,肩领双钩月半圆。
　　铁肩高耸凌云志,一展迴龄可齐天,
　　翎如尺数各加十,上起中线下到弯。
　　羽内纹锦花一簇,红桃绿柳色最鲜。
　　五福捧寿桃花瓣,十绿全臻柳叶尖。
　　彩蝶双双飞上下,不负春光舞翩跹。

3. 雏燕画诀云:

　　雏燕如何来画? 拟人是胖娃娃。
　　肢短头宽且大,尾小羽稀有差。
　　双瞳澄似秋水,两颊艳若荷花。
　　眉开眼里含笑,黄口呢喃学话。
　　心头洁白天真,胸中坦率无瑕。
　　孺慕情意拳拳,除此那有牵挂?
　　春末习步花丛,夏初学飞林下。
　　时伴彩蝶翩跹,偶随鹡雀穿架。
　　捉捕螟螣蟊贼,巡田蒉苗护稼。

一九七三年三月

第十三篇
红楼梦的反儒和废艺斋集稿残篇中的近墨反儒思想（附录二）

一 红楼梦里的反儒家思想

以孔子为创始者的儒家思想，从西汉后期以来就逐步成为维护封建制度的正统思想。作为一部反封建的小说，《红楼梦》必不可免地有反儒家的思想。我在一九五六年曾举出，曹雪芹不仅有反儒家思想，而且他对儒、释、道都有微词。（见《曹雪芹的故事》中《传奇题句》一篇的注二十八和《宗羹夜话》。）但是，由于作者声明它是一部把"真事"隐去，用"假语村言"写出来的书，我们就必须在"假语村言"的背后，去探求它的"真事"和真实思想。研究《红楼梦》的主题思想要这样做，探求它的反儒家思想，也要这样做。

我们只有通过分析书中的主要人物的言论和行动，来判断他们是站在维护封建、维护儒家思想一边，还是站在反封建、反儒家思想一边。

（一）反忠孝

《红楼梦》的故事是以贾、史、王、薛四大家族为纲而展开的。全书反映了当时社会的各种阶级矛盾和斗争。这些矛盾和斗争基本上都是环绕着四大家族之一的贾家来安排的。小说故事中以贾政为首的维护封建、维护儒家思想同以贾宝玉为首的反封建、反儒家思想的矛盾，就是这些矛盾中的一种。《红楼梦》的反儒家思想，突出地表现在这一矛盾的主要反封建人物贾宝玉身上。

忠、孝是中国封建宗法社会的精神支柱。封建统治者需要他的臣民效忠,封建家长也需要他的子女尽孝。忠对于巩固君权是必要的,孝对于维护父权也是必要的。由于家庭是中国封建宗法社会的基本组织单位,所以,孝是忠的缩小,忠是孝的扩大。要求子在家庭里对父尽孝,是臣对君主尽忠的基础。

儒家孔子是首先提倡忠孝的。所谓"君君、臣臣、父父、子子",就是要求"臣事君以忠"、"子事父以孝"。同时,孔子及其门徒也清楚子孝和臣忠的密切关系。有子说:"其为人也孝悌而好犯上者,鲜矣;不好犯上而好作乱者,未之有也。"这就是说,在家庭里对父母能尽孝的人,是不会对君主"犯上"和"作乱"的。东汉儒者韦彪说"求忠臣必于孝子之门",可谓一语道破儒家提倡的孝和忠的关系的用意。

忠和孝是儒家一脉相承地维护封建统治的最基本的主张之一,而这也正是《红楼梦》通过贾宝玉这一小说人物来反儒家思想的重点。下面我们谈谈:第一,贾宝玉反对科举考试、反对做官的言行;第二,他的这些言行不是简单地意味着反对走儒家"学而优则仕"的道路,实质上乃是反对奉行儒家的忠孝之道,而这恰恰又反映了贾政的维护封建主义的政治态度同贾宝玉反对封建主义的政治态度的矛盾和斗争。

(1)关于贾宝玉这方面的言行,《红楼梦》里有不少,兹略举一二。

首先,贾政教贾宝玉:"什么《诗经》、古文,一概不用念。只是先把《四书》讲明背熟是要紧的。"但贾宝玉却绝不爱读《四书》,而是"素喜好些杂书"如传奇、小说、诗之类。其次,他对八股文,"平素深恶此道"。再次,他反对参加科举考试,认为那是"饵名钓禄之阶"。最后,他反对通过科举走上经济仕途——做官。他认为那些做官的人都是"国贼禄蠹"。

贾宝玉的态度是坚决的。第三十二回史湘云劝他:"还是这个情性不改!如今大了,你就不愿读书去考举人进士的,也该常常的会会这些为官做宰的人们,谈谈讲讲些仕途经济的学问,也好将来应酬世务,日后也有个朋友。"史湘云这些话已经是退一步地劝他了,然而贾宝玉却认为她这些话是"混账话",立刻给她一个难堪,说:"姑娘,请别的姊妹屋里坐坐,我这里仔细污了你知经济学问的!"不用说史湘云这般人劝不了他,就是贾政的严父之教,也终于无效。对读书,他始终是阳奉阴违地应付贾政。对科举,据前八十回的脂批("脂批"一词不限于脂砚斋的批,有许多是畸笏叟的批;脂、畸是两人,脂在曹雪芹死后不久就死了,畸死较晚)来看,贾宝玉是终于没有参加考试的。中举人是高鹗的安排。第二十一回有这样一条批语:"……宝玉有情极之毒,亦世人莫忍为者;看至后半部则洞明矣。……宝玉有(原作'看')此世人莫忍为之毒,故后文方能〔有〕《悬崖撒手》一回。若他人得宝钗之妻,麝月之婢,岂能弃而为僧哉!"可见贾宝玉结婚后并没有考试,也没有做官,而是不久就走入了"空门"。

(2)贾宝玉的这些言行意味着什么呢？乍一看来,这是一个反对科举、反对走儒家的"学而优则仕"的道路的问题。仔细分析,他的这些言行却还有更深远的意义。他不只是反对"学而优"则"仕",他根本就是反对"仕",不管用什么办法取士。换言之,他根本不想做封建统治下的官。正因为这样,所以他当然就反对当时取士手段的科举了。反对科举、反对做官总是有原因的。顾亭林在《寄友人书》中曾说:"郎君博探文籍,而不赴科场,此又今日教子者所当取法也。"这是反科举。朱舜水在寄他的儿子毓仁信中说,"农圃渔樵"、"百工技艺"、"佣工度日"都可以做,"惟有房官不可为耳"。这是反对做满族贵族统治下的官。朱舜水、顾亭林反对科举、反对做官是以反对满族统治者为原因的。贾宝玉反对科举、反对做官是为了什么呢？

我认为,贾宝玉之所以反对通过科举而入仕途,实质上是在反儒家的忠孝之道;而他反儒家忠孝之道则是他反对当时封建君主专制统治的一种具体表现。贾政维护封建主义、奉行儒家的忠孝之道和贾宝玉反封建主义、反忠孝,正是他们父子所代表的两条道路斗争的焦点。

拥护封建主义、奉行儒家思想的贾政要求贾宝玉"克尽孝道"。这"孝"是有政治内容的,那就是通过读《四书》、作八股文、参加科举考试、考中举人进士,从而做封建政权下的官,亦即做皇帝的忠臣。在这里,开始的要求是尽孝,最后的目的是尽忠。忠孝两全:因为他今天是孝子,明天也会是忠臣。这是一条路线,一条要把贾宝玉培养成为封建主义接班人的道道地地的拥护封建主义的路线。贾宝玉却坚决反对走这条路,拒绝做封建主义的接班人。以致最后他宁肯出家做和尚,也不给封建统治者服务。因此,贾宝玉同他父亲贾政之间的矛盾和斗争,不只是父子之间的斗争,也是封建和反封建的斗争。

《红楼梦》里描写他们之间的矛盾和斗争的场面不少,但是最形象地、最能把贾政的教子目的揭露出来的,是"不肖种种大承笞挞"的第三十三回。在回答贾母的责问时,贾政说:"为儿的教训儿子,也为的是光宗耀祖。""光宗耀祖"就得去做官,为了做官就得参加科举考试,中举人进士;而其准备工作就是要熟读当时科举考试的课本《四书》和作好八股文。当贾政一旦发现贾宝玉坚决不遵命、不走这条路时,他的失望和痛恨竟至要把贾宝玉用绳索勒死!因为他清楚地看到,像贾宝玉这样不忠不孝的行径,将来必会发展到"弑君杀父"的地步,而他自己这个封建主义的忠臣孝子,那时也"免不得作个罪人",那就反而"上辱先人"了。贾政的这些想法,完全是儒家忠孝之道的逻辑,而贾宝玉的思想和行为则恰恰同贾政背道而驰。

只有认为这是贾宝玉的政治态度,我们才能理解为什么作者在第三回两首《西江月》中,郑重地使用那样的词句来形容《红楼梦》的主要人物贾宝玉:"潦倒不通时务,愚顽怕读文章。"当时像他那样的贵介公子,哪个不是汲汲于仕进之不暇,而贾宝玉却怕读《四书》之类的书,不喜"经济仕途"的"时务","不希罕那功名"(七十八回)。在维护封建君权、父权的儒家看来,这样的人岂不是个"于国于家无望"的不忠不孝的人?这种人真是"天下无能第一,古今不肖无双"了!然而,贾宝玉却坚持这种"偏僻"的行为和"乖张"的性格,而"哪管世人诽谤"!在清代统治者自称以"仁孝"治天下、在统治者对那些"不孝"的人要"齐之以刑"的时代,作者塑造的这个主要小说人物却坚持不履行忠孝的道德,可见他的反封建、反儒家思想的立场是十分鲜明的。

(二)反"男尊女卑"、反封建婚姻、反守节

《红楼梦》里另一个反儒家思想的问题,是关于妇女的一些问题。

(1)首先是反儒家"男尊女卑"的思想。一般都认为《红楼梦》反对"男尊女卑"而主张"女尊男卑"。实际上,小说人物贾宝玉所说的"男人是泥做的骨肉,女人是水做的骨肉"两句话中的"泥做"、"水做",当然是不经之谈。针对中国封建社会重男轻女的事实和自孔子以来儒家的男尊女卑的谬论,这两句话的主要意思是看重和提高妇女的地位。

我们读了恩格斯《家庭、私有制和国家的起源》一书,可知母权制的崩溃,是由于社会经济的变化。母权制崩溃以后,妇女在社会中和家庭中的地位就急剧下降。妇女地位的低落这一事实,即在孔子当时的春秋末年,也是由来已久的。但是,从理论上论证妇女地位应该低下的,却是从孔子的"唯女子与小人为难养也"这一谬论开始的。他把女子与当时社会中最受轻视的"小人"并举,这就使后来对妇女的"压迫有理"了。

从汉直到清朝乾隆时代,儒家不断地写出大量无理约束女子行为的书。在中国长期封建社会中,儒家和统治者结合在一起,造成了一种"男尊女卑"的"舆论"。

鲁迅曾说,中国"向来的男性作者,大抵将败亡的大罪,推在女性身上"。"妲己亡殷,西施沼吴,杨妃乱唐",都是"男尊女卑"的"舆论"的必然结论。事实上,也正如鲁迅的论断:"我以为在男权社会里,女人是绝不会有这种大力量的,兴亡的责任,都应该男的负。"(见《且介亭杂文》中的《阿金》)至于被压在社会底层的女奴们,如《红楼梦》里的女奴晴雯、鸳鸯等人,他们因受压迫、被残害而失去了生命,其境遇就更悲惨了。作者通过无情的揭露,抨击了封建等级制和儒家礼教。这也是《红楼梦》里反儒家思想的重点之一。

《红楼梦》的作者在第一回就一再提出他所记的女子的"行止见识"都出于男子之上,"堂堂须眉",还不及"裙钗女子"。这些认为女子的才能根本不比男子低的看法,是和历来儒家认为男是乾是阳,女是坤是阴,男子能管国家大事,女子只能做家庭琐事,"女子无才便是德"等种种谬见,直

接对立的。马克思在给库格曼的一封信上说过,一个社会的进步是要用妇女在这个社会所处的地位来衡量的。作者在《红楼梦》里描写大量女奴的被践踏、妇女被歧视,都是在谴责封建社会的落后和黑暗,同时也是在批判儒家男尊女卑的反动谬见。

(2)在恋爱和结婚的问题上,《红楼梦》尤其突出地表现了它的反儒家思想。自儒家搞出一些关于婚姻和限制妇女的礼仪,特别是自汉朝董仲舒提出了"君为臣纲,父为子纲,夫为妇纲"的三纲说以后,女子的行动就更加不自由了。男女结婚,完全由双方的家长所决定。他们的决定是以贫富和门第高下为标准,是有政治和阶级内容的。

《红楼梦》里的宝、黛婚姻问题只是贾政与贾宝玉的封建和反封建的政治态度在婚姻问题上的反映:政治态度决定婚姻对象的去取,而不是相反。贾宝玉不顾父母之命,对抗被指派的婚姻,既有反对封建婚姻制度也有反对儒家思想的重要意义。贾政、王夫人等要给贾宝玉娶薛宝钗,最主要的原因是,薛宝钗是一个儒家的"三从四德"等妇道封建教条的信奉者。特别是,在希望贾宝玉通过科举考试取得功名而效忠于封建统治者这一点上,她和贾政是完全同调的。而贾政等之所以讨厌林黛玉,也正是因为她是贾宝玉的同调——她是贾宝玉深恶八股时文、无意仕途经济的政治态度的支持者。贾宝玉坚持他和林黛玉的爱情的根本的原因是"独有林黛玉自幼不曾劝他去立身扬名等语,所以深敬黛玉"(三十六回)。而他对薛宝钗劝他注意"经济仕途",则认为:"好好的一个清净洁白女儿,也学的钓名沽誉,入了国贼禄儿之流。"(三十六回)可见贾宝玉和林黛玉之"情投意合,愿同生死"(六十四回),互相引为知己,是有这一政治态度上的相同为基础的,而不是无缘无故的。

(3)关于贞操和守节问题。汉朝刘向写了《列女传》,班昭写了《女诫》,从这以后,束缚限制妇女的教条和说教,就层出不穷。在这些说教中,妇女的贞操和守节,占首要地位。贞操和守节都是妇女的事,男子是不受约束的。男人死了妻子再娶是当然的事,而女人死了丈夫再嫁却要遭受歧视。儒家这种残害妇女的道德观念,发展到宋朝,朱熹引证程颐所说的"饿死事极小，失节事极大"达到了高峰。历朝的统治者在儒家的鼓吹下都奖励守节。汉朝的安帝就旌表过守节。直到清朝，统治者们还用树牌坊、立碑、送匾种种方式表彰烈女节妇。曹雪芹写《红楼梦》正是在这一封建道德推行最广泛的时代。他在《红楼梦》里用暴露的手法，描写了李纨的守寡生活，抨击了宋儒守节的谬见。且看他描写李纨说："……这李纨虽青春丧偶，且居处于膏粱锦绣之中，竟如槁木死灰一般，一概无闻无见；惟知侍亲养子。外则陪侍小姑等针黹、诵读而已。"表面上这是白描，没有表示作者的什么看法。但实质上，正如马克思在《黑格尔法哲学批判导言》一文中所分析的，这是通过揭露来进行批判，从而表达作者愤怒的感情。

另一个例是尤三姐。作者对尤三姐言行的描写，尽管他用的是"谴责"的话语（仔细分析，那些话主要是骂贾珍和贾琏），我们仍可以看出他的同情。他对于尤三姐那狂放、大胆的行为并未苛责。而且根据六十六回"情小妹耻情归地府"的下场来看，与其说作者是责备尤三姐，毋宁说他所谴责的是那些加在女人颈项上的、体现儒家所宣扬的"男尊女卑"的道德枷锁。为什么男人婚前可以随便，而像尤三姐那种情况的人，就不见谅于柳湘莲？不见容于贾府的舆论？见嗤于当时的社会？作者能使读者对尤三姐的遭遇提出这些问题，就正是作者的成功。所以，我认为作者是同情尤三姐的，这是他对男女平等的看法的一部分——而且是触动了封建社会中的"夫为妇纲"的"夫权"的很重要的一部分。作者是大胆的，但他不能不用曲笔，含蓄和大胆是并不冲突的。

二 废艺斋集稿残篇里的反儒近墨思想

我们从曹雪芹的佚著《废艺斋集稿》中的《南鹞北鸢考工志》里，得知曹雪芹称墨翟为"夫子"，又对他的"非攻"表示赞扬之意，可见他对墨子是很尊敬的。经过初步的研究，证明他和墨子的某些方面的思想，甚至行动是很相近的。但这当然不是说曹雪芹是一个崇拜墨翟的"墨派"或"墨家者流"——后者自墨翟死后不久,就早已失传了。正因为这样,所以墨子讲的"天志"、"明鬼"等等,就应该是曹雪芹绝对不赞成的。曹雪芹之所以有近墨的思想,主要还是由于曹雪芹自己长于一些工艺美术,在晚年又接近了小手工业者们,又教了些这方面的徒弟,而墨子则也是自来就以娴于技艺见称于当时的。

以墨子为首的墨家思想和以孔子为首的儒家思想,在许多方面是对立的。曹雪芹和墨翟思想相近的几点,也恰恰都是同儒家思想对立的。曹雪芹的哪些思想近墨反儒?

(一)在对待劳动的态度上曹雪芹近墨反儒

儒、墨对劳动和劳动人民的态度是不同的。儒家从孔子起就看不起生产和技术劳动。他们认为从事这些劳动的人都是"野人"、"小人"。樊迟向孔子请教学稼和学圃时,孔子就骂他没出息,是个小人。孟轲也认为"百工之事"是"劳力"的"小人之事"。在儒家看来,农民和工人都是应该受"劳心"的"君子"、"大人"统治的。至于他们本人,正如荷蓧丈人骂孔子"四体不勤,五谷不分",当然是不肯参加体力劳动的了。孔子以及儒家都是一些精神贵族,他们坐享劳动的成果,还要骂劳动人民为"野人"。

墨子反对儒家那种既"不劳而食",却又轻视生产劳动的态度。他也批判了儒家"君子循而不作"的主张,认为儒者一面使用那由旁人的劳力做成的器物,却又鄙视那种工艺劳动,说那也是"小人之事"。墨子说:"古者羿作弓,伃作甲,奚作车,巧垂作舟",儒家不是都在使用着它们么?羿、伃、奚、巧垂,难道都是"小人"吗?如果儒家认为他们是"小人",那么,儒家不是在行(循)小人之道么?可见墨子认为儒家这种轻视劳动的"理论"是不通的;他们轻视劳动而又坐享劳动成果的态度是可鄙的。

墨子本人就是个巧匠,他是不会轻视劳动的。他做过车辖,做过守城的工具,也做过木鸢。他做车辖是因为木鸢载重量小,车辖用三寸之木,就能载五十石之重,而造价又便宜。可见墨子既重视劳动,自己又参加技术改革,所以他才能发明创造一些有用的工具。他的态度同儒家是完全相反的。

从《废艺斋集稿》的残篇中,我们知道曹雪芹擅长多种工艺技术。如扎绘风筝、刻竹、脱胎、印染、织补、编织等。我们在《红楼梦》里都可以找到他会这些技艺的佐证。当作者在书中讲到小说人物长于这些技艺时,写的都很内行。例如写放风筝,写惜春画大观园,写莺儿编织用物和玩具,等等。从有关的材料看,有些技艺如印染、编织、风筝等,可能都是他在南方时亲见亲闻的。他出身于世官织造的曹家,接触纺织印染工业。据说《瓶湖懋斋记盛》的后一部分中,谈到曹雪芹直到乾隆二十三年,还收藏着《织造色谱》之类的书。最近由故宫满文档案译出的有关曹家的史料中,还有曹家向皇帝进送精刻的竹扇、编织巧致的用具等记载。可知曹雪芹在南方和北方的环境中,都有机会对这些技艺直接观察,而曹雪芹本人从少年时代就是喜欢这些工艺技术的。

可是,为什么他自称这些技艺为"废艺",又说搞这些技艺的人"微且贱矣","人皆鄙之"呢?我认为,他的这些用词都是在用"曲笔"陈述那些儒家士大夫的传统贱"工"的看法,也是《红楼梦》脂批所谓"自站地步"的话,并不是他自己的本意。不用说别人,即虽钦佩他却奉行儒家教义的董邦达,不是也还说这些技艺是"小术"么?

儒家也反对改进劳动技术。《礼记》中的《月令》就反对所谓"淫巧"。墨子对这种态度不以为然。他对技术工艺,力求尽巧之能事。所以他的学生称道他"巧"。敦敏在《瓶湖懋斋记盛》中也说:"……既见实物,更讶其技艺之精。……神迷机轴之巧,思昧格致之奥。"可见在曹雪芹,便没有什么"淫巧"的问题,而是要精益求精,巧而更巧的。例如,他对扎绘风筝,就时时"谱定新样",对放风筝也不断地"详察施放之理",对编织工艺的技术和图案,也力求精到。他在风筝的绘画上,创造了所谓"迷笔"。他教给双目失明的人编织有色图案的方法,更见巧思。

尤其重要的是,墨子认为"利于人谓之巧,不利于人谓之拙"(见《公输》)。可见他是从对人们有用的观点出发,来提倡讲求精巧技术的。

在中国历史上,儒家那种鄙视劳动和劳动人民、不主张发展工艺技术的反动态度,大大阻碍了技术革新和科学发明。三国时的马钧号称"天下之名巧",可是,由于当局者不予重视,"不典工官",他的"巧"遂"无益于世"(见傅玄:《马先生传》)。宋朝的科学家沈括创阳历,因不合儒家经义,未被采用。直到清朝,阮元还骂他"不合经义"。可见儒家在中国历史上竟同天主教在欧洲中世纪一样,都对科学发明创造起着阻碍作用。

(二)在"义"的问题上曹雪芹近墨反儒

墨子曾给"义"下过定义。他说无论在个人或在国家,"义"就是:一、"有财以分人。"二、"有力以劳人。"三、"有道以教人。"换一个说法就是,"有财相分","有力相劳"和"有道相教"。这是他在《鲁问》、《尚贤》、《天志》、《尚同》诸篇中屡次阐释过的。在墨子看来,一个人能做到上述三点,就是个能行"义"的人;一个国能做到上述三点,就是个能治理得好的国家。

"义"是有阶级内容的。墨子所讲的"义"同儒家的"义"大不相同。墨子自称出身于"贱民",他本人可能是个手工业者。他认为当时奴隶主贵族专政的根本问题是:"有余力不能以相劳,腐朽余财,不以相分,隐匿良道,不以相教。"事实上,需要旁人劳力、金钱和知识帮助的,都是些缺乏或丧失劳动力、生活困难和缺乏知识的人们。这些人肯定是当时社会的下层人民。因此,墨子所主张的"相劳"、"相分"、"相教"乃是劳动人民之间的互相帮助。这就是墨子的"义"的阶级实质。

儒家,不但他们讲的"仁政"、"礼治"是剥削阶级的君子或贵族的事,就是他们所讲的"义",也被认为只有君子才能做到。孔子不是说过么:"君子喻于义,小人喻于利。"在他看来,"小人",即劳动人民和奴隶,是不懂得"义"、不能行"义"的,他们只懂得利。可见儒家的"义",也同他们的"仁"、"礼"一样,都是只能行之于贵族之间,不及于下层人民的。过去,人们往往把程婴和杵臼一个舍命、另一个舍亲生的儿子救赵武的事,视为"义行"。我看这个"义行"就是统治阶级内部的所谓"义行"。统治阶级需要这种"义",否则他们就不能维持他们的内部关系,就会松弛涣散他们的统治。儒家所谓"义"的阶级性就是这样。

由此可见,虽然墨、儒都讲"义",但就其所包含的阶级内容和所代表的阶级利益而言,是全然不同的,而且还是对立的。

曹雪芹并没有直接讲"义"的东西留下来,但畸笏叟却说《红楼梦》佚目中有《芸哥仗义探庵》一回。此外据敦敏说,曹雪芹本人有"义行"。他的"义行"也是近墨反儒的。他虽出身于官僚地主家庭,但遭抄家之变后,迁居北京,物质生活已经大为下降。后来又因生计越发艰窘,遂不得不移居西郊,鬻画维生,还"饔飧有时不继"。在物质生活条件急剧改变的情况下,曹雪芹的思想也发生了变化。他有了观察和接触农民生活的机会。"谁知盘中餐,粒粒皆辛苦",可能就是他通过观察有了体会,才在《红楼梦》里引用的。根据新发现的材料,曹雪芹还同一些"有废疾而无告"的人们,如盲人、瘸子等,以及手工业者有接触。由于他自己也长于某些工艺技术,可能对他们也有了兴趣和感情。传说他住在香山的时候,一个镶白旗叫鄂比的朋友,曾赠他一副对子:"远富近贫以礼相交天下少,疏亲慢友因财而散世间多。"他在香山和白家疃十多年的生活中,有些活动可以说是体现了墨家的"义"了的。他自己的生活本来就艰困,但他却能用卖画维生的钱救济孤儿寡妇。白老太太也是受他资助的人,他又给白老太太治病,给她一间房子住。对于瘸子于叔度,他既以金钱相助,并教他做风筝的技术,又整月地占用自己写《红楼梦》的时间离开家去帮助他扎绘风筝。他又教一些盲人学会编织工艺,其中有的还成了有名的编织手工业者。更重要的是,他有感于这些生活无着的人们的艰困,想"以艺济人",给他们编撰《废艺斋集稿》这部书,使他们掌握一些谋生的技艺。而他这些行为都是在他的物质生活下降、思想有所改变,因而有可能理解和同情下层人民的时候做的。而他在接触这些手工业者时,也不可能不多少受到他们的影响。我认为曹雪芹的上述行为是接近墨家的那种下层人民之间的同情和互相帮助的"义",而不同于儒家那种封建统治阶级之间的"义"的。如果曹雪芹还是公子哥儿的时候做这些帮助穷苦人们的事,那就只能是出自"恩赐"观点了。

此外,还有一点要谈。墨者原来是有集体行动的,"墨家之后为侠"(鲁迅语),就变成个人行动了。曹雪芹对儒家所痛恨的侠却是有好感的。

儒家从孔子起就有实质上是在骂侠的话。孔子说："小人有勇而无义为盗。"他说的"无义"就是不遵守统治阶级那样的"义"。那"以武犯禁"(《韩非子》语)的侠就正是孔子所认为"有勇而无义"的"小人"或"盗"的。实际上，也正是因为在封建政权下，一些被称为"游侠"的人常常因具有破坏封建统治秩序的性质，所以才为封建统治者所不容。西汉的皇帝杀了许多"游侠"。儒和侠的斗争通过郭解和公孙弘的事件，达到高潮。郭解的终于被"族"，完全是由于公孙弘的主张。一个持儒家观点的历史家班固，在《汉书》的《游侠传》里，就持与公孙弘相同的看法。他说："郭解之伦，以匹夫之细，窃杀生之权，其罪已不容于诛矣。"但是写《游侠列传》的司马迁对这种"专趋人之急，甚己之私"、"振人不赡，先从贫贱始"、"既已存亡死生矣，而不矜其能，羞伐其德"的侠，却十分同情，他说："侠客之义，又曷可少哉！"儒和侠之间的矛盾就在于，儒家是封建统治者的直接爪牙，他们要维持统治阶级的法律秩序，而游侠有的行为则恰恰是破坏那个秩序。

曹雪芹还通过赞扬的口吻写倪二对贾芸慷慨解囊，他借贾芸之口说："倪二虽然是泼皮无赖，却因人而使"。同曹雪芹的关系非常接近、深知曹雪芹对倪二的看法的畸笏叟在"因人而使"旁批道："四字是评，难得！难得！非豪杰不可当。"(见庚辰本《石头记》二十四回)本回又有一回前批，大概也是畸笏叟批的："今写在市井俗人身上，又加一'侠'字，则大有深意存焉！"(同上)此外，畸笏叟又指出，《红楼梦》里还有写柳湘莲(似指柳为尤三姐而"出家事")、冯紫英(只在二十六回说："有一件大大要紧事"，实未写出)、蒋玉菡(据二十八回回前批："盖琪官虽系优人，后回与袭人供奉玉兄宝卿，得同始终者。"当是原稿佚文内容)等所谓"侠文"，加上倪二，则是"四样侠文"。

由以上这些看来，曹雪芹是赞扬某种义侠行为的。他的这一态度，也是同墨接近同儒对立的。

三 对红楼梦和废艺斋集稿残篇中反儒近墨思想的几点看法

关于《红楼梦》和《废艺斋集稿》残篇中的近墨反儒思想，谈几点个人很不成熟的看法,希望得到指正。

第一,儒家思想是给封建政权服务的,所以反封建就必定反儒家思想。清朝乾隆时代中国仍然是个封建社会,但随着工场手工业和商品经济的进一步发展,在这个封建社会的内部已经有了一些资本主义生产关系的萌芽;同时也相应地有了新兴阶级——市民阶级的萌芽。我认为,《红楼梦》和《集稿》中的新思想或进步的思想就是以这种社会经济基础为背景,反映了萌芽中的市民阶级的要求的。但这不等于说当时已经有了资本主义和资本家阶级。

这种萌芽中的市民阶级是代表封建社会内部孕育着的一种新的生产力。它要求突破封建生产关系的种种束缚,争取以平等地位自由发展工商业。《红楼梦》和《集稿》中的反封建和反儒家的新思想就是这种萌芽中的市民阶级的要求在意识形态领域的反映。这和曹雪芹在《红楼梦》里的反忠孝、反男尊女卑、反封建婚姻和反守节等思想具有同样重要意义。那些思想正是一方面反封建君权、父权、夫权,反封建等级,摆脱封建道德束缚;另方面,也有着某种自由和平等的要求。

必须看到,(一)正是由于市民阶级还处在尚未形成一个独立阶级的萌芽阶段,它就带有很大的软弱性。因此,《红楼梦》小说的主要人物贾宝玉虽然对于封建制度的不满是强烈的,但在行动上却不可能找到积极的出路,最后只有消极反抗,走入"空门"。(二)由于《红楼梦》里的自由和平等观是当时资本主义生产关系萌芽的反映,所以它们也带有这一剥削阶级的局限性。比如,作者虽然借书中人物之口,认为奇优名娼、文人学士和皇帝是"一路之人","易地则同"——这当然是一种打破封建等级和男女界限、男尊女卑的平等观,但是"走卒健仆"却不在这个平等的范围之内(二回)。至于"挑水的、挑粪的"(五十二回),"庸愚之辈"(五回),当然更排斥在这种平等的范围之外。可见作者头脑中还有剥削阶级所共有的那个把劳动人民视为"群氓"或"愚众"的阶级偏见。

第二,正因为作者处于封建社会,出身于封建贵族家庭,所以他虽然有上述那些进步的思想,但他所塑造的小说人物终于不免带有浓厚的封建思想。(一)贾宝玉对奴仆的态度据兴儿说是"没上没下"的,但他在一次晚归误踢袭人一脚发怒时说:"下流东西们,我素日担待你们得了意,一点也不怕,越发拿我取笑儿!"(三十回)这些话,何尝不是俨然封建老爷的气势。贾宝玉不能料理自己的生活,连吃饭穿衣都要丫头服侍。他是个完全不肯劳动的公子哥儿。(二)他平时虽对女奴们很和善,但他对女奴的自由和解放,却很不感兴趣。他对袭人说:"只求你们同看着我、守着我,等我有一天化成了飞灰——飞灰还不好,还有形迹,还有知识——等我化成一股轻烟风一吹便散了的时候,你们也管不得我,我也顾不得你们了。那时凭我去,我也凭你们爱哪里去就去了!"(十九回)在他那喜"聚"不喜"散"的习惯的深处,还隐藏着剥削阶级"人人为我"的自私本性。(三)他喜欢"雅",探春函邀起社作诗是"雅",香菱会作诗后也"雅"了、不俗了。(四十八回)在他的时代,这也只是封建士大夫和文人的积习。他对《孙行者大闹天宫》等"满街之人,各个都赞'好热闹戏'"的戏,却认为"繁华热闹到如此不堪的田地"。(十九回)可见他的思想感情仍然是与广大群众不同。(四)小说人物贾宝玉皈依了佛门,这也不能不说是作为封建意识形态之一的佛家思想在支配着贾宝玉的行动;同时,也是《红楼梦》作者的思想由于受到历史的和阶级的局限以及佛家思想的影响,才找不到旁的出路。

第三,作者在赞扬某种"义侠"的问题上,是近墨反儒的。作者从同情那些"有废疾而无告"的人们(主要是那些贫苦的小生产者)出发,又想到"古之世"和"今"之世的对比,认为那些因残废而无以维生的人们在"古之世"就会由公家供养;而在今之世则倘无个人的救助就得死于沟壑。根据风筝歌诀,他这个"古之世"是没有赋税和徭役的。虽然粗粗几笔,也可见他勾画的这个乌托邦的轮廓是个小生产者的理想国家。"古之世,鳏寡孤独废疾者,有养也"这句话虽见于《礼记》的《礼运》篇,但我同意张荫麟说的,这篇东西根本是墨家思想,不是儒家思想。

"侠"也有阶级性的问题,也要作具体分析。为统治阶级所收买,替他们服务的,如《七侠五义》和公案小说中描写的那些所谓"侠",同以"武"干犯剥削阶级政权之"禁"的那些侠是不同的,不可混为一谈。哪里有压迫哪里就有反抗。在被剥削阶级没有有组织地推翻剥削阶级的政权之前,后一种侠在封建社会里帮助被压迫者抗暴,是值得赞扬的。《红楼梦》作者同情的侠行,应该是属于后一种性质的侠的。但侠行毕竟是个人的无组织的行动,带有一定的盲目性和冒险性,它只能解除个别人一时的困难,绝不是劳动人民摆脱压迫和剥削的正确道路。

在最后一个被剥削阶级掌握了政权、消灭了剥削和压迫之后,侠就失掉了存在的社会和政治基础。

第四,《红楼梦》和《集稿》作者继承了明末李贽,清初黄宗羲、顾炎武等人的反孔子、反封建君主专制、反科举的进步思想传统,到了清朝的乾隆时期,用小说形式形象地抨击了儒家维护封建主义的忠孝、男尊女卑和守节等思想,在当时意识形态领域封建与反封建的斗争中,显然是起了积极的、进步的作用。在这个意义上,可以说,曹雪芹不仅是一个文艺创作家,而且也是一个政治思想家。

一九七四年五月于北京。

第十四篇
论废艺斋集稿的真伪
——兼答陈毓罴、刘世德两同志 （附录三）

一 我对讨论废艺斋集稿真伪的态度

《废艺斋集稿》是曹雪芹《红楼梦》以外的一部佚著,它的内容我在一九七三年《文物》第二期《曹雪芹佚著及其传记材料的发现》一文中介绍过。关于《集稿》的八册内容,那篇文章中的"抄存者"当时和后来告诉我的有些小的出入,本文将在后面随时提到。

在我发表那篇文章以前,谁也不知道除《红楼梦》以外曹雪芹还有什么著作,但大家都相信一定会有些他的什么书画、图章、诗文之类的东西被人留存下来,尽管我们还没有机会看到。也许正因为这样,广大的读者才对近年发现的他的佚著的真伪,十分关切。

我在《文物》发表上述文章时,只是根据我当时有限的水平认为它们是真的,所以并未谈到其真伪问题。但这并不等于我对讨论曹雪芹的《集稿》及其传记材料的真伪有什么反感。

可以举一个例。陈、刘两同志早在一九七三年就到我家表示过他们对《集稿》怀疑。我说说这个经过,也能表明我对讨论《集稿》真伪的态度。

一九七三年大约五月间,我去北京建国门外看一位朋友,归途走到哲学社会科学学部的大门前,恰巧何其芳同志从里面走出来。我们谈了几句话以后,他问我能不能同他步行到东单牌楼,我回答说:"可以。"于是我们就边走边谈。谈话的内容涉及两个问题,其中之一就是,他告诉我,文学研究所有两位同志找到些与《废艺斋集稿》有关的材料,他曾让那两位同志给我送去看看。我告诉他,他们还没有去,我并没有问那两位同志是谁,也没问是什么性质的材料。

过了几天,陈毓罴、刘世德两同志来看我,谈了《废艺斋集稿》的真伪问题,却并未拿给我什么材料。我当时对他们说:当初我发表那篇文章时,只认为那些材料是真的,根本没有向它们是不是伪品上想。我表示,他们提出问题很好。我还同他们谈到,对"是岁除夕,〔老〕于冒雪而来"这句话可以查查那年除夕是否下雪,以及"钮公"到底有无其人等问题。但是,我那时也告诉了他们,我认为《集稿》是曹雪芹的作品,不怀疑它的真实性。

以后,他们就写了一篇"质疑"性质的文章,送给《文物》编辑部。《文物》派人来,希望我写答复,但未把陈、刘的文稿拿给我看。恰好文雷同志来看我,他们对这个问题也很有兴趣,遂由他们写了他们对《集稿》的看法,即《废艺斋集稿析疑》。不知为什么,后来听说陈、刘两同志又把他们的《质疑》从《文物》编辑部撤回,所以读者才在《文物》上只看到文雷同志那篇《析疑》,而没有看到陈、刘的《质疑》。事隔六年,陈、刘两位下了更多的工夫,读了更多的材料,文章也从"质疑"进而"辨伪"了。

直到今天,我还是认为《集稿》不伪,《瓶湖懋斋记盛》不伪,如果不把那包括所谓《自题画石》诗的富竹泉的《考槃室诗草》拿出来给我们看看,并且确有令人信服的证据能否定它的话,我认为《自题画石》诗也不伪。假如有,我有什么理由非说它真是曹雪芹的作品不可呢?

最后,我觉得对于这样一位伟大作家佚著的真伪,绝不是几个人写了几篇文章所能判定,而是要研究者们大家参加讨论的。据《中华文史论丛》的编者表示,他们也是希望引起大家的讨论。假如通过大家仔细研究和充分讨论,判定它们是真的,那当然会对研究曹雪芹和《红楼梦》有很大的帮助。如果判明它们是假的,那也应该早日让读者们知道,以明真相,而免赝品流传。

二　我在一九七三年前后所了解的抄存者
　　孔祥泽同志以及他提供材料的情况

我和孔祥泽认识是在一九六五年，由现在北京大学法律系任教的刘培华同志的友人沈信夫介绍的。孔祥泽看过我写的关于曹雪芹的文章和书，愿意见见面。沈同志也告诉我说孔祥泽知道一些关于曹雪芹的掌故。我们见面后，有一段时间，他并未告诉我说他有曹雪芹的什么材料。直到一九六五年我去河北省香河县金庄搞四清之前，他才告诉我曹雪芹那首"题画石"的诗。当时，我就告诉了一些朋友。

曹雪芹的《南鹞北鸢考工志》自序和董邦达的序，大概是在一九七〇年我去安徽濉溪干校前他抄给我的，用的是二十行红色直格毛边纸的稿纸。他所抄曹的自序中有不少用省略号"……"表明阙文处，董序却只有一处。双钩的曹雪芹《考工志》手写自序，则是我在干校结束后去上海时，得到他由东北他的女儿家来信才知道的，他说要给我，但直到我回京后他才给了我那不全的一页。

从我在《文物》那篇文章发表以后，直到一九七八年我去南方之前，他又陆续给了我曹雪芹关于论光与画，讲织锦、印染，讲泥塑等残文以及《集稿》中有些册曹雪芹原来用的书名。如讲烹调的那部分残文以及原来的书名"斯园膏脂摘录"，等等。关于这些，下面我再详述。

据我了解，他和他的某些朋友手里可能还有一些这类材料，但不愿全拿出来。在孔祥泽方面，我是知道一些原因的。我在一九七三年发表那篇文章之前，他就不主张发表，而想等待从日本访查到《集稿》的消息后和他所收存的残抄本核对一下。后来经我说服，他才同意我发表那篇文章，那时他仍然抱所谓"抛砖引玉"的希望。他认为日本金田氏买走的《集稿》是全的，而我们国内所有的只是他所抄存其中的某些部分的残文，以及其他搞风筝业的人们从不同来源保存下来曹雪芹的风筝谱的残稿。他认为日本人看见我那篇文章后，有可能把全稿公之于世。另外，孔祥泽也并不注意关于《考工志》中文字的传播;他所注意的乃是根据曹雪芹的风筝图式去扎绘风筝,他甚至想把曹雪芹那些主要的图式都扎绘成为实物的风筝。我们所注意的却正是他所不那么注意的那些与研究曹雪芹、《红楼梦》有关的文字材料。事实上,他的确也扎绘了许多精美的风筝,而且他还教给现在北京人民银行某办事处工作的费葆龄同志扎绘曹式风筝的技术。在过去几年的全国和北京工艺美术展览会上,都有他们的作品展出。今年春节,由北京市和西城区的有关机构在颐和园举行的放风筝表演,他们也参加了,观众之多,前所未有;他们持往放的风筝博得了观众的好评。

关于他一九四四年抄摹《考工志》的经过,他后来以至最近和我谈的也有详略的不同。我在《文物》上那篇文章给人一个印象,似乎抄摹《考工志》中的风筝是以孔祥泽为主的。实际上,我只是根据他最初对我所讲的简单情况记述的。后来他详细告诉我时说,那次事情的发动主要还是当时艺术专门学校的日籍教授高见嘉十,而参加者则有在该校教美术史的杨歗谷。另外还特地邀请了赵雨山、关广志、金锺年、金福忠。抄摹《集稿》中《考工志》的,主要是赵雨山和孔祥泽等人,但他们也抄了一些其他册的小序之类材料。杨歗谷则抄了《斯园膏脂摘录》的大部分内容。当时由高见嘉十出钱,每天请那个金田氏吃午、晚两顿饭,菜是按照《斯园膏脂摘录》所讲的做法做的。他们原定借期是一个月,可是到第二十八天,金田氏就要离北平回日本了,所以他们把《考工志》匆匆在第二十五天抄完就交还了。杨歗谷抄的菜谱部分可能是晚一两天交还的。

赵雨山家原藏《此中人语》六册,据说是解释《废艺斋集稿》中的隐语的。大概除了印章和菜谱两册外,都另外还有《此中人语》一册。《考工志》的《此中人语》是用口语说明扎绘风筝的方法的,其中也有些风筝歌诀,但和《集稿》歌诀有不同的地方。《集稿》是订正了的,而《此中人语》则是较早的未定稿。赵在一九四四年之所以对《考工志》有兴趣,就是要看看其中用歌诀形式说明风筝的扎法和绘法与他的《此中人语》中所讲的是否相同。这六册《此中人语》是赵雨山所保存曹雪芹用接近口语的文字说明《废艺斋集稿》中六种技艺的孤本,是《集稿》中所没有的。

金福忠也是一九四四年时被找去看看《考工志》的。金本人不识几个字，他保存的本子是他祖辈传下来的"宫式本"，其中没有彩图仅有尺寸图，但有风筝的做法、扎法、画法的歌诀，曹的自序、董序和《记盛》。这个本子比孔抄本全，其残缺处是由于年久磨损、保存不善所致，而孔的抄本则本来就不全。金本之所以叫作"宫式本"，是因为他的先人敦惠是天潢贵族，后来又供奉内廷。他所采用的风筝的某些做法、画法和用色等有些特点是为供宫廷专用，与民式的有别。而孔抄本、赵本、于叔度本和现在的哈魁明所保存的本子则称"民式本"。大概这宫式、民式之分都是曹雪芹死后于叔度和敦惠搞出来的名称。金福忠因为是敦家的后人，故在宫式本后面所附他的先人敦敏的《瓶湖懋斋记盛》是全文。

孔祥泽是在一九七二年从东北回京后为了核对某些风筝的尺寸，才在金家得睹《记盛》全文的，由于虫蛀和糨糊的粘连已经不甚好读了。孔祥泽借去后抄了一半就因自己发生事故很快就送还。孔祥泽是否只抄一半，我不能判断，但他给我的却只是发表的那么多。至于后一半的所谓"译文"，他早已向我声明：并非"译文"，而是有根据的"述"。其中讲放风筝部分，敦敏说的"神迷机轴之巧"，"观其御风施放之奇，心手相应，变化万千。风鸢听命乎百仞之上，游丝挥运于方寸之间"这些话已经可证曹雪芹放风筝的技术之高，孔后来也告诉过我，他在写《懋斋记盛的故事》时，基本上是把原文原意改成口语加以叙述而已，并没多增加什么。

他写"故事"，当然看过《记盛》的下半部亦即全文。我也认为他也会将全文抄下来，然后才能写他的"故事"。他为什么没把《记盛》后半部分缺文也给我，那是他的想法问题。他保存的东西，他愿意拿给我就给我，愿意拿给我多少就给多少，我不能勉强他。但显然，这类"疑点"，都不能构成《记盛》是伪品的证据。

由以上这些情况看来，孔祥泽并不是"求名"，因为他并不愿意在金田氏拿出他那部清抄本《集稿》之前用他的名义发表这些东西。

至于我在《文物》发表那篇文章，在主观上我只是想把与我多年来要写的《曹雪芹传记故事》的新材料，公诸同好。后来引起广大读者的注意、传播,以至重印,甚至有人给我加上"红学家"的头衔,这显然是不恰当的。去年我去济南、南京、扬州、无锡、苏州、上海、杭州各地,应邀向读者汇报时,曾经声明:我不过是搞曹雪芹传记材料的一个业余资料员,别的什么都不是。说"业余",这是因为我的本行是外国政治思想史。

至于"逐利",大家知道,一九七三年发表文章并没有什么利可逐。《文物》杂志社虽然破例给了我五十多本杂志,但那时却没有稿费。不但如此,由于朋友和不相识的读者在外地买不到,我自己还花去三十多元购赠那期杂志。

孔祥泽是不是以此"逐利"呢?我只举一件事说明。大概是一九七四年,中国科学院图书馆的刘世凯同志跟我接洽多次,要我说服孔祥泽,把他的复制品再复制一份,重价让给该院图书馆,刘是经过和他们领导商定后才来和我说的。而孔则始终不愿意、实际上也并未为"重价"所动,没有出售该院所要买的材料。

我说以上这些话,只是就我所知道的有关情况向读者汇报,因为陈、刘文中的第一段很可能把读者的思路引到我认为与学术论辩无关的想法上去。

三 废艺斋集稿中的南鹞北鸢考工志不可能是假的

我认为《集稿》、《记盛》、《题自画石》诗三者的真伪问题应该分别对待。此真彼亦真、此假彼亦假的"连坐法"在这个问题上是不适用的。本节先谈《集稿》中《考工志》的真伪问题。

第一,于叔度在乾隆十九年去过西郊曹雪芹的住处,这乃是我在《文物》的文章中一个推断。我的推断可以是错的,但那并不意味着从乾隆十九年或向上追溯的某年中没有发生过于访曹的事实。由下面我对当时《晴雨录》的调查可知:乾隆十五年也是一个可能。那时敦诚十七岁,敦敏二十二岁。他们的年龄虽比在十九年小些,但也可以说明雪芹同他们在右翼宗学里的活动。例如"当时虎门数晨夕,西窗剪烛风雨昏。接䍦倒着容君傲,高谈雄辩虱手扪"之句,说明十七岁的敦诚,还是有可能欣赏曹雪芹狂、傲的风度的。特别是那年"入冬以来"和近除夕时的雪下得比十九年还多。关于曹雪芹《考工志》中"曩岁"于叔度往访(曹《自序》),"数年来老于业此已有微名"(敦敏《记盛》),"叔度……为余缕述昔年济彼之事"(同上),"叔度曰……数年来赖此为业,一家幸无冻馁"(同上)这些话中所表示的年代(即于叔度初学扎风筝年代),也可以比十九年还早几年。

总之,我们现在还不能确切断定到底是十九年还是十五年。本文还是就十九年的推断来讨论,不过读者要知道并不是只有这一个可能就是了。

第二,关于"是岁除夕,老于冒雪而来"中的"除夕"有没有下雪的问题。一九七八年陈、刘两同志文章刊出后,我因开会和调查外出时,得知山东大学、杭州大学、复旦大学、上海市文联和作家协会、南京大学、南京师院、南京博物院的许多同志,都很关切《集稿》的真伪问题。他们认为陈、刘文中所举否定《集稿》的证据,旁的都并不那么坚实,只是这下雪与否的问题是个科学问题。如果真像陈、刘文所说那样,那么《集稿》岂不成了问题?

我在一九七八年十一月患病后,在休养期间,于一九七九年二月十三日偕同中央气象局研究气象的骆继宾同志(现已奉派去瑞士担任中国驻联合国气象组织的工作)和中国社会科学院的魏晓岩同志前往水电科学院水利史研究室,由该室朱更翎等同志接待,看了乾隆时上述那些年代的《晴雨录》,并座谈了这个问题。

结果,我认为,天气下雪没下雪是科学的事实,但陈、刘使用这一科学事实做证的时候,他们的使用却是不科学或反科学的。因此,尽管他们的文章中举了那么多文字例证,却都不能帮助他们证明乾隆十九年除夕北京城外的西郊某处没有下雪。根据骆继宾同志的分析和竺可桢在《考古学报》一九七二年第一期《中国近五千年来气候变迁的初步研究》一文,乾隆十九年北京西郊雪芹居处飘雪的可能性很大。

按北京建国门现存的气象观测台是乾隆时北京唯一的观测晴雨的所

在，其余北京各城门并无此项设置。至于西直门外的西郊，我们也没听说有这种设备。当时观测台所用的工具是很原始的，在中文本李约瑟《中国科学技术史》第四卷"天学"第二分册的讲气象学的七二五页上刊载了在朝鲜发现的"测雨器"照片。这个测雨器在朝鲜的年代约为一七七〇年，摄影者是日本人和田雄治。测雨器的形状是一个金属的雨量筒镶在一个方形的石礅中，下面还有混合土制的座。雨量筒露出石礅约有其全长的四分之一，筒的直径因未记载，未详。据说这种雨量筒是在一四四二年建制的，到了一七七〇年，朝鲜各主要城市就都有了。李约瑟还认为它不是朝鲜人的发明，而是在中国老早就有了的。所以他推断可能是由中国传去的。据朱更翎同志说，我们清代也就是用这种"测雨器"，测雪也是用它。但现在在我国却还未发现这种"测雨器"实物。李约瑟说测雪可能还有用竹制的验雪器，但都是比较原始的。

　　据骆继宾同志讲，这种测量器只能较准确地测量直接从它上面落下来的雨、雪量的大小，环绕着测量器周围的面越扩大就越不准确。至于要知道较大范围降雨、雪的面积，它根本不能测出。如果要知道较远地方同时降雨、雪与否，那就必须依赖当地的汇报。我问他，建国门下雪，故宫、西直门也下雪，西直门以外的西郊下不下雪，它能不能测出来呢？他说，不但当时那种测雨器不能，就是有望远镜也看不到。他说自古至今的气象测量也只是测量降雨量，而不是测它的面积。直到现在，我们在许多地方都设有气象台，只能靠电报、电话通知气象总站，才能知道降雨雪的面积。他又说，现在倒是能测到了，但那是要用雷达来扫测的。别的国家可能已用了这种方法，我们国家现在还没有用雷达来测降雨雪面。

　　下雨下雪这个自然现象的具体情况是比较复杂的，有时大面积降雨、降雪，范围之广，遍及数省乃至南北几个大河流域，有时就小些。也有时一片云就会在一小块地方降为雨，这在夏天是很常见的。冬天下雪也有一种常见的现象，就是平原无雪时，山区往往有雪。这后一种现象的可能，我们是不能抹杀的。

　　根据这种可能，建国门下雪，西郊一带下不下雪，光靠建国门上的那一个观测台的观测,是不能判断的。反之,建国门一带不下雪,也不能证明西直门以外的西郊一带不下雪。据骆继宾同志讲,根据竺可桢那篇文章的数据来看,一七〇〇到一八〇〇期间,我国年平均气温要比现在低一度多,要以冬季温度来计算,那就比现在的冬季平均气温低三至五度。他说即使建国门以至西直门里一带不下雪,但西郊一带在前两三天下过雪和气候降温的条件下,也有飘雪的可能。凡是下雪都是先刮东风,遇到冷空气的地方就会降雪。当风由东向西吹去,经过都市上空时,由于都市上空较暖(因人口多,呼的气、燃料燃烧后放出的二氧化碳以及建筑物发散的热量),可以不下雪;而风吹到人烟稀少处,温度较低,又遇到高山的阻碍时,马上就可以飘雪。这就是在北京西山之下或西北山区常常多雨多雪的原因。这个飘雪面,即使由西山香山向北京的方向发展,但也可以延展不到西直门内,更不用说故宫、建国门外了。这样,陈、刘文中举了那么多乾隆御制诗证明乾隆十九年建国门无雪,故宫无雪,便都不能证明西直门以外直到香山一带无雪了。如果陈、刘文举出当时香山向建国门送致当地无雪的汇报,那就是另一回事了。

这样,则陈、刘文下面这段文字:

> 有的同志还提出,除夕那天,北京新霁,焉知西山无雪?并断言清代钦天监观测范围主要是北京城区,尤其是东城区,因此不足为凭。这就未免近于诡辩了。请问二十八日、二十九日都是天晴,怎么三十日倒变成了"新霁"?据吴文说,于景廉的家住在北京东城。他"冒雪而来",难道北京的东城区竟晴朗无雪?夏天的雷阵雨,偶尔还可以"东边日出西边雨,道是无晴却有晴"。冬天降雪则情况全然不同,方圆几十里之内总是一致的。至于把当时钦天监冬日观测下雪的纪录,缩小到只能适用于北京城区,尤其是东城区,而不适用于北京西郊,那更是二百年后的人的一种主观臆测了。

就都大值得商榷了。"有的同志"是指文雷同志《废艺斋集稿析疑》(见《文物》一九七四年第七期)一文中所提出的看法。据我在上面的分析、竺可桢的文章以及气象学者的意见,文雷的看法不但合乎常识,而且也有科学的根据。我认为这不是文雷同志的诡辩,而是陈、刘两同志既没有这方面亲身的经验,也没有广泛地征询有这方面经验的人的意见,更没有向搞气象研究的人员请教过。

至于上引陈、刘文中关于"据吴文说"后面那一段,他们无端地把下雨和下雪的情况截然分开,认为雷阵雨有那种这边下雨、那边还出着太阳的情况,而"冬天降雪的情况全然不同,方圆几十里以内总是一致的"。我不知道这"方圆几十里内"有什么科学的根据,是不是"当时钦天监冬日观测下雪的记录"明白宣布了这条规律?照一般经验和搞气象的科学家谈,不但不必在几十里内,就是在几里之内,也可以飘雪,而几里之外无雪。(当然,曹雪芹所说"是岁除夕,老于冒雪而来"并未说明是下了多么大的雪。)写到这里,正值今晨(七九年四月十二日)北京市气象台预报大风降温消息,说因西伯利亚寒流影响,本市今日有小到中雨,西部至北部山区将有小到中雪,并有六级大风。这不是一个活生生的例子么?其实,这对许多人来说,本来已是常识了。所以,我看相反,倒是上引陈、刘文的论据,有是"二百年后的人"坐在书斋里的"一种主观臆测"的可能。

乾隆十九年除夕下雪不下雪的问题,就到此为止吧。

我认为钦天监的观察记录是科学的记录,但是由于气象科学家告诉我们当时的观察仪器绝对不能测出降雪的确切面积,而乾隆的御制诗更不能帮助说明降雪面的问题,所以,陈、刘两同志根据乾隆十九年除夕建国门的观测台附近无雪,故宫、西直门无雪,因而断定西郊一带也无雪,便是没有科学根据的了。《晴雨录》虽然可以是科学记录,陈、刘的使用,却是不科学、反科学的。

第三,由所谓后增的"十二字的出入"而疑《考工志》序为伪。这里先说明一些前所未曾说过的情况。金田氏的《考工志》中有曹的亲笔序,就是孔祥泽双钩的那半页。据孔给我双钩的半页时说,他因离婚后,一部分材料被他的妻子拿走,拒不交还,故双钩的半页是他仅存的一九四四年双钩的曹自序的半页。但全文则另有抄件,而那抄件也有因用铅笔抄、年久

而模糊不清以及虫蛀之处。他最初给我的曹序是用钢笔抄在毛边纸上的,其中有不少处都有"……",他曾在该抄件自注中说:

> 此序当日系从先生(裕按:指曹雪芹)墨迹章草体双钩而来,彼时余对章草认识不多,双钩有失真处,事隔多年,又被虫蛀蚀,因而有不少缺文。

果然,在他的抄件中就由我添补了不少处。在"相对哽咽者久之"句下,和"即为〔老于〕扎风筝数事"句下,孔祥泽都点了许多缺文点,并用括号加注说:"此处缺文较多。"这就说明:他的原抄件中本来有上述十二字,而是由于用铅笔所写、年久模糊和虫蛀的关系,分辨不出来了。直到我在《文物》发表的文章打印稿打出后,他才来告诉我上述那十二个字。他当时并未说明他从哪里得知那十二个字,后来才告诉我是从金福忠的本子核对出来的。因此,我在《文物》正式印出的文章中,才注明:"据抄存者近告,此处有'称贷两日,摒挡所有,仅得十金'。"陈、刘文说我那条附注"值得"他们的"注意"。但据我看,从这里是"注意"不出什么问题来的。上面已说明此十二字是由金福忠的本子核对出来的,再结合曹雪芹当时生活的困窘情况,难道他不"称贷"、不"摒挡所有"就能得到"十金"吗?难道孔祥泽较早期给我抄的原稿中那些"……"并用括号说明"此处缺文较多"的地方,原来就不可能有这些字吗?

第四,从新发现的书箱上曹雪芹的亲笔字证明《考工志》不伪。

关于这个问题,我在本书第二篇谈书箱上刻的、写的文字和书箱的情况及其收藏情况很详细,这里只能简单地介绍一下。一九七七年,在北京一个姓张的家里发现曹雪芹的遗物:两只书箱,木质是红松,两箱开合的一面,各刻兰一小丛,成对称状。第一只箱兰下有石一块,其上刻有文字:"题芹溪处士句","并蒂花呈瑞,同心友谊真,一拳顽石下,时得露华新"。第二只书箱上刻有"拙笔写兰",其上方有小字两行:"清香沁诗脾,花国第一芳。"小字旁仍为较大的字:"乾隆二十五年岁在庚辰上巳"。此第二只书箱箱盖背面,有五条墨色较浓的楷书笔迹,云:"为芳卿编织纹样所拟诀语稿本;为芳卿所绘彩图稿本;芳卿自绘编锦纹样草图稿本之一;芳卿自绘编锦纹样草图稿本之二;芳卿自绘织锦纹样草图稿本"。在此墨迹之后,是娟秀且有涂改的行书七律一首,云:"不怨糟糠怨杜康,乩逐玄羊重克伤。('玄'字缺最后一笔,此句原作'丧明子夏又逝伤,地坼天崩人未亡',后涂掉)睹物思情理陈箧,停君待殓鬻嫁裳。(此句下面原有'才非班女书难续,义重冒'十个字,后涂掉,改为:)织锦意睥苏女('意'字下跨加一'深'字),续书才浅愧班嬢。谁识戏语终成谶,窀穸何处葬刘郎。"书箱收藏者为张行同志。据告,其家中早年藏书,多写有"春柳堂藏书"字样或盖有此数字的藏书图章。张行同志可能是雪芹好友张宜泉的后人。

我们这里要提出的最重要一点是,曹雪芹那五条目录的笔迹和孔祥泽双钩的《南鹞北鸢考工志》曹的手书自序(原刊《文物》,今见本书附录一)完全是出自一个人的笔迹。两者中的"语"、"之"、"为"、"所"、"自"诸字,完全相同;而"艹"、"文"、"言"、"方"、"禾"、"扁"、"金"诸偏旁和字头也都相同。这就可以说,从新发现曹雪芹写在书箱木板上的亲笔字,证实了那页双钩之为真品。

其次,还有一点,即曹雪芹写在木板上的第一条目录中,有"为芳卿编织纹样所拟诀语稿本",这里的"诀语"二字值得我们注意,它就正是《考工志》里面的那种"歌诀"。由此也可见曹雪芹在《废艺斋集稿》的许多册中都有这类诀语或歌诀。它们不是诗,而是指导做风筝、搞编织工作类似诗的口诀。这也可以佐证《考工志》不可能是伪品。我提醒读者看看一九七三年《文物》第七期所载文雷同志那篇《废艺斋集稿析疑》。其中所举由风筝歌诀而怀疑《考工志》为伪的看法之不能成立的理由甚详。我这里就不多说了。

四 新发觉"是岁除夕〔老〕于冒雪而来"原校补的一个问题

关于《考工志》,陈、刘两同志在《辨伪》一文中,还举出它与董邦达序和《瓶湖懋斋记盛》文字上的"相同",因而用"连坐法",宣判三者皆"伪"。

对于这一点之不足据,我们留到后文谈到董序和《瓶湖懋斋记盛》时再说。这里先提出关于"是岁除夕,〔老〕于冒雪而来"这句话的一个关系全局而我在写这篇文章之前还未发觉我的原校补的问题。

前文已经说过,《南鹞北鸢考工志》的自序在孔祥泽给我的最早一份抄件中就有许多"……"符号表示缺文的地方。他在附注中说:缺一个字用六个点"……"表示,缺两个字的,则"六下中加一',' 于侧以别之",超过三个字的则于括弧中说明。事实上,凡缺一个字的地方,他确是严格用了六个点,例如自序开头说:

……人为物欲所蔽,大则失其操守,小则丧失廉耻。

这里的六个点,我填上一个"夫"字,或者填一个"盖"字,是不会错的。又如:

言……慨然

这句话中的缺文六个点,填补为"下"或"之",也是不会错的。但在孔的抄件中,也发觉了多于六个点,而又不够十二个点的地方,例如八个点,现在看来很可能不仅是缺一个字,而是缺两个字。例如:

是岁除夕………于冒雪而来

我原来只填了一个字,作:

是岁除夕,〔老〕于冒雪而来。

不但这八个点用一个字填补不符合孔祥泽原来缺一个字用六个虚点的规定,我自己和其他一些朋友们当时也发生过这样一个问题:怎么于叔度竟特地在除夕那一天跑到西郊给雪芹送"鸭酒鲜蔬"去呢? 这是不大合乎送"鸭酒鲜蔬"这类年礼的习俗的,这些东西应该早两天就送到。难道他是打定主意不在自己北京东城的家里过年而去西郊和雪芹同过除夕吗? 这也不合乎常情。在这次重新翻看孔祥泽的原抄件时，这些问题又回到了我的脑际。于是便发生"是岁除夕"句下这八个点假如表明缺两个字的话，那两个字究竟是什么呢？我认为有两个可能。一个是，仍是除夕那一天。另一个是，除夕以前。假如是前者，鉴于八个点下面是个"于"字，而"老"字照雪芹在该文中称"老于"的习惯，又是必须加的，剩下"老"字上面那空白的一个字就很难填。比如填为"是岁除夕〔日老〕于冒雪而来"，文章就不那么通；因为要是十九年最末一日，用"除夕"两个字就够了。

可是，如果把这两个字填补成为：

是岁除夕〔前，老〕于冒雪而来

那就不但文意通顺，而且也合乎除夕之前送年礼的通例；尤其是可以消除我们对于叔度"难道那天他竟抛弃了城里的家小而自己去西郊同雪芹过年不成"的疑问。如果是这样，那么这除夕"前"，岂不既可以是十九年的廿九日（这年有三十），也可以是二十八日、二十七日？岂不也可以是十五年的二十八日（这一年的除夕是二十九日）二十七、二十六日？恰恰这两年的二十七都下了雪。根据北京城内和西郊的地理位置、气象的不同，城内有雪，西郊必然有雪，或有更大的雪。城内无雪，西郊山麓下也有下雪的可能。而十九年的腊月二十七日又恰恰是"未时至申时微雪"。城里既有微雪，西郊很可能下一场大雪；就算是微雪，也还是"冒雪"嘛！而且，即使据《晴雨录》所载，假定西郊也于未时才开始下雪，那么于叔度从城里出发，把"鸭酒鲜蔬"买到手又送到雪芹西郊的家，于未时到达，在时间上也是很合理的。

如果是这样，那么下雪的问题完全符合《考工志》自序所说的"老于冒雪而来"的情况。陈、刘这方面的论证，就完全不能成立了。

曹雪芹很不幸，完好的《集稿》流落到外国，它的某些部分的抄摹副本也多有因年久损伤涣漫不可卒读之处。我们今天加以填补、恢复它的原状，很不容易。上面所举固是一例；在《瓶湖懋斋记盛》残文的摹本中，这种地方更多。《记盛》中的问题，后面再说，这里只举其中的一个例。《记盛》中有云：

> 因闻雪芹又〔将远〕徙，媪〔乃挽〕人〔告之〕：愿以其〔茔〕侧之〔树〕，供〔雪芹〕筑〔室〕。

这里的"树"字，原来是一个残缺的空白，"树"字是我以意度之加上去的。但是后来南京大学的吴新雷同志认为，该处也可能是个"地"字。曹雪芹把白媪失明的双目给医治得恢复了视力，又用钱周济她，她把自己祖茔侧的树木或地皮给雪芹，供他"结庐"（用张宜泉诗中词）之用，按理两者都是可能的。我们很难判断哪个对，哪个错。因为盖房子固然需要木料，也需要地皮；而坟茔地既有树，也有空地。但我最后仍断定为"树"字，则是因为茔侧之"地"不会太大，容不下四间茅屋，而"树"则砍伐几棵助雪芹做栋梁之用是合乎常理的。

由此可见，填补雪芹《考工志》自序的工作尚有待于进一步改善和纠正。我们尤其希望保存《考工志》自序抄件的同志，能拿出来给我们看看，以便根据其中所缺文字的空隙或距离大小，来判断缺的字数，而予以可能的填补。

五　废艺斋集稿的存在在日本和中国的人证

关于《集稿》的真伪，如果完全是历史事实的问题，当事人均已不在，那就只好"考证"。可是参加借得《集稿》、抄摹《集稿》的人，有的还在，有的当他们在世时曾证明《集稿》的抄录实有其事。在调查研究工作中，人证是很重要的，当事人的证明更是头等重要的材料。

关于一九四四年在北平抄摹《集稿》的事，我们现有日本和中国两方面的材料。

第一，在日本，一九四四年向金田氏借《集稿》并主持抄录的北平国立艺术专门学校的日籍教雕塑的教授高见嘉十在日本证明实有其人其事。

日本的早稻田大学教育系研究中国学术的松枝茂夫教授，曾于一九七三年十月访问过高见嘉十。高见一九四五年从中国回日本后,居住富山县上新川郡大泽野镇。一九七四年五月十五日逝世,年八十余岁。据一九七五年四月二十九日日本《读卖新闻》所载,高见嘉十曾对为了《废艺斋集稿》访问他的松枝茂夫教授说,他还记得在北平时曾让一个中国学生摹写过《集稿》,并曾亲自修改过描摹不准确的地方。关于其他的细节,因年事已高,他的记忆就模糊了。

其后不久中国赴日展览出土文物的代表团,也曾在日本询及此事。他们谈的,据说都是如何去找那位《集稿》持有者金田氏的问题,而《集稿》的存在及松枝茂夫的访问所得的结果,已经不成问题。金田氏因为只是姓而非名,在日本千千万万个姓金田的人中,查问哪个是《集稿》的持有者,几乎是不可能的事。即使日本动员了户籍警察的力量,也还是毫无结果。一九七三年秋,我在中国历史博物馆讲点东西,讲完后,参加上述那次赴日展览出土文物代表团的史树青先生在博物馆礼堂的讲台上,告诉我说,他们在日本参加的一个会中,有几位日本研究《红楼梦》的专家,日文的《红楼梦》译者伊藤漱平先生也参加了那次会。史树青同志说,他们都相信实有其书,实有其事;只是《集稿》这部书到底在哪里,却没办法发现。此外,伊藤漱平也于一九七四年一月给我来信,谈到高见嘉十的住址及健康情况。

这是当事的日本人证明在一定的时间和空间内他看见过、借过、主持抄摹过《集稿》这样一部书。

第二,人证还不限于日本。在中国参加抄摹的,我最先知道的是孔祥泽同志,这是他在一九七三年我发表那篇文章时告诉我的。当时他也说了别人,但我在《曹雪芹的佚著及其传记材料的发现》一文中,却没着重写旁人。我的文章发表后,孔又告诉我说,当时参加的还有赵雨山、关广志、金锺年、杨歗谷、金福忠诸位老先生。他们接触到的《集稿》,不限于《南鹞北鸢考工志》,比如菜谱,杨歗谷就抄了不少。孔祥泽描摹的和抄录的,也不限于《考工志》。所以后来孔祥泽自一九七三年到一九七八年又陆续告诉我一些曹雪芹的遗作,如图章、编织、泥塑、绘画的断简残篇。(本文以下各段中详及。）

以上那些当时参与者，虽然现在除孔祥泽外都已去世，但在一九六四年我却同赵雨山先生面谈过。赵曾在解放前的北京大学图书馆工作，那时我们并不相识。我们的谈话证实了他参加过一九四四年描摹抄录《考工志》，并知他自己家里除了有些曹雪芹的风筝图式、歌诀外，还收藏着曹雪芹的六册《此中人语》，每册都是用口语说明制造一种工艺的方法的。他告诉我说，他同孔祥泽参观了一九六三年在北京故宫文华殿举办的"曹雪芹逝世二百周年纪念展览"之后，慨然想把曹的风筝谱用他家藏的资料核对、整理出来，并扎糊一些难扎的风筝，如宓妃等。赵是放风筝的内行。每年到了适当的季节，他都在天安门广场放风筝。由于他的风筝既美观，放的技术又巧妙，博得观众的赞赏。

我曾访问过另外一位一九四四年抄摹时的目击者金福忠老先生两次，他已于一九七八年十二月逝世。

另外还有哈魁明先生，他家三世做风筝，兼做勤行——即卖回民小吃的行业。解放前，他家扎的风筝曾在巴拿马赛会上得过三次金质奖章。他亲口告诉我，他的风筝也是曹雪芹传下来的样式。他家本来藏有风筝做法的文字的资料，惜于一九六六年遗失了。

总结以上，在日本有当事人高见嘉十教授证明一九四四年实有孔祥泽等抄摹《考工志》之事，访问高见嘉十的早稻田大学教授松枝茂夫，也向读者说明了上述事实。在中国除孔祥泽外，则有当事人赵雨山证明那次抄摹的事实，访问赵雨山的是我自己。日本、中国都有当事人证实看到或参加《废艺斋集稿》中《考工志》的抄摹。

这样，难道《考工志》还是一部虚构的东西吗？如果连这些当事人的话都不相信，那只有两个可能，一个是高见嘉十和赵雨山都是说谎话；另一个是怀疑者这样想："只要我没亲眼看见，我就不相信！"这种看法岂不等于说："只要我闭上双目，宇宙都不存在了！"这不是道地的唯心论吗？

六　有了人证后,仍可考察孔祥泽提供的废艺斋集稿的真伪问题

有一句俗话:"死人口,无对证。"意思是说,当事人死了,无法对质,事情就无法弄清楚了。这句话含有讽刺的意思,说:做坏事的人以为亲眼看见他做坏事时的某人或某些人既已死了,就无法判断他做过坏事与否了。这种态度当然是不科学的,因为它直接否认了调查研究,否定了考证。

《集稿》真伪的问题有两个:

一、一九四四年在北平有无当事人保存过、看到过和抄摹过《集稿》的问题。

二、即使有当事人证明有这样一部书,有抄摹这回事,孔祥泽提供的《集稿》内容是不是第一项中《集稿》内容? 如果是,它就是真的;如果不是,那它就是假的。

关于第一项,我在前一节讲"人证"中,已加肯定。我们即使怀疑中国人自己的话,也总没有理由得出:高见嘉十不是一个实际存在的人,或者他的话是替我们圆谎;又或松枝茂夫实无其人,或者他也是在替我们说谎吧?

这个大前提肯定之后,为了对这一重要材料慎重地判别其真伪,人们还可以提出怀疑。那就是:松枝茂夫、赵雨山等人,或者光算松枝茂夫吧,亲自从高见嘉十那里得知《集稿》的确是存在的、抄摹也实有其事;但是,孔祥泽所提供的材料却是赝品。

提出了这个问题后,我们认为解决这一问题就需要考证,亦即需要有对过去事实的调查研究。

这里先谈谈有些什么方法来解决上述第二个问题,亦即孔祥泽提供的《集稿》内容是否是真的的问题。

第一,我们要用新发现《废艺斋集稿》中其他各册残文的内容和思想,来证明《集稿》是曹雪芹的作品。

第二,我们要用《红楼梦》中所涉及的工艺美术的内容来看曹雪芹有

无能力和迁居西郊后有无那种思想情况,写出那样一部《废艺斋集稿》。

为避免篇幅冗长,对大家根据《红楼梦》内容就能判断的第二点,也就是说,从《红楼梦》中可以看出作者有那种能力,这里就不谈了,以下谈谈第一点。

七　据新发现集稿其他各册残文的内容和思想证明废艺斋集稿是曹雪芹的著作

陈、刘文只是根据《集稿》中八册之一的《考工志》来断定《集稿》是伪品,他们这种违悖了逻辑起码常识的"以偏概全",并不能为他们的结论服务。上面已证明《考工志》不伪,他们更无权宣判整个《集稿》是假的。

据近年来我所得到的《集稿》中其他册的残文,以及我两次去南方与曹家和曹雪芹有关各地访查所得的资料,都可以说明《集稿》确是曹雪芹的著作。关于这个问题我在本书有关章节已有较详的叙述,这里只能略举数例。

第一,南京现存曹寅、曹颙、曹頫任织造时所用织机的发现,证明近获《集稿》中讲编织的一册的残文是雪芹之作。

一九七八年二月间,孔祥泽给我一段曹雪芹讲织锦的残文:

> 盖闻肖形而摹之不失其度者,传真之法也。拟神而律之不泥其状者,意匠之则也。传真求其形似,意匠贵乎神存。两者殊涂,其旨不易。是以金石造形,必以意匠;编织取式,不离纹锦。此固职其事者,不可不察究之者也。
>
> 编织之艺,其来有自。周秦以降,代有增益。汉之织工,巧运经纬;唐之箧匠,妙施纵横,非仅使诸机纺,亦且用于组编。宋锦明绣,号称神工……溯自蚕丝之用,网、罟、纽、结之艺,渐以精进,始有丝织之法。初则平织,进而纹织,其色也则由纯而杂,其纹也则由简而繁,愈衍愈妍,愈传愈巧。若以工贾之艺而鄙弃之,则其居心何所,可以

想见矣。

今就织染两事而言之,织锦之要,在于组织经纬之丝,机上每以五枚至八枚而织多层之缎。排针挑花者,按所拟纹样,以丝质诸线经纬编成花本,以备牵花之用,然后可以之牵花。此道程序,乃运用诸线编成花本与经丝之连系,织工蹲于提花架上,诸线牵提一次,经丝随而浮沉,循序以进。(下略)

对这段文字,有几个重要之点,应加注意。

(一)我在南京胭脂巷艺新丝织厂参观的那种木制的织机,是自明末直到清末以至现在没有什么改变的木制织机。曹寅、曹颙、曹頫任江南织造时,织造局里就是用的这种织机。但是,在操作上,乾隆以前和以后却有个重要的区别。在乾隆、雍正、康熙时期真正管织的人,是坐在地面下的坑内凳上,上面提花的人则是高高地蹲在提花板上。乾隆以后,提花的人就改为坐在提花板上了。上引雪芹那段残文,说"织工蹲于提花架上",恰好证明残文与乾隆的时代的操作方法符合,这足证残文是雪芹的作品。

(二)曹雪芹素来不同意儒家那种贱视工商业的看法,他赞成墨子重视技术工艺的思想和态度,而他自己又技艺娴熟。正是因为这样,他才在《红楼梦》里不厌其详地细写做菜、编织小玩艺、刻竹等工艺和技术。在上引残文中,他说,对于丝织在织法上的"愈衍愈妍,愈传愈巧"的情况,"若以工贾之艺而鄙弃之,则其居心何所,可以想见矣"。这种看重工商业的思想,完全和曹雪芹在旁的地方所表现的思想符合。

(三)这里,附带提一个可能与后文的讨论有关的问题,即曹雪芹十三岁以前都在南方,雍正六年他十四岁时才回北京。这个年龄问题与他少年在南方熟悉很多工艺美术(例如风筝、泥塑等)这些事实有密切关系——如果是五岁回北京,他就在南方什么都学不到了。

第二,《集稿》中有一册是菜谱,据孔祥泽后来告诉我,这一册原名《斯园膏脂摘录》,我们现在只知道菜谱中的几条。曹雪芹之能写这样一册东西并不奇怪,曹寅的《楝亭十二种》中,就有《糖霜谱》一卷。此外他还有自己的《居常饮馔录》。我们要注意的，一则是，他这《斯园膏脂摘录》实际上就是"思源膏脂"。他的用意乃是既教给那些贫废无告的人们一种谋生的手艺，也要那些"饫甘餍肥"之徒，知道他们都是在吃的"民脂民膏"，他们应该饮水思源。这是曹雪芹的思想。二则是，书名上他用"摘录"二字，这说明其中做菜的方法不是或不全是他自己的创造，所以他才用"摘录"二字，表明有采自别人的东西。果然，我们就在冒辟疆《影梅庵忆语》中发现了他略改了文字抄录董小宛几种做菜的方法。上海的徐恭时同志去年在沪一见我就说："啊呀，讲烹调的菜谱是假的，我发现了他抄录的来源。"我问他是不是在《影梅庵忆语》中发现的，他回答说："是的。"我说："那恰恰证明菜谱是曹雪芹的作品。因为雪芹自己早已经声明是'摘录'旁人的东西了。他搞的风筝谱也是如此，他不是在《考工志》自序中说：'集前人之成'了吗？"徐恭时同志完全同意我的看法。

第三，我们还得到了曹雪芹论绘画应取法自然以及论光与绘画的关系的残文。这部分残文，据孔祥泽说是属于画扇部分的；画扇部分是《集稿》原八册中哪一册，他记不清了。我在《曹雪芹佚著浅探》一书中对这一部分有详细的论述，这里为了避免重复，只举出以下几点。

一则，是他贯彻在许多作品中的"崇自然"、重写生，反对人为雕琢的观点。他说：

> 余以为作画初无定法，惟意之感受所适耳。前人佳作固多，何所师法？故凡诸家之长，尽吾师也。要在善于取舍耳。自应无所不师，而无所必师。何以为法？万物均宜为法。必也，取法自然，方是大法。

绘画要"法自然"，是由宋朝以来就有的主张。曹雪芹推重自然，反对人为的堆砌、造作。这种思想，也贯穿于《红楼梦》里论大观园的建造一段。他主张园林建造不应用"人力穿凿扭捏而成"，"非其地而强为地，非其山而强为山，虽百般精〔巧〕而终不相宜"。他在《红楼梦》中借宝钗、黛玉之口论诗，也崇自然。他论园林建造、论画都尚自然，固然这"自然"二字是有歧义的,一个指大自然,一个指本性(即 nature),但这正是任何已有资本主义生产关系萌芽的封建社会中都有的思想。英国、法国资产阶级革命时期的思想家,大都如此。生在乾隆时代的曹雪芹,有这种思想是很"自然的"。

二则,他在论绘画这段文字中,认为过去的画家"不敢破除藩篱,革尽积弊,一洗陈俗之套,所以终难臻入妙境,不免淹滞于下乘"。这"积弊"、"陈俗之套"是什么呢?就是过去画家不敢用光,所以他们画的人物才坐在屋里和站在外面都是一个样子;夜里的景色和白昼一样。他自己还画了一个《乌金翅图》,用黑色蜻蜓的双翼,在有光和无光时所呈现的颜色不同,来说明光对绘画的重要。他的一个叫"笃斋"的朋友,当初听到他的议论,还以为他是在唱高调。等到看了他的《乌金翅图》后,才在他的画的上端批道:"语云'百闻不如一见',信哉斯言。曩闻芹溪论画,窃疑其有过激之言。今睹此《乌金翅图》,光彩闪耀,能不令人心折耶?"(这批是在"乾隆庚辰荷月"批的。)据当代画家说,像他这种看重光与画的关系的论述,即在西方论画著述中也是晚近的事。他这种打破"藩篱"和他在写诗中、敦诚称他"直追昌谷破篱樊"的思想和精神,是完全一致的。

三则,《红楼梦》里,作者处处讲雅而反对俗。探春要立诗社,作者借宝玉之口说那是"雅"。宝玉听到"满街之人个个都赞'好热闹'戏"的"孙行者大闹天宫"、"姜子牙斩将封神"这些戏,他就认为不雅,就感到"热闹到如此不堪的田地"而走开了。在风筝画诀的自注中,他要求风筝要画得"繁而不烦,艳而不厌",这也是在要求"雅"。逸士雅人固然可以有不和封建统治者合作的反封建一面,但也有和群众脱离的一面。这正是中国乾隆时代已经有了资产阶级生产关系的萌芽的社会中代表新兴阶级的应有的思想——这都应该是曹雪芹的思想。

第四,曹雪芹讲刻图章的一册题名为"蔽芾馆鉴印章金石集"。"蔽芾"两字是"弼废"的谐音,是帮助有废疾的人之意。这个解释,见于该册的自序。自序中对有残疾无以为生的人说:

（上缺）人非草木，心非铁石，孰忍坐视？（中缺）正为其有废疾也，必宜辅之弼之，(中缺)如保赤子。（下缺）

可见，这一册也是为了教给无以为生的人一种手艺的。我们今天虽然看不到这一册中的印章，但我们还知道曹雪芹所刻两个图章的文字。一个是一九五四年魏宜之早就告诉过我，后来孔祥泽也告诉我的"燕市酒徒"一章。魏宜之是在曹雪芹画的一幅"抚松远眺"图上面看到的。孔却是一九四四年抄摹《考工志》时，那个日本人金田氏拿给他们看的实物。另外，孔还告诉我一九四四年同时，他还看到金田氏持去一个"画外人甗"的图章。两章都非佳石，且已残缺不堪，但《集稿》中许多册上都盖有此二章。孔祥泽在一九四四年曾用铅笔把这两个图章拓下来。

这里，我们要重谈的只是这样一点："燕市酒徒"显然有佯狂反现状、不合作的意思。"画外人甗"一章是圆形的，可以读作"画外人甗"：对于画，当然是"画外人甗"赏了。但也可读作"画外甗人"。这就有"化外顽人"之意，表明曹雪芹对当时政治的态度。如果把"甗"字用"顽"字代替，"人"字用"民"字代替，则"顽人"即"顽民"，人们想到那"殷顽民"，再结合曹雪芹其他的作品中流露的思想感情，他不可能没有民族思想。这个看法，我在一九五四年八月十二日至三十一日香港《大公报》的《新野》上发表的《曹雪芹生平》一文中，就提出过。后来有些人认为曹雪芹不会有"民族"思想，因为曹家和清朝统治者有极密切的关系。殊不知曹玺、曹寅、曹颙、曹頫和康熙的关系，不等于曹頫和雍正的关系，更不等于曹雪芹和雍正、乾隆的关系。经过"抄家"以后，曹家的政治和经济情况一落千丈，到了雪芹竟至在生活上"饔飧有时不继"的时候，他还会那么样地"眷念皇恩"于永久吗？显然是不可能的。所以我认为《红楼梦》中骂芳官为"野驴雄奴"即"耶律匈奴"，尽管作者又用"大舜后裔"之类解释巧为弥缝。

总之，我认为这两个图章的文字所表示的思想，完全符合雪芹的思想情况。结合上引小序中的几句话来看，可以断定讲金石的一册确是曹雪芹的作品。

第五，一九七八年我们发现了曹雪芹在香山住时他的徒弟关德荣和关德诚给他用泥塑的彩像的照片。"关"是瓜尔佳氏改的汉姓,现在香山一带还有关德荣的后人。此塑像现由在美国的黄庚教授保存。据说原藏者是三十年代张学良的秘书朱光沐。该泥塑像的座下有"乾隆辛巳"年字样,当是雪芹在世时关德荣给他塑的。我只看到正面、左侧、右侧三面的照片,还有背面的照片我没看到。我所掌握的只有黄庚(据他自己给他父亲来信说,他是一九四八年我在北京大学教书时的学生)教授让他父亲转赠给我正面的原彩照一张和左侧翻拍的黑白照一张。

据孔祥泽一九四四年抄存《集稿》中讲脱胎、泥塑一册的小序残文,得知德荣共塑了七次才成功。小序中保存着曹雪芹对德荣第四和第七次塑像的评语。对第四次塑的,雪芹评道:

　　此次所塑,貌则似矣;但眉骨、眼窝、准头、法令、口角等处,虚实不当。盖塑人之要,首重神情。此塑面颊无煞纹,二目空凝,故神意迷惘,貌虽似而神殊。此则所以失也。

　　然冬衣之外,更着罩褂,其纹理本不易取巧,而塑时主次不紊,用环扣之法,故不觉繁缛,破叠绉之格,乃免于板滞,已脱出俗手多矣。勉之,勉之!

对德荣第七次也是最后成功的一次所塑,雪芹道:

　　此塑神情甚佳,大异往昔,非仅力求貌似矣。惜乎躯体失度,腿短臂长,故襟覆膝露,肘坠握强。衣纹则绸布不分,乃白璧之微瑕,留之以为鉴,不亦宜乎?辛巳孟夏七塑。

据孔祥泽说,这两条批语,都见于《此中人语》一书中第三卷《释塑章》。文字和《集稿》中讲脱胎、泥塑一册的小序,略有出入。又《释塑章》中《论四塑章》处还有雪芹这样一段话:

　　余之双眉尾散,故绘时宜前重后轻,以轻毫丝染眉梢,以示尾散之不聚资财也。

由美国黄庚教授处发现的德荣给雪芹塑像的照片与上引《集稿》中讲脱胎泥塑一册雪芹小序中的话印证一下,可见两个不同来源的材料,完全吻合,足证小序中的话是针对塑像说的。故讲脱胎的一册,绝对不假。

一九七八年我到苏州和无锡两地时,曾经访问过苏州了解泥塑历史的老艺人和无锡泥塑工厂的搞泥塑的老人。据他们说,苏州从闾门一带向虎丘去的七里山塘,水路旱路皆通。水路则画舫连绵,旱路则商店林立,其中各种小手工艺美术制造店也不少。特别是虎丘的山门之内直到剑池的路两侧布满了多种小商品的摊贩。雪芹十三岁以前,常去苏州他舅老爷家,对闾门一带甚熟,故《红楼梦》第一回称该处为"最是红尘中一二等富贵风流之地"。"富贵"是指大商林立,游客如云。"风流"是指那水路的七里山塘,画舫连绵,歌舞弹唱之声,不绝于耳。雪芹那时必定熟悉这一带的繁盛景况。特别是,他必定在虎丘山门之内看到过捏泥人艺人的操作,所以他才能够在《红楼梦》第六十七回中讲薛蟠从虎丘带回他自己的泥塑像。那像塑得和他自己一模一样,连薛宝钗都看得笑了,认为塑得与哥哥的面孔"毫无相差"。这种民间艺人的本事可大了。据《兰舫笔记》所载:

> 有苏捏者,住虎丘山塘,余尝以游山坐观之。泥细如面,颜色深浅不一。有求像者,照面色取一丸泥,手弄之,谈笑自若,如不介意。少焉而像成矣。坐视之,即其人也。其有皱纹、疤痣、桑子者,毫无差。惟须发另着焉。(中略)形神逼肖,即画手传神,无以过也,真绝技矣。

《红阑逸乘》也说:

> 虎丘捏相,老少男女,神气宛然,固绝技也。尝闻工人云:用井底金沙泥和蜜丸之,则肥瘠美丑,得心应手矣。

这些材料,可以证明曹雪芹在《红楼梦》中所说的"毫无相差"是有实际经验为根据的。正是由于我们这位天才作家,天赋既高,兴趣又多,所以对这类手艺,一看就会,他后来之能写这么一册讲脱胎泥塑的书,绝非偶然。

至于当时塑像,倒是有两派的。我去无锡的泥人厂时曾与老工人盛伟平、高盘宝、李仁荣、吕信捷等晤谈,得知泥塑的工艺来自苏州,清初即有两派。一派专塑剧人或想象中的任何样人的像,此派不怕夸张,例如塑丑则尽可能地丑,塑美则尽可能地美。我那次还把该厂保存的康熙、雍正、乾隆时塑的一般剧人像拍了几张彩照。另一派是像薛蟠带回家的塑得和他自己一模一样的那种塑法。两派起源都很古。中国的佛像,就是前者的例。后者如南宋雷潮夫妇所塑现存苏州紫金庵的罗汉像。《园林城——苏州》第一辑中《去东山欣赏古代彩塑》一章所说,和我亲见的形象神情,完全一样:"雷潮夫妇把'看门神'塑得栩栩如生。左边第二尊……望去……罗汉把头微微侧转,侧耳聆听门外的声音,凝眸注视远处的来人,一个形体,两个动作……真是'呼之欲活'……雷潮夫妇的精湛技艺,至今还被人赞誉。"这种情况,有非目击所不能想象者。

曹雪芹教给德荣的手艺,应该就是雷潮夫妇这样与真人毕肖、与个别的人也能酷肖的塑法。在上引《此中人语》中的第三章《释塑章》中所说他的"双眉尾散"故"不聚资财"一点,也符合雪芹贫困而又不甚知节俭的实况。

第六,关于园林的一册,我们看到《红楼梦》中描写建筑和绘大观园处,就可以知道,曹雪芹十三岁以前往来于南京、苏州之间,当然遍览了苏州著名的园林。又有传说,苏州的拙政园曾一度散为民居,为曹寅所购得。但曹寅常在南京,所以让他的姻弟苏州织造李煦居住。雪芹既常去苏州,当然也住在那里。他对园林建筑的工巧,少时就有熟悉的机会。他写的大观园,我认为,如其求之于北京,不如求之于苏州。大观园本是《红楼梦》作者就自己在各地观察所得的艺术创造,而他在苏州等地的观察,尤其重要。他回北京后这种机会反而少了。他的姻戚平郡王的府第不见得那么宏壮富丽,雪芹也未必常往参观。至于有人说允禧书的"天香庭院"是雪芹写大观园的模特儿,恐怕也不免是推测之辞。若再只据什么"大观"楼之类一两个字句上的相同并以年代来附会、来探索大观园的所在地,那就更没有什么意义了。

综上所述,我们认为孔祥泽提供的《废艺斋集稿》中的零星文字,由于和《红楼梦》里的叙述完全相合,也由于和我两次到南方调查所得的材料符合,足证《集稿》的确是那位多才多艺的《红楼梦》作者的作品。他的"才"是天赋的,他的那些"艺"则是他少年时在南方就开始学习,到北京后据传他又两次到南方,也有经再度、三度重新观察学习的机会后,才娴熟了的。

可是,他之所以要写一部为了帮助穷人的这样一部《集稿》,却是当他贫居西郊,生活落拓,和那些穷人接触之后"不忍坐视"他们无以自活的情况,才决心撰写的。这部《集稿》,是一个在具有资本主义生产关系的萌芽的封建社会里,既有新的思想而又不能不受时代局限的作家的积极的救贫济困的著作。而《红楼梦》则是他用揭露的手法抨击那个社会的杰构。如果是从历史唯物主义的观点出发,我们今天当然不能把《集稿》视为一部与改良主义有关的著作,因为作者的思想是反对整个封建社会的。我们只能把它看成是一种"乌托邦"。《集稿》中的各种技艺,是我们从《红楼梦》中都能找出证据,在南方他所到过的地方都有传说、文字、实物资料可以印证的技艺。《集稿》之作是这位伟大作家的在那个时代难能可贵的思想。我们今天只凭几个有待于多读些书、多做点调查研究才能知道的未知之处,就遽下判决,说《集稿》是伪品,未免太武断了罢?并且以《集稿》的技术内容和思想内容而言,谁有"才能"造这样的伪?我看不但个人、几个人,就是一个专门研究的集体,也怕不那么容易"造"得出来这"伪"罢?

八　关于南鹞北鸢考工志董邦达序的真伪问题

关于陈、刘文从文字的风格上来证明《考工志》的董序、曹的自序以及敦敏的《瓶湖懋斋记盛》是同出一人的手笔,本来搞文学的朋友们要我无

须回答,因为陈、刘举的理由似是而非,实在构不成宣判三文出于一手的证据。由于我担心读者和我一样,也不懂"文学发展的历史",所以还是写了这一节回答。

陈、刘文中那个第三节"三篇文字的风格"似乎为了多举几条理由,故所分各点很乱,读者可自取他们的原文来看。我只把他们的论据归结如下。

第一,他们找到了一篇董邦达写的《静退斋集序》,认为在用虚字、惊叹词、连接词上,和他给《考工志》写的序不同,举出在后者中有五个"矣"字(而前者中也有个"矣"字,他们却未说明——裕注),曹的自序用了七个"矣"字,敦敏的《记盛》用了二十一个"矣"字。他们认为"作者对'矣'字有特别嗜好,凡是明明可以不用'矣'字的地方,都用了'矣'字"。

第二,董序中爱用偶句、排句,长句多,而他的《静退斋集序》则反是。(我在这里声明一下,陈、刘原文末段还有涉及敦敏的《记盛》之处,留待下节再说。)

由于上述陈、刘两位对于这几篇文中的字和句的推敲,于是宣判"把这三篇文字说成是乾隆年间曹雪芹、董邦达、敦敏的手笔,是难以令人信服的";"除了这三篇文字出于一人之手以外,很难再有别的解释"。

第三,陈、刘文中还有个第九节"董邦达和曹雪芹"。(这里也涉及敦敏《记盛》、《诗抄》和敦诚的《四松堂集》,甚至张宜泉的《春柳堂诗稿》之提到董邦达与否的问题。此诸点也暂不说。这里先谈董和曹的关系。)陈、刘认为,董邦达是个"非同小可"的人物。总之,他历任大官,很受乾隆的赏识,不可能和曹雪芹相识,也不可能"受到曹雪芹特殊的礼遇";否则,那就"是不合乎曹的性格和生平为人",他们认为他在瓶湖之会中的某些行为,"是一个曲意逢迎的清客式的人物"的行为。

第四,陈、刘文认为,《富阳县志》所载董邦达早年娶婢女为侧室,乃是曹雪芹在《红楼梦》中塑造贾雨村这个反面人物的原型,而由此"也可看出他对董邦达这种人的态度"。

我对此不愿多费笔墨,只作下面的回答。

上述第一、第二两项都是属于文字上的问题,董序中用了四个"矣"字,我认为我们从文字的角度看,应该是只看他用得适当与否。那四个"矣"字是:

> 其自谦抑也,可谓至矣。
> 其为人谋也,可谓忠矣。
> 其运智之巧也,可谓神矣。
> 斯足养其数口之家矣。

请让除陈、刘两位以外懂文言文的人看看,这里四个"矣"字哪一个用得不当?如果把第一句改成"可谓自谦之至",第二句改成"其为人谋甚忠",固然也可通,但请问陈、刘两位有什么理由硬叫董邦达把它们改成回避"矣"字的句子?而且改了以后的语气显然就不对了。陈、刘文在下面说曹、董、敦三篇文中"明明可以不用或不必用'矣'字"那一段中,他们很聪明地没有举董序中这四个例。那大概就是承认董序中用的这四个"矣"字,"也还可以"的了。奇怪的是,此四例既不属于那"明明可以不用或不必用'矣'字"之列的,为什么陈、刘还把此四条突出地摆在那三篇文章中三十二个"矣"字例子之内?这就不能不令人认为是在"强拉证据"。据说,章太炎给人家改文章就好抹掉几个虚字,以为那样可以古奥。可惜董、章相距年代太远,董在泉下,也应恨不得就教于太炎先生,请他大杀大砍一番虚字眼儿也。退一步,就拿陈、刘所举的文学史来说,历代作家喜欢用虚字的人,也还不少吧?

至于长句、排句的问题,陈、刘两位怎么忘记了戚蓼生的《石头记》序?我想戚蓼生集子里的文章不会都是这种长句、排句吧?董邦达的集子我是没有看到,据我猜测,由于董集难找,陈、刘两位也未必看到过,否则他们两位是会尽可能地多举几篇董的其他序文以为"助"证的。他们只举了董邦达给《静退斋集》写的那篇序。不巧董邦达积习不改,在该序中也用了一个"矣"字,如其中云:

> 君感激知己，不敢告劳，而疾已作矣！

我看这个表示慨叹的"矣"字，也还是不能取消的。我认为，假定董的文集里有五十篇给人写的序，其中都没有用过对偶句、排句，但这也绝不能"因而"证明他不收在集中的《南鹞北鸢考工志》序里不应该用这两种句子；也不能说，如果他用，它就是假的。周汝昌先生在一九七三年给我的信上说，董序是一篇小八股，并说他从来没有见过用这种文体写序言。这真奇怪。用偶句、排句的骈体和八股式的文字写序的人，像周先生那样熟悉旧文章的人，总应该知道不但有，而且还不少吧？

这里倒有一个问题，即董序中重复并且发挥了曹雪芹自序中的某些词句，如"集前人之成"、"欲举一反三而启后学之思"，这是曹雪芹撰《考工志》以及整个"集稿"不欲攘他人之功的特点。曹雪芹不像有些人明明是抄袭或者是"抢"他人的东西而不说明出处。难道写序的人指出这一老老实实的美德加以表扬，没有必要吗？陈、刘两位就能用"重复"具有这样意义的两三句话来断定董、曹两序出于一人之手么？给人写序，大都是要举出书中的优缺点而特别是优点的。举优点的时候，用著者原书或原序中的三、五句话，这不是平常又平常的事么？

关于董邦达和曹雪芹、敦敏、敦诚、张宜泉等人的关系，我觉得他们举个张宜泉，简直是无理取闹。谁都知道，张是个穷教书的，他完全可以同董没有相遇和相识的机会。举了他，不是故意凑数，让读者感到"人多势众"是什么？至于敦敏、敦诚之和董有联系，而又不见于他们的集子，也没有什么奇怪。须知那时汉大臣，特别是较著名的显宦和天潢贵胄的接触是有的，但要有所顾虑。二敦集中没有关于董的诗文，当然不足怪，也并不意味着他们实际上没有接触、没有文字往还。

关于曹雪芹和董邦达，问题就大了。有的研究者认为曹雪芹既然是既狂又傲，又像阮籍一样地能施青白眼，那他就该看见不顺眼的人就"傲"起来、就以白眼相加，使人觉得他是一个不可接近的人；看到了达官阔人就避之唯恐不及，耻与共语。如果把活在十八世纪下半期乾隆时代的曹雪芹看成是这样一个人，那真是像陈、刘文章一再说的，他就是个"虚构"的人物了。如果仅仅根据敦氏弟兄几句诗来推论，只有曹雪芹必须持上述那样的态度对待人，才算合乎他的性格逻辑，我怀疑，那恐怕不免是形而上学的思维方法吧。须知敦氏兄弟笔下的"野鹤在鸡群"似的曹雪芹，就和张宜泉笔下"南人逸士"似的曹雪芹不一样。而他们三人笔下的曹雪芹和那接近穷人、积极帮助穷人的曹雪芹又不一样。最奇怪的是，陈、刘文中说他们三人，只提到曹雪芹的诗文，而没有提到他的小说《红楼梦》。难道陈、刘两位不知道《红楼梦》当时被视为禁书么？弘晓在乾隆二十四年过录《石头记》时，不但完全用家人偷偷地在家里抄，而且还把"胜则王侯败则贼"改为"胜则公侯败则贼"，这不都是为了害怕受到政治迫害么？乾隆的堂弟弘昿到了乾隆三十三年对《红楼梦》闻名已久，却仍然不敢看它哩！难道张宜泉那句"爱将笔墨逞风流"只是指雪芹的诗吗？敦诚的"开箧犹存冰雪文"的"文"也只是诗吗？与雪芹同时虽然年纪稍小，而却是朋友的墨香和明义，不是都有过或看过《石头记》（或《红楼梦》）的过录本吗？曹雪芹当时就以多才多艺、诗文，特别是《红楼梦》见知，并不是大家所不知道的事，为什么陈、刘两位偏要说曹雪芹被人称道的只"是他的诗和画，而不是他的小说"呢？

  曹雪芹虽然是被抄了家的曹家成员，可是毫无疑问，他的祖父、父亲都不可避免地给他留下一系列亲戚和社会关系。董邦达很可能是曹頫当日做官时的相识，给曹雪芹题像的蔡以台、秦大士、钱载等都和董邦达相熟。董又是个贫寒出身而步上青云的人物，看那《富阳县志》所载他考中了功名做官之前的那段遭遇，一方面很苦，另方面也可见他还是个比较老实的人。既和曹頫或曹家有关系，而又先贫贱后富贵的董邦达之所以能同情一个"生于繁华，终于零落"的曹雪芹，难道是绝对不能想象的事么？不敢同被抄了家的人接触的人，那当然是有不少的。可是，知道抄家是非正义的、而又敢于同被抄家者接触的，古人有，现在的人也还不少罢！陈、刘两位有什么理由认为董、曹不能有接触呢？至于说曹"当场请董邦达为《考工志》题签写序以抬高这部书的身价"，不知这"当场请"三字是何所据而云然？如果没有根据，那么，说曹雪芹是"一个曲意逢迎的清客式的人物"，那简直是对《红楼梦》作者的绝大污蔑。陈、刘文中还用"亲密无间"、"水乳交融"等词句来形容曹雪芹和董邦达的"关系"，试问两位同志在什么版本的《记盛》阙文中（包括他们两位从我手里抄去的孔祥泽的《懋斋记盛的故事》在内）看到这样的文字？或给人以这种印象的叙述？如果没有，那就真令人不能不想到只以"舞"只字只句的"文"来企图打胜这场笔墨官司了。

至于陈、刘两位拿董娶婢为侧室同《红楼梦》里贾雨村纳娇杏为妾相比一点，就是陈、刘他们自己也认为"当然我们不能把小说中的人物和现实生活中的原型等同起来"。他们虽然似乎谨慎地说"不能等同起来"，但这句话中的"原型"二字，我看也用得有些"冒失"吧？你们有什么证据证明贾雨村纳妾是以董娶婢事为原型的呢？如果没有真凭实据，这不完全是"主观臆断"吗？而且在广大的读者心目中，对贾是卑视的。反之，看了《富阳县志》中下面这些话后：

> 会中秋夜，侍郎与文恪宴饮，从容述婢语，愿奉为箕帚妾。文恪瞿然曰："某落魄京都，遍都中无青眼者，不料婢子相知如此。虽正位可，况妾耶？"

读者能对董有像对贾雨村那样的感想么？像贾雨村那类事，那个时代是很多的，多到不可胜数，为什么要用这种例子来不伦地比拟呢？比拟的结果又是恰恰与陈、刘的结论相反：贾雨村是强索，董邦达是感纳，人们都是会分辨得很清楚的。这不适足以说明董的那个行为在当时还算是正派的么？

九 关于敦敏的瓶湖懋斋记盛

第一，我们必须开头就声明：《记盛》一词在文义上不等于"盛会"。陈、刘文中屡次提到"盛会"，我认为除了故意夸大，以便有利于他们自己的论点外，没有别的作用。试看当日情况，客人都是和主人相熟的人，吃的不外是敦敏的家人所做的菜，曹雪芹参加做了多种做法的鱼。请客的目的不过是鉴别一些"古画"。这能算是"盛"大的宴"会"吗？"盛"字在这里毋宁表示作者对那次会的高兴的心情。我们首先提出这点，希望广大的读者不要被陈、刘两位故意夸张事实的过甚之辞把思想引到不符合情况的路子上去。

第二，敦敏的散文，除了《懋斋诗钞》的小序外，我们只看到《记盛》和《敬亭小传》两篇。我认为《记盛》的文字虽不如敦诚的好，但也可谓很通顺。茅盾同志在他给我的一首诗上说：

> 浩气真传耀晚年，曹侯身世展新篇。
> 自称废艺非谦逊，鄙薄时文空纤妍。
> 莫怪爱憎今异昔，只缘顿悟后胜前。
> 《懋斋记盛》虽残缺，已证人生观变迁。

俞平伯先生也曾在给我的信上说：

> 《懋斋》一文，详尽生动，诚为佳作，若芹圃其人呼之欲出矣。

我们相信，这两位老先生对旧文章的造诣都是很深的。他们并未觉得《记盛》一文"在古文中，实可说是伤于纤弱"（引陈、刘文语）。

《敬亭小传》是付刻之作，当然作者要慎重将事，在付刻之前不免倩旁人加以润色。即使是这样，我们试把《记盛》和《小传》拿来比一比看，两者文字的水平，也并没什么差别，尽管叙述的内容完全不同。尤其值得重视的是，敦敏自知古文写得不如他弟弟写得好，所以在两篇文章中，都做了谦虚语。他在《记盛》中说：

> ……董公孚存……嘱余制文，记其盛况。〔嗟〕余才疏学浅，谫陋无文。每有句读之失，难免鲁鱼之讹也。余尝与过〔公子〕絅曰："若敬亭得与此会（时敦诚在喜峰口司榷事——裕注），而撰斯文，〔庶〕不致挂

一漏万矣。"兹勉述之于后。

由于敦敏知道自己的文章确不如敦诚，所以才说这些老实话。真是无巧不成书，在他写的《敬亭小传》里，也有与上引类似的自谦话：

> 乙卯秋，桂圃三弟将刻其（指敦诚——裕注）所遗诗文。谓余曰："二兄斯文，既付梨枣，但其平生之做人行事，人无从而知，未免缺焉。大兄盍为立一传？"余闻之且泣、且感、且愧：自知不文，不足以传敬亭，但无词以谢，因退而回想其为人行事，聊书梗概，以质三弟。

难道《记盛》和《小传》中的这种谦虚自知的态度和文字，是偶然的相同吗？这不正说明两文是同出一人的手笔吗？如果这也是"做伪"，那我们真的只有对他或他们的做伪技巧叹为"观止"了。

第三，再谈谈陈、刘认为是科学的、读者也十分关切的气象问题。陈、刘文中第五节有"'雨雪频仍'和雨雪缺乏"一节，指出《记盛》中"入冬，雨雪频仍，郊行不便"一语的"入冬，雨雪频仍"没有根据，因而断定《记盛》为伪。

按陈、刘文用了许多天气晴雨的记载（其中也包括乾隆的御制诗）、乾隆二十三年晴雨等论据。陈、刘文又据《东华录》说："从乾隆二十三年冬到次年夏季，雨雪罕见，存在着极其严重的旱象。"按旱与不旱，应该是当年春季、夏季下雨与否的问题，至于冬季下雪与否，如果与旱象有关的话，那也是与翌年，即乾隆二十四年的旱与不旱有关，而与二十三年本年的旱否无关。这是常识，不必多说。

现在且看乾隆二十三年"入冬"到底能算是"雨雪频仍"与否。我在一九七九年在水电部水利电力科学院水利史研究室时，遗漏了查这一点。经去信询问后，于一九七九年四月十一日得该室朱更翎主任复函如下：

> 乾隆二十三年九月大，"初六日子时至寅时雨"，"初九日辰时微雨"，"十四日申时微雨，戌时至亥时微雨"。余日均为晴天。
>
> 十月大，"初五日酉时至初六日子时微雨"，"初六日子时至丑时

微雨","初七日亥时微雨"。余日均为晴天。

十一月小,"二十九日辰时至巳时微雨,午时雪",余日均为晴天。

十二月大,全月均为晴天。

二十四年正月小,"初十日卯时至辰时微雪","十二日卯时至亥时微雪","十八日寅时雪,卯时至未时微雪","二十三日子时至卯时微雪"。余日均为晴天。

我不知道为什么陈、刘两同志在他们的文章中竟把十一月二十九日辰时至巳时的"微雨"写成了"微雪",而午时则如实地写成"雪"?是不是因为要如实地写成"微雨",那就真的是"雨雪频仍"而不利于他们的论点了?这个问题需要陈、刘两同志向读者说明一下。

我认为,敦敏的《记盛》应该是写于乾隆二十三年的腊月二十四日之后到二十四年的正月底之间。不管写于哪月、哪天,"入冬,雨雪频仍",都是回顾二十三年的过去。"入冬"照旧俗是指十月起到十二月底止。我们参看上引朱更翎同志给我抄的《晴雨录》,十月初五、初六、初七均有雨,十一月二十九先雨后雪的情况回顾一下,请问陈、刘两位同志,怎么不可以说"入冬,雨雪频仍"呢?

至于"郊行不便"的问题,这一方面说明敦敏二次去白家疃肯定是在十月之前,另方面也是结合当时交通的实际情况。须知那时没有柏油马路,雨后道路泥泞,行车骑马都不那么方便。这种情况在永忠、敦氏以及当时他人的诗文集中,都能找到有关的证据。我在一九二七年来北京的时候,太平仓即现在的平安里、琉璃厂的路,雨天都很难走。城外西郊,从西直门到颐和园,有皇帝往来,犹可说也;但由颐和园到白家疃一带,雨雪之日,道路难行,不言而喻。敦敏说"郊行不便"不是实况吗?至于天旱不旱的问题,如果是指乾隆二十三年,就北京来说,那是入冬以前的春、夏下雨不下雨的问题。老实说,秋雨都和本年的旱情无关了。所以,尽管陈、刘找出些二十三年天旱的证据,也丝毫不能证明二十三年的入冬,不是"雨雪频仍"。

因此,对读者最关切的这个气象问题的进一步探究,其结果是:二十三年的"旱情"与同年入冬的"雨雪频仍"无关,后者是《晴雨录》上明明记载着的实录。

第四,据孔祥泽的《懋斋记盛的故事》得知,在《瓶湖懋斋记盛》阙文中涉及的内容中有曹雪芹和董邦达共同鉴别的一张所谓"李龙眠绘"的《如意平安图》。这个图居然在香港《大公报》一九六五年二月十四日的《艺林》上,出现了它的照片。这就足证《记盛》不假。关于"李龙眠"的这幅画,孔祥泽的《故事》所述,大意如下:

> 署名李龙眠的《如意平安图》是一张工笔画。画中有一胆瓶,外边裹着一块锦料的包袱。胆瓶中插着两朵荷花,衬在三片荷叶之间。荷叶下面有几枝细竹,也插在瓶里。瓶的旁边还画了一盆灵芝草。盆下边放着一个托盘,盘内盛着佛手等果。画的右上角,写着"如意平安"四字,字的下方写着"李龙眠绘"。除名章外,还有两个闲章,盖在画的左下角。
>
> 董邦达先问:"这幅画确是下了一番功夫,色也用的不错。雪芹你看怎么样?"
>
> 雪芹看过了画后答道:"这幅画不逊于元人的写生上品,但是谈到真伪,我怎敢在几位前辈面前,妄加月旦?"
>
> 董邦达道:"雪芹不要太谦,你已经指出这是仿元人笔意的写生之作了,何不直说出这不是李公麟的真迹呢?"
>
> 过子龢忙问雪芹:"您怎么断定是仿元人笔法呢?"
>
> 雪芹道:"这不难看出。李公麟是以白描人物享名于当时的。他下笔挥毫,如铁线迂回,后人很少有偌大笔力。他不喜写生花卉。而且这画里的胆瓶,已是元代式样,宋朝人怎么能够预拟元人的样式呢?这不是好的佐证吗?"
>
> 董邦达也接着说:"这幅荷花竹叶插在胆瓶里,固是实地写生;那盆灵芝和佛手,却是笔者虚拟。两者格调,并不相容。公麟为宋一代

名手,何能出此?雪芹卓识不差!"

曹雪芹便对敦敏说:"只这商祚一幅足资珍藏,其他几幅,画的并不错,可惜笔者偏偏要题上前人的名字,意图抬高身价。这种徒务虚名的风气,明朝人已开其端了。"

从香港《大公报》的这张图片上,看不出任何题字和图章,编者也没加什么按语,只在这张照片的旁边用铅字排了"元人如意平安图"七个字。这大概是因为曹雪芹当日断定该图非宋人李龙眠所作,后来敦敏也就根据雪芹的判断,把它叫作"元人如意平安图"了。至于敦敏收藏的这幅画为什么流传到香港,那并不奇怪。一九五四年我给文化部洽购杨氏两千数百册藏书(大部为满族人的著作),永忠的《延芬室集》手稿、敦敏的《懋斋诗钞》手稿、张宜泉的《春柳堂诗稿》刻本等等,都是在杨氏藏书中发现的。而藏书者恩华氏即现在香港大学杨宗翰教授的父亲。敦氏收藏的书画,流传到香港,有何可怪!

这幅画的发现,无可置疑地证明《记盛》的真实性。

第五,《记盛》原文中有两处有眉批,一处是在钮公的上面批了"十月赐第钮公,命余就过公乞书"。这显然是敦敏写完了《记盛》以后,自己写的批。若不了解情况,谁能写出这样的批语?

另一处批语,是在"入冬,雨雪频仍,郊行不便"之前的上端批"子明,余意宜将前段略去"。"子明"是敦敏的字。为什么这个批者建议删掉"前一段"呢?前一段是什么呢?前一段都是白媪对敦敏说雪芹如何在吃了早饭吃不上晚饭的情况下,还以卖画所得的余钱去救济孤寡那些义行的。这条批,我从前认为有两个可能,一个是敦诚从喜峰口回北京后,看了《记盛》,认为前一段琐屑,可以删去。另一个是曹雪芹自己看了,不愿旁人知道他所做的那些助人的行为,才写了主张删去那十个字的。结合《记盛》中所记于叔度对敦敏说:"'当日若非芹圃救我,则贱躯膏野犬之腹也久矣!'芹圃亟止之曰:'适逢其会,无足挂齿。何况朋友本应有通财之义,今后万勿逢人便道此事也!'"看来主张删去这眉批的人,还应该是曹雪芹自己。如果要谈"性格逻辑"的话,我看这一主张删去人家赞誉自己的眉批,倒是合于像曹雪芹那种对豪富狂傲却又能慷慨济贫,而不愿受惠者"逢人便道"的性格。这和那种媚上傲下以小惠沽名的人刚刚相反。很难设想作伪者能够想得这样周到、细致,来加上这样内容的眉批。故这条批语也可以证明《记盛》为敦敏所作。前一批是敦敏的亲笔,后一批则为雪芹亲笔也。

第六,张宜泉的《题芹溪居士》诗中说,曹雪芹"庐结西郊别样幽。门外山川共绘画,堂前花鸟入吟讴"。这个"结"字,研究者们以前都不求甚解地放过去了。现据《记盛》所云:"春间芹圃曾过舍以告,将徙居白家疃。"又记白媪"愿以其'茔'侧之'树',供〔雪芹〕筑〔室〕"。当敦敏往访雪芹于白家疃时,又亲见雪芹的新屋"筑〔石〕为壁,断枝为椽,垣堵不齐,户牖不全"的情况,这足证雪芹在白家疃是新建茅屋。俞平伯先生读到《记盛》后来函,对我根据张宜泉诗中"庐结"二字,断定是盖的新居,也认为"自无可疑"。

此外,实际的调查也与当时所述的情况符合。一九七二年,我和孔祥泽最初要去白家疃调查一下的时候,我们都不知道白家疃在北京郊区的哪个方向。我记得还是周汝昌先生来我家时,谈起这件事,他也不知道。但他告诉我,说他有一本郊区派出所管界的手册。隔了一天,周让他的儿子给我送来。我查了半天,才在海淀区派出所管界内找到了白家疃这个地名,原来是从北京海淀、颐和园到青龙桥便可岔往温泉以及去妙峰山的必经之路。"疃"字,我们最初也不会读,而是查字典才知道读"tuǎn"的。后来,到了白家疃,又知道该地俗名白家"tān"(滩)。弘晓的《明善堂诗集》里也有用"滩白"来代替白家疃处。我和孔祥泽第一次去调查,是在一九七二年十月乘公共汽车、拿了机关介绍信去的。承当地生产队党支部书记和大队长的帮助,请了四五位七八十岁的老人座谈。简单地说,我们那次得到以下重要的结果:

(一)白家疃村西头早年有水,并有一座用四块巨石搭成的小桥。世代相传桥的年代已有二百多年之久。桥的西面,在早年没有人居住。桥下的溪流是从村西、村东的山里流下来的水。据说早年山下还有一条河，流向石桥，过石桥转向西北流去。现在河早已改道，所以只有春末、夏日、秋日，有时有水了。这些情况与敦敏《记盛》所述都符合。

（二）白家疃和香山的居民交往时，走的是一条从黑龙潭附近翻山到卧佛寺的路。这条路全长不过七八里，据老人们说，从来两地的婚、丧、嫁、娶都走这条路。因为要是走大道，就得从白家疃先奔青龙桥，再转到香山，那大约四十多里了。这一点也说明曹雪芹由香山经山路迁居白家疃是并不难的。

（三）最重要的是，我和孔祥泽得到了这个线索，就遍走白家疃各处调查，发现了现在已改为白家疃小学的允祥贤王祠，旧的房舍骨架仍在使用。一个字迹可辨的石碑以及允祥未死之前建别墅时的戏楼，都还残存。我和孔祥泽最初是沿着汽车路找到石桥的。当时我们都奇怪，为什么敦敏《记盛》中说，"循溪北行，过石桥"才是雪芹的新居呢？不得其解。后来，我忽然想到，汽车路是近年来才修筑的，可以在石桥之北；而乾隆当时的人行、车马行路却是在村南的山根下，那就是石桥之南了。敦敏那时由山根的路骑马，当然得向北行才能达到小桥。有了这个理解，我和孔祥泽都非常高兴，这些实际情况与敦敏的记载也相合。

我最近详察孔祥泽描下的《记盛》残文的双行夹注所云"过〔石〕桥〔乃达〕"一语，也有添补的错误。因为"乃达"两字的原空，现在看来是三个字的空，而且最后还剩下了一个右边像"斤"字最后一笔的一竖。这次仔细推敲，结合当地的地形位置，该三空应该是"再南折"三字。那就是，敦敏沿小溪的东侧从山根向北走，看到但尚未到达石桥，在石桥之南某处看到雪芹的茅屋，正是"斜向西南"，而且他还得过了桥再南折，才能到达。我在一九七三年写那篇《曹雪芹佚著及其传记材料的发现》一文时，私下还怪敦敏怎么连方向都搞不清楚。我们现在虽然已经看不见雪芹的新居遗址，但可断言，他不会把房子建在面对西南的方向，而必定是建于正南的方向。经实地调查才明白，我们原来认为雪芹的新居和石桥是在一个直线上，过了石桥就是。现在看来并非如此。新居是在桥的西南。这"斜向西南"四字正是敦敏骑马到了近石桥、但还未过石桥,举目向西南看时的方向感。这一实际调查的情况与《记盛》的符合,强有力地说明《记盛》的可靠。

我看光坐在书斋里,仅从只字片言的文字上找出些可能是自己还没看过的书籍、没去过的地方的"漏洞",是不能解决一件历史事实的真伪问题的。这和文字、文句的版本考订,完全是两回事。

如果再说几句,那就是敦诚《赠曹雪芹》诗中的"日望西山餐暮霞"、敦敏《赠曹雪芹》诗的"碧水青山曲径遐,薜萝门巷足烟霞",又《访曹雪芹不值》诗的"野浦冻云深,柴扉晚烟薄,山村不见人,夕阳寒欲落",张宜泉的《和曹雪芹西郊信步憩废寺原韵》中的"寂寞西郊人到罕",这些写于乾隆二十六七年的诗句,都是描写曹雪芹白家疃这个新居而非香山故居的环境的。据白家疃大队长告诉我,香山虽然属于西山山脉,但没有人称之为西山。白家疃一带的山才是人们呼为"西山"的山。上引诸诗句中所述的荒凉、人稀的景象正是当日距白家疃村还有里许、位于小桥西南雪芹居处的景象,绝非人口既多,而又热闹的香山一带。这也可以证明《记盛》所述、敦敏目睹、宜泉到过的乾隆时的白家疃的实况。

第七,此外,我觉得根据上述一切证据,判断了《记盛》之不可能是赝品之后,关于有些问题当然还可能一时查不出来出处。但那是需要我们继续努力考证的问题,不能因为一个并不相同的人名查不到或年龄不对头,就否定已有许多可靠证据证明不可能伪的《记盛》全篇是假的;尤其是,因而便处处用连坐法断定《考工志》以至整个《废艺斋集稿》都是假的,那就更加讲不通。

有点历史知识的人都会知道,不但个人记一件私事的仅存记载的内容不易完全搞清楚,就是许多历史家记载的历史上重大政治、军事事件,也还有到现在还不能完全了解之处。马王堆出土的那个女尸到底是谁,不是到现在还有争论么?

《记盛》中的钮公原作"□舅钮公",陈、刘文因查不到出处而名之为"神秘的钮公",这是很武断的。须知□填为"母"字是我根据《记盛》残文填补的,而且我曾在附注里说:"□似母字,余划太少,看不清楚。"现在看来,母舅当然不可能。但在文字中称岳父为外舅,弟弟的外舅在文字上哥哥能不能也呼之为"外舅"呢?如果能,我们知道敦诚的岳父就是钮祜禄氏,这不是可以讲得通吗?如果《记盛》是赝品的话,伪造者的有关曹雪芹本人及其亲戚、交游的知识定会不少,他能那么傻气露出这样容易被人识破的"马脚"来吗?此外,那个□处也可能是个"姻"字,那就也可能是指敦诚的岳父了。

至于在地方志及其他有关书中查不到钮公这个人,因而钮公就变成了"神秘"人物,那不仅逻辑奇怪,常识就也缺乏了。一个北京贵族,为了某一件事被派到地方去,难道就一定要在地方志中有记载吗?或者有记载,我们就担保已经查遍了群书么?

关于敦惠,须知《爱新觉罗宗谱》上却是"敦慧"。陈、刘文又提年龄问题,但也须知《宗谱》的错落不堪有时超乎我们想象。例如,《宗谱》记敦敏"乾隆四十年十二月授宗学总管,四十七年十一月因病告退。乾隆三十七年壬辰四月初八日子时卒,年四十四岁"。四十七年因病告退,而三十七年就死掉了,你说怪不怪?实际上我们知道直到嘉庆元年他还给他的弟弟写《敬亭小传》哩。难道这样的材料不应该仔细审查么?难道仅仅用"神秘的钮公"、不一定名为"敦慧"的敦惠就能否定《记盛》全文了么?我认为,这些问题只能算作存疑的问题,也就是有待再做些努力——再找出更"翔实"的材料、更"有据"的证据的问题。否则,即使缺席宣判《记盛》为"伪",广大的读者也是要替《记盛》向"最高法院"上诉的。

十 关于所谓"自题画石诗"的问题

关于所谓"自题画石诗",我本想作详确的答复,但因陈、刘文最后声明:

> 我们则有确凿的证据可以肯定抄存者是看过《诗草》的,而且可

以肯定他就是从我们所见到的这部《诗草》抄本中抽出这首《自题画石诗》来的。

我遂决定想等看到他们掌握的《诗草》(即《考槃室诗草》——裕注),经《红楼梦》研究者们和讨论一方的我鉴定真伪后,再表示我的意见。我虽然要忠于我的看法,但我不能固执我的看法。重要的是,我们都得要向广大的读者负责。以下,我仅提出与将来解决这个问题不无关系的几条事实和看法。

第一条,陈、刘在《"自题画石诗"的作者是谁?》一节中,有这样的话:

> 读者不禁惊羡这位抄存者能够接触这么多曹雪芹的"佚著"!他不仅亲眼看到日本商人金田氏所藏的海内"孤本遗稿"——《废艺斋集稿》的"手稿"本,亲手"抄下了董邦达为《南鹞北鸢考工志》写的一篇序",并"把其中关于风筝的部分,描摹下来",而且他还从他外祖父的《考槃室札记》手稿中找出"曹雪芹《红楼梦》之外的一首完整的诗"。

"读者不禁惊羡",旁的读者我不知道,至于陈、刘两同志"惊羡",那并不奇怪。孔祥泽为什么有那么多机会接触这些珍贵材料,我认为是和他的年龄,特别是他的家世、家族关系和社会关系,有密切联系的。以陈、刘两同志的年龄和经历"惊羡"孔祥泽竟有看到那么多有关《红楼梦》作者材料的机会,是不奇怪的。但是,他们未经调查,就怀疑、甚至断定孔祥泽看到那些珍贵材料的事实是假的,那就奇怪了。

我以前也不详知孔祥泽的家世,他自己过去由于出身不好,也不详谈。这次陈、刘文刊出后,我特地把他请到家里来,他谈了三个小时有关他的家庭情况,我还把他的话录了音。现在只简单地说明他的父系、母系情况。我认为广大的读者看了之后,就不会对孔祥泽这个人有机会接触那些材料,觉得可"惊"了(陈、刘两位的态度,我不敢说)。至于"羡"有看到雪芹佚著遗墨的机会,说实话,连我这老头子也不免。

孔祥泽同志的父亲，名繁锦，字华清，安徽合肥人。北洋时任陕甘边防督办兼陇南镇守使，驻防地在天水。他父亲的表弟张广建，当时是甘肃督军。甘肃省长潘龄皋是孔繁锦的盟弟，冯玉祥、于右任都是他父亲拜盟的弟兄。孔繁锦是安福系中的人物，和段祺瑞关系甚深，孔祥泽呼段祺瑞之妹为十三姑。

孔祥泽之母，名瑾瑜，字楚珩，嫁孔繁锦前曾议婚于溥心畬，不果。有诗稿名《楚珩诗草》，曾在我家放存数月。她是孔外祖父富竹泉的长女。富竹泉是恭王府的总管，富的长子出继王姓，名王承荫，字诗樵，曾给溥儒做过伴读。孔祥泽少时，就曾看见过溥儒由礼王府借来的一批曹雪芹的书画，他的母亲还描摹下来曹雪芹画的一个墨蝶。《废艺斋集稿》就是礼王的后人金鼎臣卖给那个所谓金田氏，后来经孔祥泽回忆，叫作□信武夫的日本人。

我认为，出身于这样父系、母系家庭的孔祥泽，能够看到那些材料是不奇怪的。

第二条，陈、刘看到的《考槃室诗草》，是吴晓铃先生购藏的。有人看到过所谓"自题画石诗"的一页的照片，据说这首诗有剪贴的痕迹。据陈、刘文，他们似乎既看到了照片，也看到了吴晓铃藏的原稿。我至今还是两者都没看到。我和吴晓铃先生并不相识。经过一位朋友的介绍，我于一九七九年四月三日晚，带病同我的爱人去看过他，不巧他也在卧病。他说《诗草》不在手边，拿去复制了。我问他："听说'自题画石诗'有剪贴的痕迹"。他说："没有注意。"我又问："诗的原题是'自题画石诗'五个字吗？"他稍想了想说："是的，就是这个题目。"我说："'自题画石诗'五个字，是我在一九七三年《文物》第二期上发表那篇文章时，给那首诗命的名；要是在其本人诗集中，不但那个'诗'字应该取消，而且'自题画石'也是应该作'题自画石'才妥啊。您以为呢？"他说："啊，啊，我记不清楚了，等复印的本子拿回来再看吧。"我们的谈话基本上到此为止。最后，我向他道歉，在他病中来打扰。事后，我和同去者又核对一下当时我们的谈话，就是如此。我认为，要解决《题自画石》一诗到底是谁的诗，不让我们看到吴晓铃先生收藏的这个本子，无法解决。

第三条，关于这个我还没看到的《考槃室诗草》抄本，据陈、刘文中说：

> 是一种清钞本，共分六卷，装订为两册，作者署名为"宛平稚川居士"。（中略）《诗草》书前附有近人所写的一则题记，其中说："稚川居士姓富，名竹泉，字稚川，别号稚川居士。"（中略）《诗草》卷五有《哭长女孔楚珩》五律两首及《再哭楚珩》七律一首，可知其女名叫楚珩，其婿姓孔。（中略）不难发现，这位抄存者即是富竹泉的外孙。（中略）《诗草》中所收的诗，都是按编年排列，约作于一九二四年至一九三三年之间。

有人说《诗草》是孔祥泽卖给书店的，孔还给书店写了该书的一个说明。关于这件事，一、我曾正式问过孔祥泽，是否他卖过这本《诗草》，是否写过那样一个说明？孔说："绝无其事。将来您要到中国书店调查，我愿跟去看看到底是谁的手笔。"这说明孔个人敢于出面对证。二、我因病不能亲往中国书店，却曾让骆静兰同志代我同该店的副经理郑宝瑞同志仔细谈过，郑说："一定给查，不过我也在业务部分待过，知道我们收购书，从来没有让人写过什么说明的事。"过了些时，他给骆静兰同志打电话，说没有查到这样一个"说明"。因此，我们只有希望掌握这个售书说明的人，连同原书拿出来给大家看看了。否则，《题自画石》诗的出处，是解决不了的。

富竹泉的第二个儿子名德荣，字亚铎，京师高等警官学堂毕业，解放前曾任北京内六区的署员，日伪时期调内五区。后因神经不时失常，被革职。解放后病死在哈尔滨他儿子的家里。他生时曾偷窃亲友家的财物、富竹泉的遗物出售，并尝把他父亲、姐姐和其他亲友的诗抄录在一起出售。据孔祥泽说，陈、刘文所谓《诗草》，很可能是他搞出来出售的。总之，既有这些情况，就必须公布以上这些材料，才能使真相大白。我们只有拭目以待了。

第四条，关于陈、刘在本节中的其他论据，我本不想说什么，但陈、刘文语言刻薄、气势凌人，而论据又实在薄弱得很，故不能已于言。例如"不求邀众赏,潇洒做顽仙"两句诗,本来是曹雪芹(在最后判决书下来之前,请允许我还是认为它是曹雪芹的诗吧)表示不阿封建之俗、不肯为封建统治者服务、不屑顾流俗的毁誉的态度,不知道为什么陈、刘两位竟以为写了这样两句诗的人"就不会倾毕生心血来写《红楼梦》了"、就必须"在北京西郊吟风弄月,自得闲适之乐"了。

至于陈、刘所举《考槃室诗草》中的其他诗里有"有才堪用世,无才做良民"(见《肥遁吟》)、"超然无所欲,潇洒出樊笼"(见《忘机》)几句诗,由于其中有了"无才"、有了"潇洒"诸字,就能证明包括"无才去补天"和"潇洒做顽仙"句子的《题自画石》诗必然出于同一个人的手笔吗?我不是搞文学的,写到这里,我不能不惊异两位文学研究者的推论胆量之大。如果用这种只字片言的相同就能证明两首诗出于一人的手笔,那恐怕崔颢和李白的诗句也有可能被认为同是一人的诗,杜甫和李白的诗句也有可能被认为同是一人的诗罢?因为他们也有用过两个相同的字"的诗",姑不论一个字的相同了。何况,陈、刘两位举的几句诗中的思想,一望而知与《题自画石》的思想毫无共同之处。读者试思,"无才做良民"这可能是《红楼梦》作者的思想吗?

陈、刘又认为《题自画石》诗"说句不客气的话,实在平庸得很,没有一点李贺的风格,也没有什么诗味"。我倒要问:"满纸荒唐言,一把辛酸泪。都云作者痴,谁解其中味?"不是曹雪芹的诗吗?难道也平庸吗?没有诗味吗?难道必须像李商隐写的那部分难懂的诗,才算是诗吗?而且就算是李商隐,他也还有林黛玉欣赏的"留得残荷听雨声"这种易懂的诗句啊!敦诚固然说过曹雪芹的诗像李贺,这本是他的一个印象,有对的地方,也有不对的地方。难道首首都得像李贺的诗才算是曹雪芹的诗吗?俞平伯先生见到我介绍《废艺斋集稿》一文后,于一九七三年一月二十七日给我的信上有云:"(上略)《题自画石》诗,颈腹两联与《石头记》互相映发,且为雪芹仅存完整之作。"还有能诗的其他几位老先生(未征得同意,不便举名)也都认为《题自画石》的诗是雪芹之作。我说这些,当然不算什么论据,更不是拿他们来吓唬人。但我们总应该认为他们对于旧体诗的造诣比较深吧。

到此为止，关于《题自画石》诗的真伪，我没成见，但要等陈、刘两位拿出证据以后，再定是谁的诗。

十一　最后不能不说的话

我认为，许多同志看到我时也对我说，陈、刘两同志文章开头就谈捏造材料那一段话的用心是不恰当的。他们那段话表面上说的是过去某些事实，实际上会起着引导广大读者向当前的讨论上想的。在我们提倡守法的今天，"作伪"和"说人家作伪"都可以不仅是道德问题，而且是法律问题。孔祥泽同志已平反，他有权利说话了。

要谈"争鸣"，我想陈、刘两同志那段话也是不利于争鸣的。我虽不倾向于认为、但那也可能是一种手法——一种使人不敢说话的手法。学术讨论应该这样么？

老实说，我得很努力压抑自己的感情才能读完陈、刘的文章。文中超乎辩论范围的用语是那样多，意气那样重，自信那样强！我本想心平气和地回答他们，但是做起来很困难。

今后，希望我自己和陈、刘两位，以及所有进行学术讨论的同志们，都应该以所讨论的问题为共同"攻克"的目标，把讨论的两方看成从左右两翼向难题进攻的力量。攻下了目标、解决了问题，才是胜利。不论是左翼或右翼攻下的"关"，两翼都是出了力的。

一九七九年六月二日作者于沙滩。

第十五篇
跋日本松枝茂夫教授关于访问高见嘉十教授的来信（附录四）

一九七九年五月我曾在复《红楼梦》日文译者伊藤漱平教授的信里，托他转给早稻田大学松枝茂夫教授一信，询问松枝茂夫教授访问一九四四年在北京参加抄摹曹雪芹佚著《废艺斋集稿》的高见嘉十先生的经过。同年六月九日得到松枝茂夫教授的回信并附高见嘉十先生本人及其他有关照片。由于高见先生是这件事在日本的主要证人，所以他的话有必要让读者们知道。虽然他已经逝世，幸而还有日本松枝茂夫教授因看到我在一九七三年二月的《文物》上那篇《曹雪芹佚著及其传记材料的发现》，在高见先生生前去访问了他，并且证明一九四四年高见先生在北平任教时参加了抄摹风筝图式，实有其事。我现在把松枝茂夫教授给我的信抄在下面。

以下是他用中文复我的信的全文。

　　吴恩裕教授：贵函早已奉收了。承您下问，把我曾跟高见嘉十先生会见的事情，略说一二吧。

　　一九七三年二月《文物》所载贵文，惊动一时，连我们海外的人也非常兴奋；何况说那八卷珍书可能流到日本。

　　同年十月初我的一个学生给我查到高见先生的住址，在东京美术学校（现改称为艺术大学）的毕业生名簿里。那地方由东京离着很不近，约六七百公里，叫作富山县上新川郡大泽野町（富士市南凡二十公里）。十月五日，我就跑到那地方，听得他还在此世，很高兴了。

不过他们说,他现因老衰,在富山市的一个病院里疗养着。我就转到富山市,在一个中川精神病院里竟找得到他。据院长说,他的病名是老年性脑动脉硬化,恢复百分之九十不可能的。得院长的许可,看护妇立会之下,我跟他交谈了十分多钟。他是较短小身干,生白胡的,两脚瘦细得可怜。不过他那炯炯眼光,一见叫人觉得他为异人无疑。一交谈就晓得他已经太老衰的做了一个"恍惚之人"了。加之,这七十八岁的老人,所说的话,半懂不懂,听不明白的地方太多了。我翻开着《文物》杂志里的那几种风筝图,一一指着问他:"这些图样您记得不记得?"他就想了一想,略点一点头,回答说:"记得,我还替他改一改了。"我问:"《废艺斋集稿》您看过么?"他答:"不记得,我不知道。"我问:"姓金田的日本人,您记得么?"他答:"不记得。"我问:"那抄存学生姓什么?"他答:"不记得。"

一问一答,竟得不到要领。他还说,他在北京常常被中国人认错为一个蒙古人。牡丹花的名字,中国人不知道的,他都知道。他作的雕刻品,定购的人很多,赚了好多的钱。……都是不关紧要的事。看护妇说,这老人从八月入院以来,今天初次说了这么许多话哪。听说他在病院,老耄的昼夜不分,不摄常人食,这三天一粒也不入口,终日默默不语的。

那天我在大泽野町的老人健康中心(center)里投宿,离他常住的小屋逼近。这木造的小屋在一个小小的植物园里。高见先生平生精通花木,他从高山搜集来的亚热带植物,凡八百种,三千棵(或说是二千),大泽野町就给他筑造了一个植物园,又给他筑造了这个小屋,托他管理。町长要给他月钱,他说不要了,一文钱也不收。他很爱攀山,日本的 Alps 的高山,听说他无一座不攀登的。天晴了就登山,下雨了就雕佛像。不吃粒米,只吃麦粉,偏爱喝酒,那酒是他自酿的蝮蛇酒和松叶酒,无妻无子(他原来有离婚多年的妻子,还有四个儿子,就中一个现住在东京),真是一个神仙似的人(又有些人说是乞丐)!

十月六日的那天,我过访了他那小屋,点检一过(我得了他的许可),很期望着有什么证据物件。结果是,没有了,什么都没有了。只有的是:十几本笔记簿,都是关于花木的;几本水彩画帖,大概都是画山水花木的。就中有三本北京画帖最引我的注意。可是那风筝图,半个影儿都找不着了。(跟我一同去的公民馆长说,他曾看过风筝图在这里,现在可惜没有了。)至于书籍呢,一本日本书也没有,何况是中国书,何况是《红楼梦》什么的。其外有的是他刻的还没刻完的佛像,还有他从山里发掘来的许多石刀石斧之类而已!

  回到东京次后,我要找那姓金田的人的下落。有人说,他可能是在北京收买古董的。我就跑到一个东京最有名的古董铺里,那铺帐柜(战事中在北京多年的人)说,那时在北京有好几个日本古董商人中,没有一个姓金田的。又有人说,姓金田的可能是个朝鲜人吧。当时日本政府强制朝鲜人改姓,朝鲜姓金(Kim)的,大都被改称了日本式的姓金田(Kaneda)。那么那八本书可能流落到朝鲜半岛去吧?我们越发没有法子,只得束手了。

  关于高见先生和姓金田的人,我们所知道的事不过如此。

  一九七八年九月香港《明报月刊》(第一五三期)上所载,黄庚先生和孔祥泽先生说及我跟高见先生会谈之事,他们说得差些。关于《集稿》等的话,老先生是一字不说的了。他什么都不记得。

  附上几叶照片:

  一、高见嘉十先生,一九七〇—七一年所照的。一九七三年五月十五日卒,年八十岁。他在燕七年多。

  二、高见先生所住的小屋前。从左:公民馆长,我,小学教员,植物园看守的。名札写着"高味嘉十"。

  三、小屋内部。木佛、石刀、石斧、几本笔记簿。

  四、北京画帖之一,左上"北京白松"。

  五、北京画帖之一,北京郊外。

  六、北京画帖之一,上图是"校内宿舍",就是国立北京艺术专科学校。他在那校担任雕塑科教授。宿舍在西四太平仓。

七、同上。画的年月是昭和十六年九月,就是一九四一年。

八、九,同上。

祝您健康!

七九、六、三　松枝茂夫叩

我很佩服松枝茂夫教授治学的热情和科学的态度。他看到我那篇文章后,真是"不远千里"地从东京跑到富山县去访问高见嘉十先生。他这封信涉及的事情很多,但我认为以下几点是重要的。

第一,高见嘉十先生虽然住的是中川精神病院里,但得的却是老年性脑动脉硬化症,不是精神病。这种病症会使患者遗忘许多事情,却不是神经错乱。这一点是不容忽视的。

第二,他们虽然只交谈了十多分钟,但当松枝茂夫教授翻开我在《文物》上那篇文章里的几种风筝图、一一指着问他记得不记得时,高见嘉十先生"就想了一想,略点一点头,回答说:'记得,我还替他改一改了。'"由于年久,且又脑动脉硬化了的八十高龄的高见嘉十先生,记不得《废艺斋集稿》、"姓金田的日本人"以及当年抄摹风筝图的中国学生的姓名,这都并不奇怪。可是他经过了"想了一想"之后,还能记得一九四四年那个中国学生抄摹的风筝图式,而且说"我还替他改一改了",可见他对这件事的印象之深,足以证实当年抄摹《南鹞北鸢考工志》确有其事。

同松枝茂夫教授一起去看高见先生的小屋的公民馆长,说他曾经"看见过风筝图在那里,现在(裕按:指一九七三年)可惜没有了"。这也是一项强有力的佐证。

以上可以说是作为《废艺斋集稿》一部分的风筝图谱(即《南鹞北鸢考工志》)在日本方面的人证。

第三,松枝茂夫教授还指出香港《明报》所载黄庚和孔祥泽谈及的他和高见会见的情况"说得差些",说明松枝茂夫教授根据高见嘉十对他所谈,只肯定高见仅仅记得风筝图式。而其余书名、有关人名都已不记得了。我认为,松枝教授对待这件事的态度也是实事求是的。

第四,据孔祥泽回忆,金田氏的真姓名可能是□信武夫,希望日本的朋友们一方面再查访一下□信武夫这个人,另方面,也可以询问一下高见先生在东京的那个儿子,或者得到意外的收获,也未可知。

感谢松枝茂夫教授答复我的这封长信,它不但解决了最根本的风筝谱的存在问题,也使我们知道高见先生的生平和为人的不少事实。今后,还希望在《红楼梦》及其作者的研究上,我们能够继续互相协助。

一九七九年六月十六日。

后 记

这本书清样校完以后,陈毓罴、刘世德、邓绍基三位同志的《红楼梦论丛》由上海古籍出版社出版了。关于《废艺斋集稿》的问题,我在本书附录三中已经答复了。这里只声明几句关于《题自画石》诗的话。在《论废艺斋集稿的真伪》一文中,我曾说"……等看到他们掌握的《诗草》(即《考槃室诗草》——裕注),经《红楼梦》研究者们和讨论一方的我鉴定真伪后,再表示我的意见"。现在我们在《红楼梦论丛》的一○九页看到了《自题画石》诗的书影,我认为:

第一,该《考槃室诗草》抄本——当然包括《自题画石》诗——不是孔祥泽的字迹。

第二,细审书影,在《自题画石》诗前有剪贴痕迹,同页《新秋晚望》诗末也有剪贴痕迹。背面的一页《新秋四首》一题前,剪贴的痕迹更为明显,而且剪口不齐。

第三,同署有《考槃室诗草》的一一○页书影相比,更可见一○九页的剪贴痕迹十分显著。

因此,我认为陈、刘两同志用这一页剪贴痕迹显著的书影来要我们相信《自题画石》诗是宛平稚川居士的诗,而不是曹雪芹的诗,是不能说服人的。

我们一定得有看原稿而非书影的机会,才能做出有关的判断。看了书影,我想谁都不能不奇怪:为什么单单包括《自题画石》诗这一页有剪贴的痕迹呢?所以,"此事殊未了"。

一九七九年十一月九日恩裕于西苑饭店。